हिन्द पॉकेट बुक्स

वन्दे मातरम् का इतिहास

विश्वनाथ मुखर्जी जाने-माने साहित्यकार थे। इसी के साथ वे एक महान स्वतंत्रता सेनानी भी थे। उन्होंने आजादी के बाद भारत की संस्कृति और सभ्यता पर जमकर कलम चलाई। उन्हें अनेक संस्थाओं से पुरस्कृत भी किया गया। उनके लेखन में आम आदमी की पीड़ा और संघर्ष के दर्शन भी होते हैं।

वंदे मातरम्
का इतिहास

विश्वनाथ मुखर्जी

हिन्द पॉकेट बुक्स
पेंगुइन रैंडम हाउस इम्प्रिंट

हिन्द पॉकेट बुक्स

यूएसए। कनाडा। यूके। आयरलैंड। ऑस्ट्रेलिया। सिंगापुर
न्यू ज़ीलैंड। भारत। दक्षिण अफ्रीका। चीन

हिन्द पॉकेट बुक्स, पेंगुइन रैंडम हाउस ग्रुप ऑफ़ कम्पनीज़ का हिस्सा है,
जिसका पता www.hindpocketbooks.com पर मिलेगा

पेंगुइन रैंडम हाउस इंडिया प्रा. लि.,
चौथी मंजिल, कैपिटल टावर -1, एम जी रोड,
गुड़गांव 122 002, हरियाणा, भारत

पेंगुइन
रैंडम हाउस
इंडिया

प्रथम हिन्दी संस्करण हिन्द पॉकेट बुक्स द्वारा 1979 में प्रकाशित
यह हिन्दी संस्करण 2019 में प्रकाशित

10 9 8 7 6 5 4 3 2

इस पुस्तक में व्यक्त विचार लेखक के अपने हैं, जिनका यथासंभव तथ्यात्मक सत्यापन किया गया है, और इस संबंध में प्रकाशक एवं सहयोगी प्रकाशक किसी भी रूप में उत्तरदायी नहीं है।

ISBN 9789353490713

मुद्रकः रेप्रो इंडिया लिमिटेड

वन्दे मातरम् गीत के पीछे शहीद होने वाले उन शहीदों को जिनके कारण आज का भारत स्वतंत्र हुआ है

तथा

उन्हें जिन्हें मातृभूमि की तरह इस गीत के प्रति असीम श्रद्धा, भक्ति और प्यार है

अनुक्रमणिका

अपनी बात

अक्तूबर, 1971 के साप्ताहिक 'धर्मयुग' के किसी अंक में तत्कालीन संसद-सदस्य श्री प्रकाशवीर शास्त्री ने महर्षि दयानन्द पर लेख लिखते हुए लिखा कि हमारे राष्ट्रगीत वन्दे मातरम् की रचनाकाल सन् 1872 ई० है। बंकिम बाबू ने इस गीत को भारत मां की वन्दना करते हुए सन् 1872 में लिखा था।

प्रत्युत्तर में संपादक के नाम पत्र लिखते हुए श्री बालकवि बैरागी ने सुझाव दिया कि पूरे देश को इस गीत की जन्म-शताब्दी मनाना चाहिए। इस सुझाव का प्रभाव हमारे मित्र और 'आपका स्वास्थ्य' के संपादक डाक्टर भानुशंकर मेहता पर तत्काल पड़ा। उन्होंने मुझसे कहा, 'ठलुआ क्लब की ओर से एक ऐसा आयोजन करने का विचार है जिसमें राष्ट्रपति तक आ सकते हैं।' इसके बाद दोनों लेखों का हवाला देते हुए उन्होंने कहा कि वन्दे मातरम् का इतिहास का पता लगाऊं। बंगला में जरूर होगा।

मैंने इस प्रस्ताव को गहराई से नहीं लिया। डाक्टर भानुशंकर मेहता चमत्कारों के पीछे परेशान रहते हैं और मैं उन समस्याओं से दूर रहता हूं जिसका सिर-पैर न हो। श्री प्रकाशवीर शास्त्री को पत्र लिखते हुए यह जरूर पूछा कि आपको कैसे मालूम कि वन्दे मातरम् गीत को बंकिम बाबू ने सन् 1872 में लिखा था? काफी दिनों के बाद भी उनसे कोई जवाब नहीं मिला। कई हिन्दी के विद्वानों से यही सवाल किया तो सभीने यही उत्तर दिया कि वह तो आनंदमठ में प्रकाशित है, देख लीजिए। एक सज्जन जोकि मेरा आशय ठीक से समझ सके थे, उन्होंने उत्तर दिया कि आनंदमठ के प्रथम संस्करण में देखिए, उसमें उसका उल्लेख अवश्य होगा। कहने का मतलब, किसीको भी इस बारे में सही जानकारी नहीं थी। बेकार माथापच्ची करने से क्या फायदा, सोचकर मैं शांत हो गया। डाक्टर मेहता ने स्वयं इस दिशा में कुछ नहीं किया। यह उनके वश की बात भी नहीं थी।

सन् 1972 को कौन कहे, सन् 1975 भी प्रारंभ हो गया, पर सरकार या

जनता की ओर से कहीं वन्दे मातरम् का नारा तक नहीं लगा। यह देखकर मैंने सोचा कि शास्त्रीजी ने बैठे-ठाले एक शिगूफा छोड़ दिया था। ठीक इन्हीं दिनों कैंसर का शिकार हुआ। निरामय के बाद ज्ञात हुआ कि मैं बेकार हो गया हूं यानी नौकरी छूट गई है। बेकारी के समय में ही पुरानी पत्रिकाएं आदि पढ़ने का मौका मिलता है। इन्हीं दिनों एक लेख पढ़ने में आया—'एकटी मंत्रेर जन्म।' 'आनंद बाजार पत्रिका' दैनिक बंगला में प्रोफेसर भवतोष दत्त का लेख था। प्रकाशन-तिथि अक्तूबर, सन् 1969। इस लेख को पढ़ते ही मैं चौंक उठा। जिस बात की तलाश में तीन साल से परेशान था, वह मेरे घर में ही मौजूद थी। लेख में सूचनाएं तो महत्वपूर्ण थीं, पर संदर्भ ग्रंथों का उल्लेख नहीं था। लेख में जिन लेखकों की चर्चा थी, उनकी पुस्तकों की खोज में काशी के सभी पुस्तकालयों का चक्कर काटने के बाद भी नहीं मिली तो राष्ट्रीय पुस्तकालय में भाई कृष्णाचार्यजी को पत्र लिखा। वहां से भी जवाब आया कि इन लेखकों की पुस्तकें प्राप्य नहीं हैं। बात समझ में नहीं आ रही थी। संयोगवश 'बंग साहित्य समाज' पुस्तकालय में 'बंकिम प्रसंग' नामक पुस्तक प्राप्त हुई तो सारा रहस्य समझ में आ गया कि दत्त महाशय को अपने लेख का मसाला कहां से मिला है।

सन् 1914 के दिनों एक बार कलकत्ता से बंकिम बाबू की जन्मभूमि कांटालपाड़ा तक लोग पदयात्रा करते हुए उनके प्रति श्रद्धा प्रकट करने के उद्देश्य से गए थे। इन लोगों में अनेक बुद्धिजीवी थे। बंकिम बाबू के अनन्य मित्र श्री दीनबंधु मित्र के पुत्र श्री ललितकुमार मित्र भी गए हुए थे। वहां जाकर श्री मित्र ने 'बंग दर्शन पत्रिका' के प्रेस-व्यवस्थापक श्री रामचन्द्र बनर्जी से भेंट कर यह पूछा कि वन्दे मातरम् गीत कब लिखा गया था। उन्होंने जो कुछ कहा, उस बयान को श्री मित्र ने श्री चित्तरंजन दास द्वारा संपादित 'नारायण' पत्रिका में प्रकाशित कराया। इस लेख के प्रकाशन के बाद बंकिम बाबू के छोटे भाई ने भी उसीसे संबंधित लेख छपवाया। वन्दे मातरम् और बंकिम बाबू से संबंधित कई लेखों का संकलन करके 'साहित्य' पत्रिका के संपादक तथा वन्दे मातरम् सम्प्रदाय के मंत्री श्री सुरेश समाजपति ने छपवाया। स्वतंत्र रूप से किसीने पुस्तक नहीं लिखा था। ऐसी हालत में उन लेखकों की पुस्तकें कहां मिलतीं?

इस पुस्तक को पढ़ने के बाद बंकिम बाबू से संबंधित समस्त पुस्तकों की सूची भेजने के लिए राष्ट्रीय पुस्तकालय को लिखा। तब तक मैं काशी में जितने पुस्तकालय थे, उन सभीके यहां तेजी से इस बारे में तलाश करता रहा। राष्ट्रीय पुस्तकालय से 85 पुस्तकों की सूची प्राप्त होते ही मैं कलकत्ता में भाई नथमल केडिया के यहां आकर ठहर गया और नियमित रूप से विभिन्न पुस्तकालयों में पुस्तकों का अध्ययन करने लगा। बंकिम-साहित्य अध्ययन करते समय यह ज्ञात हुआ कि वन्दे मातरम् गीत तथा आनंदमठ उपन्यास का संबंध बीरभूमि जिले के केन्दु विल्व गांव से भी

है। केन्दु विल्व गांव को केन्दुली भी कहा जाता है। प्रति वर्ष यहां 14 जनवरी से लगातार 15 दिनों तक बाउल संतों का मेला लगता है। इस मेले को देखने के लिए मैं शांति निकेतन स्थित डा० शिवनाथजी के घर चला आया। डाक्टर साहब मेरे पुराने मित्र एवं शांति निकेतन विश्वविद्यालय में हिन्दी विभाग के प्राध्यापक हैं। अगर मैं यह कहूं तो कोई अत्युक्ति न होगी कि यदि यहां न आता तो वन्दे मातरम् गीत की शोध न कर पाता। यहां आने पर पता चला कि विश्वविद्यालय का निजी पुस्तकालय विशाल है और यहां अनेक अप्राप्य पुस्तकें हैं। इसके अलावा एक दूसरी लाइब्रेरी रवीन्द्र सदन भी है। सबसे महत्वपूर्ण सूचना यह मिली कि सन् 1866 में महाकवि रवीन्द्रनाथ ने कांग्रेस के 12वें अधिवेशन में जो वन्दे मातरम् गीत गाया था, उसका टेप मौजूद है। मैं इसे पाने के लिए जब व्याकुल हो उठा तो उन्होंने कहा कि एक आवेदनपत्र आप दे दीजिए, सिनेट की बैठक होने पर प्रस्ताव पास करवा लूंगा। यह जानकर मुझे बेहद प्रसन्नता हुई।

14 जनवरी को केन्दुली जाकर जो दृश्य देखा, उससे यह विश्वास हो गया कि आनंदमठ में वर्णित समस्त प्रकृति इसी भूमि की है। ये बाउल ही उनके संन्यासी हैं। विश्वविद्यालय के पुस्तकालय से अनुमति प्राप्त कर यहां अनेक अप्राप्य पुस्तकों को देखा। सच तो यह है कि राष्ट्रीय पुस्तकालय की अपेक्षा यहां के दोनों पुस्तकालयों में पढ़ने की अधिक सुविधा प्राप्त हुई।

शांति निकेतन से कलकत्ता वापस आकर मैं बंकिम बाबू की जन्मभूमि कांटालपाड़ा गया। वहां बंकिम म्युजियम के निदेशक के रूप में श्रीगोपालचन्द्र राय को देखकर आश्चर्य हुआ। अब तक मैं उन्हें शरत् बाबू का जीवनीकार समझता रहा। यह नहीं मालूम था कि वे बंकिम बाबू के बारे में काफी जानकारी रखते हैं। आपसे काफी जानकारी प्राप्त हुई। आपसे यह भी मालूम हुआ कि बंगला में वन्दे मातरम् संबंधी कोई पुस्तक प्राप्य नहीं है और न वन्दे मातरम् गीत की मूल पांडुलिपि ही प्राप्त है।

कलकत्ता से वापस आकर अन्य भाषाओं के विद्वानों को पत्र लिखा, पर किसी से कोई सहायता नहीं मिली। डाक्टर प्रभाकर माचवे की सलाह पर केसरी कार्यालय से संपर्क करने पर मराठी-साहित्य के चलते-फिरते विश्वकोश श्रद्धेय गजानन विश्वनाथ केतकरजी से परिचय हुआ। उन्होंने मेरे पत्र को मराठी के कई पत्रों में प्रकाशित कराया। नतीजा यह हुआ कि मराठी भाषा में अब तक वन्दे मातरम् संबंधी जो लेख लिखे गए थे, उनकी कटिंग आ गई। श्री अमरेन्द्र लक्ष्मण गाडगिल ने तो अपनी पुस्तक 'वन्दे मातरम्' भेज दी। शायद भारतीय भाषा में यही एक मात्र पुस्तक है, जिसे हम वन्दे मातरम् गीत का इतिहास कह सकते हैं। गो कि 'वन्दुव्यथा वन्दुकथा', जिसके लेखक श्री शिवरामु हैं, कन्नड़ भाषा में होने के कारण पढ़ नहीं

सका। अंग्रेजी में सर्वेश्री नगेन्द्र गुप्त और आर० के० प्रभु की 'बंकिम चेटर्जी एण्ड द वन्दे मातरम् सांग', श्री बी० सी० चटर्जी की 'वन्दे मातरम्' तथा एस० के० डिण्डा का 'इंटरप्रिटेशन आफ वन्दे मातरम्' ग्रंथ हैं, पर वे महत्वपूर्ण नहीं हैं। प्रोफेसर हरिदास मुखर्जी की पुस्तक इतिहास नहीं, वन्दे मातरम् अंग्रेजी दैनिक पत्न के संपादकीयों का विश्लेषण मात्न है।

कलकत्ता से वापस आने पर डाक्टर मेहता ने श्री आद्याप्रसाद नारायणसिंह लिखित 'वन्दे मातरम्' नामक एक पुस्तक दिखाई। इस पुस्तक से यह ज्ञात हुआ कि 'वन्दे मातरम्' ये दोनों शब्द काफी पुराने हैं। दरअसल यह अघोर-पंथियों का मंत्न है। बाबा मोतीलाल नामक एक संन्यासी थे, जिन्होंने अपने प्रवचन में इस रहस्य का उद्घाटन किया था। इस सूत्न को पाने के बाद स्थानीय अघोर सम्प्रदायवालों से संपर्क स्थापित करने पर निराशा हाथ लगी। एक ने कहा कि यह मंत्न अधोम्नाय सम्प्रदाय का हो सकता है, पर उसे हीन माना जाता है।

रवि बाबू का टेप लेने के लिए जब हम शांति निकेतन गए तो वहां एक विद्वान से मुलाकात हुई जो कई वर्षों से तंत्नशास्त्न पर रिसर्च कर रहे थे। उन्होंने साफ इनकार कर दिया कि यह अघोर सम्प्रदाय का मंत्न है। हम काशी के हैं, जानकर उन्होंने कहा कि अगर इसपर महामहोपाध्याय गोपीनाथ कविराज अपनी राय दें तभी मैं मान सकता हूं। उन दिनों गोपीनाथ कविराजजी अपने घर पर नहीं रहते थे। इसी बीच एक ऐसी पुस्तक मिली, जिसके कारण उलझन और बढ़ गई। इस पुस्तक के लेखक थे—श्री अयोध्यासिंह। पुस्तक का नाम है—'भारत का मुक्ति संग्राम'। श्री भूपेन्द्रनाथ दत्त की पुस्तक का हवाला देते हुए श्री सिंह ने लिखा है कि ढाका स्थित ईस्ट इंडिया कम्पनी की कोठी पर जब संन्यासियों ने हमला किया था तब उन्होंने ओऽम वन्दे मातरम् का नारा लगाया था। इस सूत्न को पढ़ने के बाद यह विश्वास हो गया कि वन्दे मातरम् का नारा पुराना है। फलतः जब इसकी चर्चा मैंने आचार्य सीताराम चतुर्वेदीजी से की तो उन्होंने कहा, 'मुजफ्फरनगर में श्री नारायण स्वामी का तंत्न साहित्य का सबसे बड़ा पुस्तकालय है, वहां चलकर पुस्तकें देख लो। शायद मिल जाए।'

मुजफ्फरनगर आकर सभी प्रकार के स्तोत्न, कवच, ध्यान आदि पुस्तकों के अध्ययन पर भी कुछ नहीं मिला। कश्मीर से प्रकाशित एक पुस्तक में 'वन्दे माता' शब्द जरूर मिला, पर स्पष्टतः कोई कारण नहीं लिखा था। एक शब्द के आधार पर इतिहास नहीं बनाया जा सकता।

अपनी शोध-यात्ना समाप्त करते-करते अक्तूबर, सन् 1976 आ गया तो यह तय किया गया कि अब इसका उत्सव मनाना चाहिए। भारत सरकार ने हमारे पत्नों का उत्तर नहीं दिया और न उत्तरप्रदेश सरकार की ओर से कोई रुचि दिखाई गई।

इसके बाद हम बंगाल के दो वरिष्ठ मंत्रियों के पास गए और कहा कि इस गीत की उत्पत्ति बंगाल में हुई है अतएव आप यदि सहयोग दें तो अच्छा हो। लेकिन उन्होंने भी कोई उत्साह नहीं दिखाया तो यह तय किया गया कि वाराणसी ही एक ऐसी नगरी है, जहां वन्दे मातरम् की जन्म-शताब्दी मनाई जा सकती है, क्योंकि पूरे भारत में यहीं भारतमाता का मंदिर है। सौभाग्य से उत्तरप्रदेश के तत्कालीन खेल-जेलमंत्री का पूर्ण सहयोग मिला, जिसकी वजह से उत्तरप्रदेश और भारत सरकार का सहयोग अनायास मिल गया। इस प्रकार जैसा हम चाहते थे, उत्सव सम्पन्न हुआ।

अभी यहां उत्सव चल ही रहा था कि कलकत्ता से भाई गोपालचन्द्र राय का पत्र आया कि मेरी खोज में कुछ गलतियां रह गई हैं, तुरंत कलकत्ता चला आऊं। यहां आकर पुराने गजेटियर तथा बंकिम बाबू के मित्रों के उन लेखों को पढ़ा जिनमें कुछ ऐसे तथ्य थे, जिन्हें नजरअंदाज नहीं किया जा सकता था। उससे यह ज्ञात हुआ कि यह गीत सन् 1872 में नहीं, बल्कि सन् 1874 में लिखा गया था। सिर्फ यही नहीं, अन्य कई गलतियां ज्ञात हुईं। इसी बीच पता चला कि चुंचड़ा के निवासियों ने अपने यहां वन्दे मातरम् की जन्म-शताब्दी मना लिया है और उस भवन में शिलालेख भी लगवाया है, जहां बंकिम बाबू रहते थे। उनका यह विश्वास है कि इसी भवन में वन्दे मातरम् गीत लिखा गया था। मैं स्वयं भी इसी बात पर विश्वास करता था, पर इस बार पत्र-पत्रिकाओं में प्रकाशित लेखों के आधार पर श्री गोपाल बाबू और मैंने काफी विचार-विमर्श करने के बाद यह तय किया कि चुंचड़ा के निवासियों का यह भ्रम है। गनीमत यह रही कि शिलालेख में इस बात का उल्लेख नहीं था।

इस बार यह सोचकर गया था कि अब कार्य पूरी तरह संपादित करके ही वापस आऊंगा। कलकत्ता के कई पुस्तकालयों के अलावा नेहाटी पुस्तकालय तथा शांति निकेतन स्थित दोनों पुस्तकालयों में जाकर काफी श्रम किया।

इस दौरान एक ऐसे लेखक की पुस्तक प्राप्त हुई, जिसमें बारीसाल की घटना को विस्तार से लिखा गया था। गह पुस्तक सन् 1907 में प्रकाशित हुई थी। एक से संबंधित दूसरी पुस्तकें मिलती गईं और उनके वर्णन से मेरी धारणा पुष्ट होती गई। इस प्रकार वन्दे मातरम् का इतिहास पूर्ण कर सका।

फिर भी इस पुस्तक में एक गलती हो सकती है। वह यह कि संदर्भ ग्रंथों की सूची में पुस्तकों के पूरे नाम न दिए गए हों या लेखकों के नामों में व्यतिक्रम हुआ हो। एक ही नाम के कई लेखक होने के कारण यह भूल हो जाना असंभव नहीं है। लेकिन जहां उद्धरण दिए गए हैं, वे सब सही हैं।

अंत में उन लोगों के प्रति आभार प्रकट करना उचित है, जिनकी सहायता से यह ग्रंथ लिखना संभव हुआ है। भानु भाई मेरे अग्रज हैं, उनके उत्साह से यह

लिख सका, वरना यह सब कचकच मुझसे न होता। श्रद्धेय सीताराम सेकसरिया, रामेश्वर टांटिया और नथमल केडिया ने कलकत्ता प्रवासकाल में मेरी हर तरह से सहायता की है। राष्ट्रीय पुस्तकालय में बंगला विभाग के पुस्तकाध्यक्ष श्री नचिकेता मुखर्जी, डा० शिवनारायण खन्ना, शांति निकेतन के श्री सुविमल दत्त, भोनू दादा (श्री प्रभातकुमार मुखर्जी के सुपुत्र), नेहाटी पुस्तकालय, बंग साहित्य परिषद, बंग साहित्य समाज, कुमार सभा पुस्तकालय, कारमाइकेल लाइब्रेरी, अभिमन्यु पुस्तकालय, विश्वविद्यालय प्रकाशन, हिन्दी प्रचारक संस्थान, रवीन्द्र साहित्य सदन आदि संस्थानों का आभारी हूं, जिनके यहां अध्ययन की सुविधाएं मिलीं।

भाई गोपालचन्द्र राय और डा० शिवनाथजी तो मेरे अग्रज हैं। अगर ये लोग निष्ठा के साथ मेरे जैसे बीमार की सेवा करते हुए मदद न करते तो यह ग्रंथ तैयार न होता। श्रद्धेय गजानन विश्वनाथ केतकर, श्री अमरेन्द्र लक्ष्मण गाडगिल तथा अन्य मराठी लेखकों का आभारी हूं, जिनकी सूचनाओं से उपकृत हुआ हूं। यद्यपि मैं राष्ट्रीय स्वयं सेवक संघ का न तो सदस्य हूं और न उसके सिद्धांतों से सहमत हूं, लेकिन वन्दे मातरम् गीत के प्रति बंगाली, मराठियों के बाद यही एक ऐसा दल है, जिसके सदस्य इस गीत के प्रति असीम श्रद्धा रखते हैं। कम से कम जिन्हें वन्दे मातरम् गीत या अपनी मातृभूमि से प्यार है, वे वास्तविक श्रद्धा इनसे सीखें।

पांडुलिपि के संशोधन तथा सुझाव के लिए मैं भाई शम्भुनाथ मिश्र का आभारी हूं जो अपने व्यस्त जीवन से इतना समय कृपापूर्वक दे सके।

—विश्वनाथ मुखर्जी

सिद्धगिरि बाग
वाराणसी

अवतरण

विश्व के इतिहास में शायद ही ऐसा कोई देश होगा, जहां दो गीतों को राष्ट्रीय मर्यादा दी गई हो, पर भारतीय शासन ने दी है। उनमें एक प्रधान है और दूसरा अतिरिक्त। अतिरिक्त शब्द का अपने-आपमें जो महत्व है, वही दूसरे का है।

जिस गीत के कारण सदियों से सुप्त देश जाग उठा और अर्द्ध-शताब्दी तक स्वतंत्रता-संग्राम का प्रेरक बना रहा, जिस देश के पीछे न जाने कितनी मां की गोद सूनी हो गई, कितनी महिलाओं की मांग के सिंदूर धुल गए, बंग-भंग आन्दोलन के समय जो गीत धरती से आकाश तक गूंज उठा, बंगाल की खाड़ी से जिसकी लहरें इंगलिश चैनर पार कर ब्रिटिश पार्लियामेंट तक पहुंच गईं, जिस गीत के कारण बंगाल का बंटवारा नहीं हो सका, उसी गीत को अल्पसंख्यकों की तुष्टि के लिए खंडित किया गया। यहां तक कि उन्हें प्रसन्न करने के लिए मातृभूमि को खंडित किया गया। उसके बाद भी जनमानस को उद्वेलित करने वाले इस गीत को प्रमुख राष्ट्रीय गीत के रूप में स्वीकार नहीं किया गया।

जो गीत गंगा की तरह पवित्र, स्फटिक की तरह निर्मल और देवी की तरह प्रणम्य है, उसी गीत को स्वतंत्रता-प्राप्ति के बाद दूध की मक्खी की तरह निकाल दिया गया। उसके स्थान पर उस गीत को राष्ट्रीय मर्यादा प्राप्ति हुई, जिसके बारे में आज भी लोगों को विश्वास है कि इसे सम्राट पंचम जार्ज की प्रशस्ति में लिखा गया था। भारतीय राजनीति का यह निर्मम परिहास कैसा है, इसका निर्णय भारत के भावी वंशधर करेंगे।

इस देश का सबसे बड़ा दुर्भाग्य यह रहा कि हमेशा विदेशी हमले होते रहने तथा हमलावरों द्वारा शासित होने के कारण राष्ट्रीय चेतना के पनपने का व्यापक अवसर नहीं मिला। जब कभी किसी पीढ़ी में चेतना उत्पन्न हुई, तब कुछ शासकों के चाटुकारों ने षड्यंत्र के द्वारा उस आग को दबा दिया। भाग्यवादी जनता इसे ईश्वर की देन समझकर पुनः पुरानी परंपराओं का दास बन जाती रही। यह स्थिति

ब्रिटिश शासनकाल में ही नहीं, प्रत्येक शासनकाल में रही। स्वतंत्रता के लिए संघर्ष करने वालों को कभी चाटुकारों ने मदद नहीं दी। अगर पृथ्वीराज को या 1857 ई० के गदर में देशी रजवाड़े विद्रोहियों का साथ देते तो भारत का नक्शा कुछ और ही होता।[1]

सामाजिक स्थिति

क्रांति का जन्म सामाजिक और आर्थिक विषमताओं के कारण होता है। शोषकों के विरुद्ध जन-विद्रोह की भावना हजारों वर्ष पुरानी है। इस घुटन को समकालीन प्रबुद्ध लोग ही अनुभव करते हैं और प्रत्येक ईमानदार व्यक्ति इस अन्याय के विरुद्ध अपनी आवाज को बुलंद करता है। ये ही नागरिकों में चेतना जागरित करते हैं।

उन्नीसवीं सदी का भारत रूढ़िवादी परंपराओं से इस कदर जकड़ा हुआ था कि उससे उसे मुक्ति पाने का मार्ग नहीं मिल रहा था। अंग्रेजों के हम मानसिक रूप के गुलाम बन गए थे। भारत के लिए यह सौभाग्य की बात है कि प्रत्येक संक्रमण काल में कोई न कोई महापुरुष जन्म लेता आया है और उसके बताए मार्ग से सुधार हुआ है।

'वन्दे मातरम्' गीत का जन्म अनायास नहीं हुआ है। इसके लिए तत्कालीन परिस्थिति एक हद तक जिम्मेदार थी, जिसकी वजह से स्वतंत्रता की भावना जन-जन में व्याप्त हो गई थी।

देश में धर्म के नाम पर अनेक कुरीतियां प्रचलित थीं। धर्म के नेताओं और पुरोहितों ने मिलकर जनता को अंधविश्वासी बनाए रखा था। माताएं पुण्य के लोभ में आकर अपने जीवित संतानों को गंगा में प्रवाहित कर विसर्जन का दुख सह लेती थीं। बाल-विवाह और बहु-विवाह का बोलबाला था। कुलीन ब्राह्मण बहु-विवाह करते थे। उन्हें कन्यादान देना लोग धर्म समझते थे। विवाह के बाद अनेक कन्याएं पति का मुंह तक नहीं देख पाती थीं। पति के मरने के बाद आजीवन वैधव्य का दुःख झेलती थीं। अगर नन्ही बच्ची विधवा हो जाती थी तो उन्हें दीन-हीन अवस्था में रहना पड़ता था। पुरुषों की भांति उनके बाल छोटे कर दिए जाते थे। सभी आभूषण उतार लिए जाते थे। एक सफेद धोती के अलावा और कुछ पहनने को नहीं मिलता था। मांस-मछली को कौन कहे, पान खाना महान पाप समझा जाता था। पांच वर्ष की बालिका का विवाह साठ वर्ष के बूढ़े के साथ कर दिया जाता था। रुपयों के अभाव में अयोग्य पुरुषों के साथ विवाह कर दिया जाता था। सबसे दुखदायी समस्या यह थी कि उन

1. श्री के० आर० एन० स्वामी, नवनीत, मार्च, 1956, पृष्ठ 38

दिनों सती-प्रथा का प्रचलन था। फलतः पति की चिता पर जबरन उसे जीवित जला दिया जाता था। ढोल-नगाड़े की आवाज में उसका करुण-क्रंदन हमेशा के लिए डूब जाता था। अगर कोई लड़की चिता पर से भागने की कोशिश करती तो उसे पानी में डुबाकर या जमीन में गाड़कर मार दिया जाता था। अगर कोई सती होने से इनकार करती तो सारा जीवन उसके साथ गुलामों जैसा व्यवहार किया जाता था। बीमार पड़ने पर वह अपने भाग्य के भरोसे जीवित रहती थी।

'शादी-विवाह जैसे उत्सवों में वह शामिल नहीं हो पाती थी। यहां तक कि लोग सुबह उठकर उसका मुख-दर्शन अशुभ समझते थे। संपत्ति पर उसका कोई अधिकार नहीं होता था। यहां तक कि उसके बच्चों को भी छल-कपट के जरिये संपत्तिहीन कर देते थे।'[1]

उन दिनों बंगाल में महिलाओं की क्या स्थिति थी, इससे स्पष्ट हो जाता है और आज भी इनमें से कुछ प्रथाएं विद्यमान हैं। बंगाल की महिलाओं की वास्तविक स्थिति का चित्रण महाकवि रवीन्द्रनाथ ठाकुर से लेकर प्रमथनाथ बिशी के उपन्यासों तक में अनायास मिल जाता है। कुलीन कन्याओं के विवाह न होने पर जिन समस्याओं की सृष्टि होती थी, उनसे बचने के लिए उन कन्याओं को विष द्वारा मार डाला जाता था।

'जांच-पड़ताल तथा पूछताछ से ज्ञात हुआ कि उनके अपने गांव में दस वर्ष की अवधि में 30-32 कुलीन कन्याओं की विष द्वारा हत्या की गई है और उन हत्यारों ने कानून से बचने के लिए ऐसा प्रचार किया कि उन कन्याओं की मृत्यु हैजा से हुई है।'[2]

ईस्ट इंडिया कंपनी के शासन प्रारंभ होने के पूर्व तक हमारा देश सोया हुआ था। देश को इस सुप्तावस्था से सर्वप्रथम राजा राममोहन राय ने जगाया। फलतः उन्हें विचारकों ने 'फादर आफ माडर्न इंडिया' कहा।

अंधकार से प्रकाश की ओर

'व्हाट बेंगाल थिंक्स टू डे, इंडिया ऐक्ट्स टूमारो' अर्थात् बंगाल के आज का चिंतन भारत के कल का कार्य है। बंगाल के संबंध में यह विचार कई दशाब्दी पूर्व पूज्य लोकमान्य तिलक ने व्यक्त किया था। उनका यह उद्गार भावुकतावश नहीं दिया गया था, बल्कि तत्कालीन बंगाल की भूमि में उत्पन्न हुए महान प्रतिभाओं की कार्य-प्रणाली और उनके चिन्तन को देखते हुए उन्होंने कहा था। भारत में बंगाल

---

1. राजा राममोहन राय, द्विशत जन्म वार्षिकी समारोह समिति, बिहार, पटना; (प्रथम संस्करण) पृष्ठ 8-9-71

2. तत्व कौमुदी, साधारण ब्रह्म समाज, कलकत्ता, 1941, पृष्ठ 37

ही एक ऐसा प्रांत है जो हमेशा से साहित्य, कला, राजनीति और सामाजिक क्रांति के क्षेत्र में अग्रणी रहा है। यहां तक कि मुगल तथा ब्रिटिश शासनकाल में राजभक्त बनने में भी अग्रणी रहा।

उन्नीसवीं शताब्दी के मध्य संपूर्ण भारत में जितनी महान प्रतिभाओं ने जन्म लिया था, उनमें अधिकांश बंगाल के रहे। राजा राममोहन राय से लेकर महर्षि अरविन्द तक बंगाल की देन रहे। इन लोगों ने सोए हुए बंगाल में नवजागरण का शंखनाद किया। इसी नवजागरण को फ्रांसीसी भाषा में 'रेनेसां' कहा गया है, जिसे संसार के सभी देशों ने अपना लिया है।

इस शताब्दी में जिन लोगों ने भारत में नवजागरण के दीप जलाए हैं, उनमें सबसे ऊपर जो नाम उभरकर आता है, वह है—राजा राममोहन राय का। 'सच पूछिए तो राष्ट्रीय जीवन राजा राममोहन राय के काल से लेकर विविध रूपों में परिपक्व हो रहा था। राजा राममोहन राय को हम एक तरह से राष्ट्रीयता का पैगम्बर और आधुनिक भारत का पिता कह सकते हैं। उनका दर्शन बड़ा विस्तृत और दृष्टिबिंदु व्यापक था।'[1]

'यूनिटेरियन चर्च के सदस्यों ने लंदन में एक बड़ी सभा में राममोहन राय का अभिनंदन किया था। उस सभा में सर जान बाउरिंग ने अपने भाषण में कहा—इतिहास में वर्णित महापुरुष; जैसे प्लेटो, साक्रेटिस, मिल्टन, न्यूटन आदि अकस्मात् सशरीर किसीके समकक्ष उपस्थित हो जाएं तो उस व्यक्ति के मन में जिन भावनाओं के उदय होने की संभावना है, आज राममोहन राय को अपने बीच पाकर स्वागत करते हुए मेरे मन में वैसी ही श्रद्धा एवं आनंद की भावना उमड़ रही है।'[2]

राजा राममोहन राय ने न केवल व्यक्तिगत प्रयत्नों से सती–प्रथा बंद करवाया, बल्कि बाल-विवाह पर भी रोक लगवाया। समाज-सुधार के अनेक प्रयत्न किए। अपने कार्यों तथा विचारों के प्रचार के लिए उन्होंने सन् 1821 ई० में 'संवाद कौमुदी' नामक पत्र अंग्रेजी और बंगला भाषा में प्रकाशित कराया। आज का समृद्ध बंगाल उन दिनों बंगला भाषा की अपेक्षा फारसी भाषा का प्रेमी था। इन बंगालियों के लिए उन्होंने सन् 1822 ई० में 'मिरात-उल अखबार' नामक पत्र का प्रकाशन प्रारंभ किया। इसके अलावा अंग्रेजी में 'ब्राह्मानिकल मैगजिन' पत्रिका का प्रकाशन कर ईसाई-प्रचारकों के आरोपों का पर्दाफाश करते रहे। अपने समाचारपत्रों के माध्यम से वे छुआछूत और जाति-पांति के भेदभाव को दूर करते रहे। उन्होंने

---

1. कांग्रेस का इतिहास (हिन्दी), दूसरा संस्करण, अनु० श्री हरिभाऊ उपाध्याय; लेखक—डा० पट्टाभि सीतारमैया, पृष्ठ 11

2. राजा राममोहन राय, प्रथम संस्करण, श्री नगेन्द्रनाथ चटर्जी, पृष्ठ 454

गरीब किसानों की हालतों में सुधार और नमक पर लगाए जाने वाले कर को हटाने का प्रयत्न किया था, और देशवासियों में भाईचारा उत्पन्न करने के अलावा स्वाधीनता का संदेश पहुंचाया था। वस्तुतः वह एक व्यक्ति नहीं, संस्था थे।

यदि भारत में ब्रह्म समाज के संस्थापक राजा राममोहन राय थे तो उसकी जड़ मजबूत की थी—राममोहन राय के मानस-पुत्र महर्षि देवेन्द्रनाथ ठाकुर ने। 'राममोहन राय द्वारा अनुप्रेरित व्यक्तियों में प्रिंस द्वारकानाथ ठाकुर उनके शिष्य थे। उनके चिन्तन और कार्य को उनके ही शिष्यों ने मूर्त रूप दिया था। द्वारकानाथ ठाकुर और प्रसन्नकुमार ठाकुर भारत में सर्वप्रथम राजनीतिक पार्टी के संस्थापक और नेतृत्व करने वालों में थे।'[1]

राजा राममोहन राय के बाद एक से एक महान विभूतियां बंगाल में उत्पन्न हुईं। पंडित ईश्वरचन्द्र विद्यासागर, महर्षि देवेन्द्रनाथ ठाकुर, केशवचन्द्र सेन, ईश्वरचन्द्र गुप्त, राजनारायण बसु, नवगोपाल मित्र, परमहंस रामकृष्ण देव, रामतनु। लाहिड़ी, माइकेल मधुसूदन दत्त, नवीनचन्द्र सेन, पंडित शिवनाथ शास्त्री, उपाध्याय ब्रह्म बांधव, रमेशचन्द्र दत्त आदि। इन सभी प्रतिभाओं ने राष्ट्रीय चेतना जागरित करने में अपूर्व सहयोग दिया। वास्तव में इन प्रतिभाओं का उदय न होता तो बंगाल में क्रांति जन्म न लेती।

राममोहन राय और परमहंस रामकृष्ण तो महापुरुष थे। विद्यासागरजी की प्रतिभा प्रचंड थी। देवेन्द्र ठाकुर महिमान्वित पुरुष थे। विद्यासागर और विवेकानन्द की गणना न की जाए तो केशवचन्द्र सेन की तरह प्रचंड व्यक्तित्व वाला पुरुष उन्नीसवीं शताब्दी में कोई दूसरा पैदा नहीं हुआ था।

बंकिम बाबू के जन्म ग्रहण करने के बाद से स्वामी विवेकानन्द के उदयकाल तक उनका एकच्छत्र राज्य रहा। 'राजा राममोहन राय के सभी कार्यों की जिम्मेदारी केशवचन्द्र सेन पर आ पड़ी। बाल-विवाह को उन्होंने कानून द्वारा रोकवाया। उन्हींके प्रयत्नों से विधवा-विवाह, अंतरजातीय विवाह की छूट मिली। उन्होंने ब्रह्म समाज का व्यापक रूप से प्रचार किया। इसका प्रतिघात सारे भारत में हुआ। पूना में श्री महादेव रानाडे के नेतृत्व में 'प्रार्थना-समाज' का आन्दोलन आरंभ हुआ। इन आन्दोलनों के कारण प्राचीन परंपराओं के प्रति बगावत फैली। आर्य समाज के सुधारों में राष्ट्रीय भावना प्रबल हुआ। इन सबके कारण हममें तेजस्वी मनुष्यत्व का विकास हुआ।'[2]

स्वतंत्रता-संग्राम की पूर्व भूमिका

भारत में ब्रिटिश साम्राज्य के विरुद्ध असंतोष की भावना 18वीं शताब्दी

1. राजा राममोहन राय, द्विशत जन्म वार्षिकी समारोह समिति, पृष्ठ 138
2. कांग्रेस का इतिहास, द्वितीय संस्करण, डा० पट्टाभि सीतारमैया

के मध्य यानी प्लासी-युद्ध के बाद से प्रारंभ हो गई थी। यह क्रम 1760 ई० से प्रारंभ हुआ था। इसके बाद ही इतिहास प्रसिद्ध 'संन्यासी-आन्दोलन' हुआ था। 'संन्यासियों का यह आन्दोलन वास्तव में अकबर के शासनकाल से ही प्रारंभ हो गया था। वाराणसी के मधुसूदन सरस्वती हिंदू संन्यासियों की रक्षा के लिए अकबर के पास गए थे। उन्होंने ब्राह्मण संन्यासियों की रक्षा के लिए अब्राह्मण संन्यासियों को शस्त्र देने की सिफारिश की थी, जिसे अकबर ने स्वीकार कर लिया था। इस प्रकार 16वीं शताब्दी के अस्त्रधारी संन्यासी-संप्रदाय का विकास हुआ। यह विवरण रेवरेण्ड जे० एम० फार्कूहाट की पुस्तक में है।'[1]

पहले ये लोग आपस में ही लड़ते थे, परंतु औरंगजेब के शासनकाल में अचानक इनमें स्वदेश-भावना जागरित हुई। 'सन् 1764 ई० से अंग्रेजों के विरुद्ध की गई लड़ाई में मीर कासिम को हिम्मतगिरि के नेतृत्व में संचालित संन्यासी योद्धाओं से मदद लेनी पड़ी थी। 19वीं शताब्दी के प्रथम दशक में सिख-मराठा सैन्यवाहिनी में संन्यासी योद्धाओं ने युद्ध किया था। ये फकीर उत्तरप्रदेश के मदारी सम्प्रदाय के थे। इन संन्यासियों में कानपुर जिला के माखनपुर गांव के प्रसिद्ध साधु योद्धा जिन्दा शाह की ख्याति थी। इन्हें बुरहाना या नंगा फकीर कहा जाता था।'[2]

इनकी शक्ति के बारे में कटक के कलक्टर ने अपने एक पत्र में लिखा था, 'संन्यासी बंगाल की तरफ चले जा रहे हैं। इनकी संख्या तीन हजार होगी। इनके साथ तीन तोप, देसी बन्दूकें, भाले और तलवारें हैं।'[3]

'इन संन्यासियों ने सर्वप्रथम सन् 1763 ई० में ढाका स्थित अंग्रेजों की कोठी पर हमला किया था। अंग्रेज वणिक ढाका को मुख्य क्षेत्र बनाकर मसलिन बनानेवाले कारीगरों से नाममात्र मूल्य देकर कपड़े खरीद लेते थे और जबरन बिना मूल्य देने के लिए शर्तनामा लिखवा लेते थे। अगर शर्तनामा के अनुसार काम न हुआ तो सजा देते थे। यहां तक कि उनकी अंगुलियां काट लेते थे।'[4]

मुगलों के शासन का सूर्य अस्ताचलगामी था। देश को छोटे-छोटे नवाब, जमींदार और ईस्ट इंडिया कम्पनी के कर्मचारी मिलकर लूट रहे थे। जनता अत्यधिक अप्रसन्न हो गई थी। यही वजह है कि जनता इन विद्रोही संन्यासियों

1. उन्नविशं शतकेर बांगला साहित्ये विद्रोहेर चिन्ह, सुकुमार मित्र, पृष्ठ 27
2. रजिस्ट्री डिपार्टमेंट ओरिजनल कंसलटेशन नम्बर 27, 29-3-1793 ई०, संन्यासी एण्ड फकीर रीडर्स इन बेंगाल, पृष्ठ 22-23
3. भारतवर्षेर इतिहास, श्री सुकुमार राय, द्वितीय संस्करण
4. भारतेर कृषक विद्रोह ओ गणतांत्रिक संग्राम, प्रथम खंड, सुकुमार राय, 1966, पृष्ठ 29

की मदद देने लगी। संन्यासियों का विस्तार उत्तरप्रदेश के घाघरा नदी के किनारे से लेकर असम के ब्रह्मपुत्र तक तथा उड़ीसा के कुछ भागों में था। संन्यासियों के पास सुदक्ष गुप्तचर थे जो यह पता लगाया करते थे कि ईस्ट इंडिया कम्पनी के पास कहां कितनी सेनाएं हैं। अंग्रेज, हिन्दू और मुसलमानों के पास कितना धन-भंडार है। ये लोग अपने सरदारों के पास विशेष समाचार पहुंचाया करते थे।

इसी दौर में सम्पूर्ण बंगाल अकाल की चपेट में आ गया। लोग भूखों मरने लगे। इस समय का सही चित्रण बंकिम बाबू के आनंदमठ उपन्यास में प्राप्य है। उन्हें यह कहानी अपने पितामह (जोकि घटना के प्रत्यक्षदर्शी थे) से मिली थी। इन्हीं दिनों किसानों और जनसाधारण की सहायता के लिए संन्यासी सामने आए। विद्रोहों का यह सिलसिला 1857 ई० में आकर जहरबाद के रूप में फूट पड़ा। संन्यासी-आन्दोलन (जिसे अंग्रेजों ने संन्यासी-विद्रोह कहा है) के पूर्व जितने विद्रोह भारत में हुए थे, वे सभी उनके क्षेत्र तक सीमित रहे।

डाक्टर पट्टाभि सीतारमैया के शब्दों में, 'सन् 1857 का गदर प्लासी-युद्ध के बाद सौ वर्षों तक भारत में जो कुछ घटनाएं घटती रहीं, उनके परिणाम का द्योतक रहा। यही नहीं, बल्कि वह प्रत्येक देश और जाति के मानव-हृदय की इस अभिलाषा को सूचित करता था कि हम अपने ही लोगों द्वारा शासित हों, दूसरों के द्वारा नहीं। 1857 ई० के बाद भारतीय जनता को इस तेजी से कुचल दिया गया कि गदर के नेताओं के नाम-निशान मिट गए। इस बीच ईस्ट इंडिया कम्पनी समाप्त हो गई। बाद में लोगों ने अंग्रेजी-राज को भगवान की देन के रूप में स्वीकार कर लिया।'[1]

नील विद्रोह

लेकिन स्थिति यह नहीं रही। बंगाल और महाराष्ट्र भीतर ही भीतर उफनता रहा। गदर में भारतीय जनता पर अमानुषिक अत्याचार होने के बाद विद्रोह की भावना लोगों के अंतर में पनपती रही।

1857 ई० में हुए जिस विद्रोह को कुचल दिया गया, उससे प्रेरणा लेकर नील के व्यापार में लगे अंग्रेज नील की खेती करने वाले किसानों पर ठीक उसी प्रकार अत्याचार करने लगे, जिस प्रकार मसलिन के कारीगरों के साथ करते रहे। फलतः बंगाली किसानों में इन व्यापारियों के प्रति घृणा की भावना उमड़ी और सन् 1859 ई० में उन्होंने असहयोग करना प्रारंभ किया। इतिहासकारों के मत से भारत का यह

---

1. कांग्रेस का इतिहास, प्रथम खंड, द्वितीय संस्करण

सर्वप्रथम असहयोग आन्दोलन था।[1]

'हिन्दू पेट्रियाट के संपादक श्री हरिश्चन्द्र मुखोपाध्याय ने इस आन्दोलन के बारे में लेख लिखना प्रारंभ किया। आन्दोलन को सफल बनाने के लिए 'अमृत बाजार पत्रिका' के स्वनामधन्य संपादक श्री शिशिरकुमार घोष ने इस आन्दोलन का नेतृत्व किया। आगे चलकर इस आन्दोलन का नाम 'नील विद्रोह' हो गया।'[2]

इस विद्रोह के प्रत्यक्षदर्शी श्री दीनबंधु मित्र ने 'नील दर्पण' नामक नाटक लिखा। इस नाटक के कारण सम्पूर्ण बंगाल में हलचल मच गई। उन्हीं दिनों ईसाई मिशन की सेवा में रेव्हरेण्ड जेम्स लांग भारत आए थे। इस नाटक को पढ़ने के बाद उन्होंने प्रसिद्ध कवि माइकेल मधुसूदन दत्त से इसका अंग्रेजी में अनुवाद कराया। अनुवाद का कार्य एक ही रात में डिप्टी मैजिस्ट्रेट तारकनाथ घोष के भवन में हुआ था। जिस प्रकार बंगला संस्करण में—(जोकि सन् 1860 ई० में प्रकाशित हुआ था)—लेखक, प्रकाशक का नाम नहीं था, उसी प्रकार अंग्रेजी संस्करण में लेखक, अनुवादक और प्रकाशक का नाम नहीं था। केवल मुद्रक का नाम था।

'श्री दीनबंधु मित्र ने अपनी पुस्तक की भूमिका में 'इंगलिशमैन' और 'हरकारा' नामक पत्रों की आलोचना करते हुए लिखा था कि जिस प्रकार तीस रुपयों की लालच में जुडास ने ईसा को पाइलट के साथ बेच दिया था, ठीक उसी प्रकार ये दोनों पत्र घूस खाकर देश की जनता को कष्ट दे रहे हैं। जिस प्रकार महाराज नंदकुमार के मुकदमे में हलचल मची थी, ठीक उसी प्रकार 'नील दर्पण' नाटक को लेकर मची। यहां तक कि जो लोग किसानों से हमदर्दी रखते थे, उन्हें भी मुक्ति नहीं मिली। माइकेल मधुसूदन दत्त को सरकारी नौकरी छोड़नी पड़ी। केवल मूल लेखक को कोई सजा नहीं मिली। लेकिन एक पत्र के संवाददाता ने अपने सूत्रों से यह पता लगा लिया था कि इस नाटक का मूल लेखक कौन है। उनके बंगला नाम को अंग्रेजी में यों छापा गया था—ए फ्रेण्ड आव पुअर एण्ड निडी।[3]

ब्रिटिश सरकार की ओर से यह प्रयत्न किया गया कि रंगमंच पर इस नाटक का प्रदर्शन न हो, परन्तु कानून के जरिये ऐसा नहीं किया जा सका। इस नाटक का कितना महत्व था, इसकी जानकारी एक घटना से आसानी से लगाई जा सकती है। एक बार इस नाटक को देखते समय सदा शांत रहने वाले पंडित ईश्वरचन्द्र विद्यासागर इतने उत्तेजित हो उठे कि उन्होंने चप्पल खींचकर रंगमंच में उस पात्र

---

1. भारते जातीय आन्दोलन, प्रथम संस्करण, श्री प्रभात मुखर्जी, पृष्ठ 35
2. भारत में सशस्त्र क्रांति की भूमिका, श्री तारिणीशंकर चक्रवर्ती, हिन्दी संस्करण, पृष्ठ 77
3. श्री वैद्यनाथ मुखर्जी का लेख। आनंद बाजार पत्रिका, 13 नवम्बर, 1966 ई०

की ओर फेंका जो नील साहब का पार्ट कर रहा था। उक्त नायक ने उस चप्पल को माथे से लगाते हुए कहा कि आज मुझे अपने जीवन का सर्वश्रेष्ठ पुरस्कार मिला, तब विद्यासागरजी समझ पाए कि वे अभिनय देख रहे थे।

अच्छा हुआ कि माइकेल मधुसूदन दत्त की नौकरी छूट गई वरना 'मेघनाथ वध' नामक काव्य हमें प्राप्त न होता। कहने को वह पौराणिक काव्य ग्रंथ था, परन्तु वह अंग्रेजों के शासन के खिलाफ विद्रोह का अपरोक्ष उदाहरण था। इसे ब्रिटिश सरकार समझ गई थी।

भारत माता

बंगालियों के संबंध में यह शिकायत कुछ लोगों में बनी हुई है कि वे बंगाल के बाहर सभी क्षेत्र को 'विदेश' कहते हैं। यहां तक कि यह शिकायत वन्दे मातरम् गीत के बारे में भी है। बंगाल में प्रचलित 'विदेश' शब्द का वास्तविक अर्थ है—परदेश। 'देश' का अर्थ होता है—अपना गांव या शहर। आम जनता की धारणा पर विचार करने से किसी जाति के बारे में सही निर्णय नहीं किया जा सकता। कवियों तथा लेखकों ने अपनी रचनाओं में समग्र भारत की कल्पना की है।

जब राष्ट्रगुरु सुरेन्द्रनाथ बनर्जी ने 'इंडिया असोसिएशन' नामक संस्था को जन्म दिया तब एक बार यह प्रश्न उठा था। इस संस्था का नाम 'भारत-सभा' रखा गया था, जिसे अंग्रेजी में 'इंडियन असोसिएशन' कहा जाता था। इस संस्था के कुछ सदस्यों ने सुझाव दिया कि इसका नाम 'बंग-सभा' यानी बेंगाली असोसिएशन' रखा जाए, परंतु सुरेन्द्रनाथ बनर्जी ने इसे अस्वीकार करते हुए कहा, 'हम लोगों ने अनुभव किया है कि इस तरह के नाम से या इस नाम से हमारा कार्यक्षेत्र एक सामान्य दायरे तक सीमित रह जाएगा।'

आगे चलकर एक प्रश्न के उत्तर में सुरेन्द्रनाथ बनर्जी ने 'भारत सभा' नाम रखने के बारे में कहा था, 'उन दिनों मैटसिनी के आदर्श के प्रभाव के कारण अखंड भारत की कल्पना की जा रही थी। संपूर्ण भारत को एक ही राजनीतिक साधना-पीठ में प्रतिष्ठित करने की भावना बंगाल के भारतीय नेताओं के मन में थी। फलस्वरूप मैंने यह निश्चय किया था कि संस्था का नाम 'भारत-सभा' ही रखूंगा। हमारा उद्देश्य होगा कि भारत के समस्त समाज और सम्प्रदाय को एक अखंड राजनीति साधना के बंधन में मिलाकर उनका समीकरण करना।'[1]

'राममोहन राय के युग में उनके अनेक शिष्यों ने अपनी रचनाओं में समग्र

---

1. चित्र चरित्र, श्री प्रमथनाथ बिशी, प्रथम संस्करण, पृष्ठ 122

भारत की कल्पना की है।'[1] बंकिम बाबू के साहित्य-जगत् में आने के पूर्व जिन कवियों ने राष्ट्रीय कविताएं लिखी हैं, उनमें भारत के दुख, जयगान तथा स्वतंत्रता के बारे में उल्लेख किया है। इनकी रचनाओं में कहीं बंगाल का उल्लेख नहीं है :

कत काल परे बल भारत रे,
दु:ख सागर सांतारि पार हबे।
—श्री गोविन्दचन्द्र राय

मलिन मुख चंद्रमा भारत तोमारि,
रात्रि दिवा झरिछे लोचन वारि।
—श्री द्विजेन्द्रनाथ ठाकुर

प्राण कांदे बलिते भारत विवरण,
भूमंडले नाहि मेले द्वितीय आर एमन।
—श्री मनमोहन बसु

यद्यपि ये रचनाएं इतिहास प्रसिद्ध 'हिंदू मेला' आरंभ होने के पूर्व की हैं और सभीमें भारत की कल्पना है, यहां तक कि तत्कालीन संस्कृत पदावलियों में भी है, तथापि किसी लेखक ने भारत को 'माता' नहीं कहा है।

यह ठीक है कि बंगाल के तत्कालीन कवियों ने जनमानस में राष्ट्रीय-चेतना जागरित करने के लिए अनेक गीत लिखे, किंतु भारत को 'माता' की संज्ञा देने वाले एक मात्र कवि श्री ईश्वरचन्द्र गुप्त थे। वाल्मीकि रामायण में 'जननी जन्मभूमिश्च' की कल्पना विश्वव्यापी है। संभवत: वाल्मीकि ने वेदों से इस तथ्य को ग्रहण किया हो :

सा नो भूमिर्विसृजतां माता पुत्राय मे पयः
(अथर्व० 12-1-10)

(वह माता भूमि—मातृभूमि—मुझ पुत्र के लिए पय यानी दूध आदि पुष्टिप्रद पदार्थ प्रदान करे।)

माता भूमिः पुत्रो अहं पृथिव्या
(अथर्व० 12-1-15)

(भूमि मेरी माता है और मैं उसका पुत्र हूं।)

आगे विष्णुपुराण तथा महाभारत में 'भारत' की चर्चा देखते हैं। लेकिन भारतीय भाषा में हमें भारत को जननी कहने का वर्णन केवल गुप्तजी की रचना में प्राप्त हुआ। श्री ईश्वरचन्द्र गुप्त दैनिक तथा मासिक 'संवाद प्रभाकर' के

1. आनंद बाजार पत्रिका, कांग्रेस अंक, 1938

संपादक-प्रकाशक और बंकिम बाबू के गुरु थे। बंकिम का साहित्यिक जीवन कविता-लेखन से प्रारंभ हुआ था और इन्हींके प्रोत्साहन पर बंकिम बाबू ने लिखना प्रारंभ किया था।

'ईश्वरचन्द्र गुप्त की 'भारत भूमि' शीर्षक कविता दश-वात्सल्य की आदि कविता है। स्वधर्मानुरागजनित देश-प्रेम का प्रथम उच्छ्वास। यह कविता सन 1848 में प्रथम बार प्रकाशित हुई थी, पुनः छः साल बाद 'हिंदू पेट्रियाट' में। उन दिनों सिपाही-युद्ध हुआ था।'[1]

जननी भारतभूमि, आर केन थाक तुमि,
धर्म रूप भूषाहीन हये।
तोमार कुमार जत, सकलेई ज्ञान हत,
मिछे केन मर भार बये॥
जानना कि जीव तुमि जननी जन्मभूमि।
जे तोमारे हृदये रेखेछे।
थाकिया मायेर कोले संतान जननी भोले,
के कोथाय एमन देखेछे॥

बाद में यही कविता 'संवाद प्रभाकर' में सन् 1860 ई० में पुन: प्रकाशित हुई। गुप्तजी के बाद अनेक कवियों ने भारत शब्द का प्रयोग जरूर किया है, पर 'भारत माता' नहीं कहा है। पूरे तेरह वर्ष बाद शिशिरकुमार घोष की एक छोटी कविता 'भारत माता' शीर्षक से प्रकाशित हुई थी।

घोष महाशय की इस कविता से प्रभावित होकर श्री किरणचन्द्र बनर्जी ने 'भारत माता' नामक नाटक लिखा। इस नाटक का सर्वप्रथम अभिनय 'हिंदु मेला' में हुआ था। 'नील दर्पण' नाटक के बाद 'भारत माता' नाटक ने अपूर्व कार्य किया था। इसके बाद स्वदेश-प्रेम पर आधारित 'शरत् सरोजिनी', 'सुरेन्द्र विनोदिनी', 'हरिश्चन्द्र' आदि नाटक लिखे गए।[2]

'कांग्रेस के जन्म के काफी पहले 'भारत माता' नाटक ने जनता में स्वदेशप्रेम उत्पन्न किया था। इस नाटक की सफलता से ही जनता ऐतिहासिक नाटक देखने की ओर आकृष्ट हुई।'[3]

यह एक दृश्य का नाटक था। हिमालय पर्वत पर चिंतित मुद्रा में, बाल फैलाए भारत माता बैठी है। सामने अनेक भारत संतान निद्रित हैं।

---

1. बंग साहित्ये स्वदेश प्रेम ओ भाषा प्रीति, श्री अमरेन्द्र राय, प्रथम संस्करण, पृष्ठ 7
2. वही, पृष्ठ 39
3. बांगलार नाट्यशालार इतिहास, डा० श्री अरुणकुमार मित्र, प्रथम संस्करण, पृष्ठ 415

भारत माता, 'उठो, उठो, मेरे बच्चो, अब कितनी देर सोओगे !' कहती वह गाना गा रही है :

> देखो गो भारत माता तोमारि संतान।
> घुमाये रयेछे सब हये हत ज्ञान॥
> सबे बल वीर्यहीन अन्न बिना तनु क्षीण।
> हरिये एदेर दशा विदरिये जाय प्राण॥
> मरिए दशा तोमार सहिते ना पारि आर।
> अपार जलधि पार चलिलाम छाड़ि स्थान॥[1]

भूखे संतानों को भोजन नहीं मिला तो उन लोगों ने मां का स्तन-पान करना चाहा। भारत माता ने कहा, 'बेटा, अब इन स्तनों में दूध कहां है जो तुम्हें दूं? खून भी कहां है? सब चूस लिया गया है।'

इस नाटक का प्रकाशन सन् 1873 ई० में हुआ था। बंगाल के प्रसिद्ध नाट्यकार तथा निर्देशक श्री अमृतलाल बसु ने 15 फरवरी, सन् 1873 ई० को नेशनल थियेटर में इसे प्रस्तुत किया था।

इस नाटक की लोकप्रियता के बारे में श्री अमृतलाल बसु ने लिखा है, 'भारत माता का मंचन बड़े शुभ क्षणों में हुआ था। आम जनता ने इसे काफी पसंद किया था। भारत माता में जितने गीत थे, वे इतने जनप्रिय हो गए थे कि जिस दिन यह नाटक नहीं प्रस्तुत किया जाता था, उस दिन दर्शकों को प्रसन्न करने के लिए प्लाकार्ड में भारतीय संगीत के नाम से विज्ञापन दिया जाता था।'[2]

डा० अरुणकुमार मित्र के कथनानुसार, 'भारत माता नाटक के अभिनय से ही रंगमंच पर प्रथम बार जन्मभूमि की पूजा हुई।'[3]

प्रसंगवश यहां एक अन्य घटना का उल्लेख करना पड़ रहा है। 'भारत माता' नाटक के आधार पर आधुनिक हिन्दी के जन्मदाता भारतेन्दु हरिश्चन्द्र ने 'भारत जननी' नामक एक आपेरा लिखा था। अपनी भूमिका में उन्होंने इसे संशोधित अनुवाद कहा है।

इस संबंध में श्रद्धेय रायकृष्णदासजी ने 'नेह के दीवाने' नामक लेख में तथा मुझसे जुबानी कहा है कि उक्त नाटक बाबू हरिश्चन्द्र के नाम से छपने पर भी अनुवाद का कार्य उनकी प्रेमिका श्रीमती मल्लिकादेवी ने किया था।

इन्हीं दिनों यानी सन् 1873 ई० में एक गद्य रचना में भी भारत को 'भारत माता' कहा गया है और इतिहाकारों के मत से यह लेख ज्योतिष-संबंधी न होकर

---

1. श्री अमरेन्द्र राय की 'बंग साहित्ये स्वदेश प्रेम ओ भाषा प्रीति'
2. अमृतलाल बसुर जीवनी ओ साहित्य, प्रथम संस्करण, पृष्ठ 415
3. बांगलार नाट्यशालार इतिहास, डा० अरुणकुमार मित्र, पृष्ठ 121

राष्ट्रीय-चेतना को जागरित करने के उद्देश्य से लिखा गया था। इस गद्य-काव्य के लेखक थे—श्री अक्षयचन्द्र सरकार। आपने 'भारत माता की दशा' नामक लेख में लिखा है :

'भारत की दस दिशाएं ही दस महाविद्या हैं। प्रथम दो दिशाएं काली और तारा की रहीं जब आर्य-दस्यु विवाद हुआ था और भारत को रक्तस्नान करना पड़ा था। इन दिनों (1873 ई०) भारतमाता की धूमावती दशा चल रही है। विधवा भारत माता के पेट में अन्न नहीं है, तन पर कपड़े नहीं हैं, केश रूक्ष हैं, दांत निकल आए हैं, शोक-ताप से वह त्रस्त हैं। भारत माता पुनः सभूषण से भूषिण होंगी तब मातंग मूर्ति धारण करेंगी।'

मुगलों के शासनकाल में जितनी कठोरता नागरिकों के साथ की जाती थी, उतनी ब्रिटिश शासनकाल में की जाती रही। फलतः अधिकांश लेखक अपनी भावनाओं को धर्म-दर्शन, इतिहास आदि के माध्यम से व्यक्त करते रहे। श्री सरकार के लेख को उसी रूप में अधिकांश विद्वानों ने स्वीकार किया है।

'भारत माता' नाटक का प्रभाव इतने व्यापक रूप से पड़ा था कि 29 वर्ष बाद स्वयं अमृतलाल बसु ने उसके आधार पर 'नवजीवन' नामक रूपक लिखा था।

इस नाटक के मंचीकरण के कुछ दिनों पूर्व श्री किरणचन्द्र वंद्योपाध्याय का देहांत हो गया था। 'नवजीवन' नाटक का मंचीकरण 1 जनवरी, 1902 ई० को हुआ था।[1]

1. अमृतलाल बसुर जीवनी ओ साहित्य, श्री अरुणकुमार मित्र, प्रथम संस्करण, पृष्ठ 49 तथा 303

'हिन्दू मेला' की देन

इस बात को हम अस्वीकार नहीं कर सकते कि भारतीय नागरिकों में जागृति की भावना उत्पन्न करने में राजा राममोहन राय का सबसे बड़ा योगदान था। बंगालियों में जहां अनेक खूबियां हैं, वहीं कुछ कमजोरियां भी हैं। मुगल शासनकाल में बंगालियों ने फारसी भाषा को ही नहीं अपनाया, बल्कि उनके द्वारा प्रदत्त उपाधियों का बोझ आज भी ढोते आ रहे हैं। खासनविश, चकलानविश, महालनविश, मजुमदार, खां आदि उपाधियां इसके उदाहरण हैं। ठीक उसी प्रकार राममोहन राय के काल में बंगाली अंग्रेजी-भक्त बन गए। यह चिन्तनीय स्थिति रही। इस परिवर्तन को तत्कालीन प्रबुद्ध लोगों ने देखा और उसका हल खोजने लगे।

'इन्हीं दिनों प्रसिद्ध विद्वान श्री राजनारायण बसु ने 'हिन्दू धर्मेर श्रेष्ठत्व', 'वृद्धि हिन्दूर आशा', 'जातीय गौरव प्रचारिणी सभा' आदि लेख लिखे।'[1]

'श्री राजनारायण ने मेदिनीपुर में विदेशी शिक्षा के विरोध में एक संघ की स्थापना की ताकि युवकों में स्वदेश-प्रेम बढ़े। फलतः इस धारा का तेजी से विकास हुआ। कलकत्ता में 7 अगस्त, सन् 1865 ई० को 'नेशनल पेपर' की स्थापना महर्षि देवेन्द्रनाथ ठाकुर ने की। इस पत्र की सारी जिम्मेवारी युवक कार्यकर्ता श्री नवगोपाल मित्र को दी गई। श्री राजनारायण बसु के लेख के आधार पर ही उक्त पत्र का नामकरण किया गया था। इस संबंध में उन्होंने अपने आत्मचरित्र के पृष्ठ 208 में लिखा है—श्रीयुत् नवगोपाल मित्र महोदय ने मेरे द्वारा प्रणित 'जातीय गौरवेच्छा संचारिणी सभा' का अनुष्ठान पत्र जब पाठ किया तब उनके मन में हिन्दू मेला की बात उत्पन्न हुई। इस बात को उन्होंने मेरे सामने

---

1. चित्र चरित्र, श्री प्रमथनाथ बिशी, प्रथम संस्करण, पृष्ठ 62। भारत में सशस्त्र क्रांति की भूमिका, श्री तारिणीशंकर चक्रवर्ती, हिन्दी संस्करण, पृष्ठ 81। भारते जातीय आंदोलन, प्रथम संस्करण, पृष्ठ 39

स्वीकार किया था। हिन्दू मेला की स्थापना मेरे द्वारा प्रस्तावित 'जातीय गौरवेच्छा संचारिणी सभा' के आदर्श रूप में हुई थी।'[1]

इस मेले का प्रथम अधिवेशन कलकत्ता में बेलगछिया मुहल्ले में डनकिन साहब के बाग में दिनांक 12 अप्रैल, 1867 ई० में हुआ था और दूसरा अधिवेशन सन् 1868 में बेलगछिया स्थित आशुतोष देव के बाग में हुआ था। दूसरे अधिवेशन के मंत्री थे—श्री गगेन्द्रनाथ ठाकुर और इसी प्रकार समारोह में भारत के प्रथम सिविलियन श्री सत्येन्द्रनाथ ठाकुर ने 'सब मिले भारत संतान' गीत गाया था।

जातीय प्रदर्शनी का अर्थ है—राष्ट्रीय प्रदर्शनी। चूंकि इसका प्रथम अधिवेशन चैत संक्रांति के दिन हुआ था, इसलिए इसका नाम 'चैत्र मेला' भी पड़ा था। आगे चलकर 'हिन्दू मेला' के नाम से प्रसिद्ध हुआ। इस मेला के छः उद्देश्य बनाए गए थे और प्रत्येक के लिए एक कमेटी बनाई गई थी जिसके प्रधान तत्कालीन लेखक रहे। इस मेले में व्यायाम होता था। लोग जोड़ी, नाल, गदा फेरते थे। अंग्रेज यह सब दृश्य देखकर चकित रह जाते थे। घुड़सवारी, नाव खेने की शिक्षा दी जाती थी। कुश्ती लड़ना, लाठी चलाना भी सिखाया जाता था। औरतें सिलाई-बुनाई सीखती रहीं। सभीको पुरस्कार दिया जाता था। सन् 1870 ई० में 'नेशनल सोसायटी' यानी 'जातीय सभा' की स्थापना इसी संस्था के अन्तर्गत की गई। इसमें साहित्य-विभाग तथा मासिक गोष्ठी का आयोजन किया गया।

'ठाकुर परिवार के लोगों ने बसु और मित्र महाशय से अनुरोध किया कि आप लोगों की देखरेख में इस मेले का आयोजन होता रहेगा। समस्त खर्च हम देंगे। इसके बाद से ये ही दोनों व्यक्ति मेले का आयोजन करते रहे।'[2]

श्री राजनारायण बसु असाधारण प्रतिभावाले व्यक्ति थे। इनकी विद्वत्ता से प्रभावित होकर महर्षि देवेन्द्रनाथ ठाकुर इन्हें 'इंगरेजी खां' कहा करते थे। वह इसलिए कि मुसलमानों की दुकानों से सीक कबाब खरीदकर खाते और खुलेआम शराब पीते रहे। लेकिन जब वे कुछ लिखते या भाषण देने के लिए खड़े होते तब भारत की मृण्मय और चिन्मय सत्ता के साथ ही ज्ञान, भक्ति, योग की विशद व्याख्या करते थे। नागरिक इन्हें 'कलियुगी व्यास' और देवघर के पंडा 'दूसरा वैद्यनाथ' मानते रहे। भारत में क्रांतिकारी पार्टी स्थापना करने में आपका प्रमुख योगदान रहा।

---

1. जातीयतार नवमंत्र अथवा हिन्दू मेलार इतिवृत्त, श्री योगेशचन्द्र बागल, 1352 फसली, पृष्ठ 4
2. आनंद बाजार पत्रिका, कांग्रस अंक, पृष्ठ 100

श्री नवगोपाल मित्र भी अद्भुत प्रतिभाशाली व्यक्ति थे। आपकी राष्ट्रीयता देखकर लोगों ने इन्हें 'नेशनल नवगोपाल' कहना आरंभ किया था। बंगला में 'नेशनल' शब्द का प्रयोग आपने किया था।

हिन्दू मेला के आदर्श के संबंध में प्रथम मंत्री गगेन्द्रनाथ ठाकुर ने कहा है, 'हमारा भारतवर्ष जिससे आत्मनिर्भर हो, यह विचार प्रत्येक भारतवासी का हो, यही इस मेले का उद्देश्य है।'

'इस मेले के कारण अनेक कवियों ने जन्म लिया। साहित्य, संगीत और समाचारपत्रों के नामों से यह स्पष्ट हो जाता है कि बंगाली उन दिनों संपूर्ण भारत की कल्पना करते थे। अन्य किसी क्षुद्रतर सत्ता के लिए कोई स्थान नहीं था। नये युग की स्थापना नवगोपाल ने ही की थी। चारों ओर भारत-भारती पत्र-पत्रिकाएं प्रकाशित होने लगीं। उन दिनों कहीं बंगाल का नाम-गंध नहीं था। सम्पूर्ण भारत के बारे में ये लोग चिन्तन किया करते थे। नवगोपाल अपने पूर्ववर्ती साधकों की साधना को साधारण लोगों में प्रचार करते रहे। अब तक जो बातें 'तत्वबोधिनी पत्रिका' और 'ब्रह्मसभा' तक सीमित रहीं, उन सभी को वे हिन्दू मेला में खींच लाए। नवगोपाल मित्र की यह सबसे बड़ी देन रही जो किसी अर्थ में कम नहीं है।'[1]

'राष्ट्रीय जीवन के विभिन्न पहलुओं के संगठन और सुधार का यह प्रथम सम्मिलित प्रयास था। हिन्दू मेला से इन सारे कामों का लक्ष्य दूर होने पर भी लोग भारत के उत्थान के लिए सक्रिय रहे। मेला के कार्यकर्ताओं ने जीवन को हर तरह से, हर दिशा में उद्दीपित करने का प्रयत्न किया। एकता बोध में वृद्धि, सामाजिक उन्नति, शिक्षा, साहित्य, शिल्प, संगीत, स्वास्थ्य आदि विषयों पर इनकी दृष्टि थी।'[2]

मेला में काव्य-पाठ या रचना केवल भारत-संबंधी होती रही। मेले में भाग लेने के लिए बड़े कठोर नियम बनाए गए थे। भारतीय पोशाक पहनकर आना पड़ेगा। मातृभाषा के अलावा अंग्रेजी के प्रयोग पर जुर्माना किया जाएगा। इससे स्पष्ट है कि सन् 1857 में जिस ढंग से भारतीय जनता को कुचल दिया गया था, उनकी पुनरावृत्ति के लिए जनसाधारण में व्यापक रूप से प्रयत्न किया जा रहा था और इस महान कार्य के लिए ठाकुर परिवार की देन अविस्मरणीय रही है।

इसी मेले में सर्वप्रथम श्री गगेन्द्रनाथ ठाकुर ने लिखा, 'लज्जाये भारत यश गाहिबो कि करे।'

---

1. चित्र चरित्र, पृष्ठ 112
2. जातीयतार नवमंत्र, श्री योगेशचन्द्र बागल

श्री द्विजेन्द्रनाथ ठाकुर ने लिखा:

मलिन मुख चंद्रमा भारत तोमारि।
रात्रि दिवा झरिछे लोचन वारि॥

श्री द्वारकानाथ गंगोपाध्याय ने लिखा:

ना जागिले सब भारत ललना।
ए भारत आर जागे ना।

सन् 1868 ई० में श्री ज्योतिरिन्द्रनाथ ठाकुर ने लिखा:

जाग जाग जाग सबे भारत संतान,
मा के भूलि कतकाल रहिबे शयान।
भारतेर पूर्व्व कीर्त्ति करह स्मरण,
रबे आर कत काल मुदिये नयन॥

इन्हीं दिनों रवीन्द्रनाथ ठाकुर के बड़े भाई श्री सत्येन्द्रनाथ ठाकुर ने एक महत्वपूर्ण गीत लिखा, जिसका उपयोग स्वदेशी आन्दोलन में जमकर हुआ था :[1]

मिले सब भारत संतान
एक तन मन प्राण।
गाओ भारतेर यश गान॥

श्री बिहारीलाल चक्रवर्ती ने लिखा:

जखन जनमभूमि छिलेन स्वाधीन,
केमन उज्ज्वल छिल ताहार बदन।
एखन हयेछे मार से मुख मलिन,
मनोदुःख परेछेन तिमिर वरन॥

'इन कवियों में सबसे अधिक लोकप्रियता श्री सत्येन्द्रनाथ ठाकुर को प्राप्त हुई थी। श्री राजनारायण बसु की पुस्तक 'हिन्दू धर्म की श्रेष्ठता' की आलोचना करते हुए बंकिम बाबू ने इस कविता को उद्धृत किया है और मुक्त कंठ से प्रशंसा की है। श्री सत्येन्द्रनाथ ठाकुर की कविता का स्थान 'वन्दे मातरम्' और 'जन गण मन' के बाद रहा है।'[2]

राष्ट्रीय गीत के रूप में भले ही सत्येन्द्रनाथ ठाकुर की उक्त कविता प्रसिद्ध हुई

1. बंकिम-प्रसंग, श्री सुरेश समाजपति, प्रथम संस्करण, पृष्ठ 310
2. जातीय आन्दोलने रवीन्द्रनाथ, प्रथम संस्करण, श्री प्रफुल्लचन्द्र सरकार

हो, परन्तु स्वदेशी आन्दोलन में, हिन्दू मेला में पठित निम्नलिखित कविता अधिक लोकप्रिय हुई थी, क्योंकि इसे मार्च-गीत के तर्ज पर लिखा गया था :

चल चल रे सबे भारत संतान,
मातृभूमि करे आह्वान।
वीर दर्पे पौरुष गर्वे साध रे,
साध सबे देशेर कल्याण।
पुत्र बिना मातृ दैन्य के करे मोचन,
उठो, जागो, सबे बलो मा गो।
तब पद सपिनु पराण ! सबे भारत संतान,
एक मंत्र कर जय, एक मंत्रे तप।
शिक्षा दीक्षा, लक्ष, मोक्ष एक,
एक सुरे मा ही सबै गान।
देश देशांतरे चल रे, अंते-अंते नव ज्ञान,
नव भावे नवोत्साहे, मा तो शिखाबोरे नवतर गान।

हिन्दू मेला सन् 1867 ई० से प्रारंभ होकर सन् 1880 तक बराबर जारी रहा। इसमें अधिकांश बुद्धिजीवी भाग लेते रहे। जिस प्रकार एक संस्था इने-गिने लोगों की कर्मठता पर जीवित रहती है और उनके हट जाने पर वह समाप्त हो जाती है, ठीक वही स्थिति हिन्दू मेला के बारे में हुई। लेकिन यह निर्विवाद सत्य है कि सोए हुए बंगाल को हिन्दू मेला ने ही जगाया।

मान्यता है कि बंकिम जैसे लेखक जो अंग्रेजों के कट्टर दुश्मन थे, सरकारी नौकरी करते हुए अपने को संभाल नहीं पा रहे थे, पर उनका परिवार अंग्रेज-भक्त रहा। बंकिम बाबू के पैतृक निवासस्थान के सदर दरवाजे पर बनाई गई मूर्ति इसका एक प्रमाण है। दरवाजे के ऊपर एक सिंह की मूर्ति है जिसकी पूंछ दो बंदर खींच रहे हैं, पर कुछ नहीं कर पा रहे हैं। इसका आशय यह है कि ब्रिटिश शेर का ये बंदर कुछ भी नहीं बिगाड़ सकते। आमतौर पर बंगाली अपने सदर दरवाजे के ऊपर 'ऊं,' या किसी देवता का चित्र बनवाते हैं। जिस परिवार के सदर दरवाजे पर ऐसा चित्र बना हो, उस परिवार का एक सदस्य 'वन्दे मातरम्' जैसा गीत लिखे, यह एक आश्चर्य की बात है। निस्संदेह उस व्यक्ति के मानस पर हिन्दू मेला की हलचल का प्रभाव पड़ा होगा।

प्रेरणा का उत्स

किसी लेखक या कवि के बारे में यह निर्णय करना कठिन है कि कब, किस प्रेरणावश उसने उक्त रचना को जन्म दिया था। रचनाकाल वही माना जाता है, जब लेखक स्वयं रचना की तिथि लिखे या वह रचना छपकर जनता के सामने आती है। छपने के पूर्व वह रचना कितने दिनों तक अप्रकाशित रही, कितने संशोधन हुए, यह बताना कठिन है। वन्दे मातरम् गीत के साथ ये सारी बातें हुईं।

वन्दे मातरम् गीत के जन्म के संबंध में अनेक कल्पित घटनाओं का उल्लेख किया गया है। जिस प्रकार शरत् बाबू के बारे में अनेक बेसिर-पैर की बातें लिखी गई हैं, ठीक उसी प्रकार वन्दे मातरम् गीत के बारे में अनेक बातें प्रचारित हैं। दरअसल सही तथ्य का विश्लेषण कोई नहीं करता। एक-दूसरे के लेख को आधार मानकर झूठी बातें प्रचारित कर देते हैं।

> 1. बंकिम बाबू एक बार रेल से यात्रा कर रहे थे। उस समय उन्होंने जो प्राकृतिक दृश्य देखा, उससे उन्हें अपनी मातृभूमि की गरिमा का बोध हुआ, तब अपने भावों को गीत-श्रृंखला में बांध लिया।

गोया इसके पूर्व न कभी वे रेल-यात्रा करते थे और न ऐसा दश्य देखा था। बाद में भी तो रेल-यात्रा करते रहे, फिर ऐसी कोई दूसरी रचना क्यों नहीं दे सके?

> 2. इस गीत का श्रेय उनकी पुत्री को है। पिता का मातृभूमि के प्रति प्रेम देखकर वह हठात् कह उठी, 'कैसी है वह मातृभूमि, मुझे बताओ।' पुत्री की इस जिद को पूरी करने के लिए इस गीत को उन्होंने जन्म दिया।
>
> 3. उन्हें इस गीत का उद्बोध नींद में हुआ था। नींद में वे उच्चारण करते रहे और पास बैठे भतीजे ने उसे लिख लिया।[1]

वन्दे मातरम् गीत की शोध के सिलसिले में चार सौ से अधिक पुस्तकें, पत्र-पत्रिकाओं का अध्ययन करने का अवसर मुझे मिला है। अनेक दुर्लभ ग्रंथ जो। अप्राप्य हैं, देखे हैं। कहीं भी इन घटनाओं में से किसी एक का जिक्र नहीं मिला, जिसपर विश्वास किया जा सके। न तो बंकिम बाबू के समकालीन लेखकों, मित्रों ने और न बंकिम बाबू के जीवनी लेखकों ने जिक्र किया है। बंकिम बाबू के बारे में ये अफवाहें उसी प्रकार फैली हैं, जैसे वे अपनी जीवनी लिख गए हैं या बंग साहित्य परिषद वन्दे मातरम् की मूल पांडुलिपि खोज रही है।

अधिकांश विद्वान वन्दे मातरम् गीत के बारे में अधिकारिक लेख उनके छोटे भाई श्री पूर्णचन्द्र चटर्जी तथा श्री दीनबंधु मित्र के छठवें पुत्र श्री ललितकुमार मित्र के लेख को मानने हैं। इन दोनों को प्रत्यक्ष घटना एवं बंकिम बाबू के समकालीन लोगों की गवाही से पूरी जानकारी प्राप्त हुई थी। लेकिन इन दोनों व्यक्तियों ने इनमें से किसी भी घटना का जिक्र नहीं किया है। इससे स्पष्ट है कि किसी उर्वर मस्तिष्क वाले विद्वान ने अफवाह उड़ा दी और शेष लोग इसे ले उड़े।

इन तीनों घटनाओं में अंतिम घटना के साथ उनके भतीजे का नाम लिया गया है। बंकिम बाबू के भतीजे श्रीयुत् शचीशचन्द्र चटर्जी ने अपने चाचा के संबंध में एक पुस्तक लिखी है। उसमें किसी स्वप्न की चर्चा नहीं है। उन्होंने लिखा है, 'मेरा विश्वास है कि यह गीत झटके में नहीं लिखा गया है। जब तक लेखक आत्मस्थ न हो, तन्मय न हो, अनुप्राणित न हो तब तक नहीं लिखा जा सकता। बंकिम बाबू आम लेखकों की तरह कुछ लिखकर तुरंत नहीं छपाते थे।'[2]

श्री शचीशचन्द्र चटर्जी के इस बयान से यह स्पष्ट हो जाता है कि पूर्वोक्त सारी कथाएं कल्पित हैं।

बंकिम बाबू के सभी जीवनी लेखकों ने एकमत से यह स्वीकार किया है, 'आमार दुर्गोत्सव' तथा 'एकटी गीत' नामक लेखों को लिखते समय वन्दे मातरम् गीत का जन्म हुआ था। इन लोगों के इस तर्क को अस्वीकार नहीं किया जा सकता। अपने प्रमाण और तर्क के द्वारा इन लोगों ने इसे सिद्ध किया है। लेकिन मेरी धारणा है कि ये दोनों लेख प्रेरणा के उत्स नहीं रहे।

सन् 1857 ई० के प्रथम मुक्ति-संग्राम से लेकर सन् 1873 ई० तक जितनी घटनाएं भारत में राष्ट्रीय चेतना जागरित करने के लिए हुई थीं, उन सभीका प्रभाव

---

1. उपर्युक्त तीनों घटनाएं श्री अमरेन्द्र गाडगिल, पूना, सन् 1972 में प्रकाशित वन्दे मातरम् (मराठी) में हैं। साधना साप्ताहिक (गुजराती), सुश्री मनुहरि पाठक का लेख, कादम्बिनी, अगस्त, 1973 ई० तथा श्री निवास हार्डिकर ने जनवरी, 1973 की कादम्बिनी में लिखा है।

2. बंकिम जीवनी, प्रथम संस्करण, श्री शचीशचन्द्र चट्टोपाध्याय

उनपर पड़ा था। नील विद्रोह, हिन्दू मेला में भारत वन्दना, भारत माता नाटक के प्रति जनता का प्रेम और तत्कालीन राष्ट्रीयता की लहर का उन्होंने अध्ययन किया था। जनसाधारण के मानस पर जब तत्कालीन परिवेश का प्रभाव पड़ता है तब लेखक और साहित्यकार उससे अछूते नहीं रह सकते।

बंकिम बाबू भाषा के आचार्य रहे। अपने विचारों को प्रकट करने के लिए उन्होंने 'बंग दर्शन' मासिक पत्रिका का प्रकाशन प्रारंभ किया था। पत्रिका में प्रकाशित अधिकांश रचनाएं उनकी होती थीं। राष्ट्रीय चेतना का प्रभाव उनपर किस हद तक पड़ा था, उसका प्रमाण एक पुस्तक की आलोचना से स्पष्ट हो जाता है :

> 'हिन्दू जाति के बारे में देखा कि मेरे सामने नये सिरे से महाबल पदाकांत हिन्दू जाति निद्रा से जाग उठी है और उसका वीर कुंडल स्पंदन कर रहा है। देवक्रम से वह उन्नति की ओर बढ़ रही है। मैं स्पष्ट रूप से देख रहा हूं कि यह जाति पुनः नवयौवन प्राप्त कर ज्ञानधर्म और सभ्यता से उज्ज्वल होकर पृथ्वी को सुशोभित कर रही है। हिन्दू जाति की गरिमा से पृथ्वी पुनः विस्तारित हो रही है। इसी आशा के साथ मैं भारत का जयोच्चारण करते हुए अपना वक्तव्य समाप्त कर रहा हूं:
>
> मिले सब भारत संतान
> एक तन मन प्राण,
> भारत भूमिर तुल्य आछे कोन स्थान?
> कोन अद्रि हिमाद्रि समान?
> फलवती बसुमती स्रोतवती पुण्यवती
> शतखनि रतनेर विधान
> होक भारतेर जय
> जय भारतेर जय
> गाओ भारतेर जय
> कि भय कि भय
> गाओ भारतेर जय
> रूपवती साध्वी सती भारत ललना
> कोथा दिबे तादेर तुलना?
> शर्म्मिष्ठा सावित्री सीता दमयंती पतिरता
> अतुलना भारत ललना
> होक भारतेर जय—आदि

राजनारायण बाबू की लेखनी पर पुष्प-चंदन वृष्टि हो। यह महागीत

सम्पूर्ण भारत के लिए गीत बने। हिमालय की कंदराएं गूंज उठे। गंगा, यमुना, सिन्धु, नर्मदा, और गोदावरी के तटों पर स्थित प्रत्येक वृक्ष मर्मरित हो उठे। पूर्व और पश्चिम के सागर के गंभीर गर्जन से मन्द्रीभूत हो विशंति कोटि भारतवासियों का हृदय-यंत्र इसके साथ बजता रहे।'[1]

अपने साहित्य-गुरु श्री राजनारायण बसु की पुस्तक 'हिन्दू धर्म की श्रेष्ठता' की आलोचना करते हुए एक अन्य लेखक की रचना की प्रशंसा अपने अनजाने बंकिम बाबू ने क्यों की, जबकि उक्त पुस्तक का इस कविता से दूर का कोई सम्पर्क नहीं है? तो क्या मान लेना अनुचित होगा कि इस कविता ने बंकिम बाबू के मानस को प्रभावित किया था, वे भारत-वंदना इसी तरह के शब्दों में करना चाहते थे? उनका अंतर इस तरह की रचना लिखने के लिए छटपटा रहा था?

बंकिम बाबू के सहपाठी और उनके गांव के निवासी महामहोपाध्याय पंडित पंचानन तर्करत्न ने लिखा है, 'बंकिम बाबू के मन में मातृभूमि के प्रति अपार श्रद्धा जागरित करने के पीछे श्रद्धेय पंडित प्रवर जयराम न्यायभूषण का विशेष हाथ रहा है। जिन दिनों बंकिम बाबू सरकारी नौकरी करते रहे, उन दिनों प्रायः प्रत्येक रविवार को अपने पैतृक निवासस्थान 'कांटालपाड़ा' में आते रहे। उस समय वे न्यायभूषण महाशय से संस्कृत अध्ययन किया करते थे।

न्यायभूषण की जबानी हमने प्रथम बार गीता के नौवें अध्याय के 17-18वें श्लोक का भाष्य सुना :

पिताहमस्य जगतोमाता धाता पितामहः।
वैद्यं पवित्रोंमकार ऋक साम यजुरेवच ॥
गतिर्भर्ता प्रभु साक्षी निवासः शरण सुहृत।
प्रभवः प्रलयः स्थानं निधानं बीजमव्ययम ॥

इन श्लोकों में स्पष्ट रूप से जन्मभूमि के संबंध में कोई उल्लेख न रहने पर भी 'निवासः' शब्द जन्मभूमि के लिए कहा गया है, इसमें संदेह नहीं। गीता में जो पुरुषोत्तम धात्री, जगत के लिए महीरूप में हैं, उन्हींका सप्तशती में मातृरूप में स्तुति है।

पूज्यपाद न्यायभूषण महाशय 'निवास' शब्द की व्याख्या जन्मभूमि से करते थे। इसके साथ ही वे 'जननी जन्मभूमिश्च स्वर्गादपि गरियसी' कहा करते थे। इसी व्याख्या को सुनकर बंकिम ने 'वन्दे मातरम्' गीत लिखा था। यह श्लोक ही वन्दे मातरम् का मूलमंत्र है। 'आधारभूता जगस्त्वमेवा महीस्वरूपेण यतः स्थितासि' और 'या देवी

1. बंग दर्शन, फसली सन् 1279 (1873 ई०), चैत्र अंक, पृष्ठ 571-76

सर्वभूतेषु मातृरूपेण संस्थिता नमस्तस्यै नमस्तस्यै नमः स्तस्यै नमोनम:' जैसे सप्तशती के मंत्रों तथा गीता के श्लोकों के समन्वय से ही वन्दे मातरम् गीत की उत्पत्ति हुई है।'[1]

पंडित पंचाननजी ने आगे आचार्य शंकर तथा श्रीधर पंडित के भाष्यों की विशद चर्चा करते हुए यह बताने का प्रयत्न किया है कि भारत ही हमारी माता है। निवासः और निधान शब्दों का तात्पर्य हमारी जन्मभूमि से है।

अपने एक अन्य लेख में पंचाननजी ने अपने गुरुजी की जीवनी लिखते हुए यह लिखा है कि पंडित जयराम न्यायभूषण के शिष्यों में बंकिम बाबू, उनके अग्रज संजीवचन्द्र चटर्जी, महामहोपाध्याय पंडित हरप्रसाद शास्त्री और वे स्वयं थे। पंचाननजी बंकिम बाबू के सहपाठी और पड़ोसी भी थे, इसलिए इनके तथ्य को नकारा नहीं जा सकता। इसके अलावा बंकिम के एक गद्य के नमूने से यह तथ्य स्पष्ट हो जाता है। उन्होंने श्री रमेशचन्द्र दत्त की पुस्तक की आलोचना करते हुए लिखा है, 'जो मनुष्य जननी को स्वर्गादपि गरियसी नहीं सोचता, वह मनुष्यों में अभागा है। जो जाति जन्मभूमि को स्वर्गादपि गरियसी नहीं सोचती, वह जातियों में अभागी है। हम लोग अभागा जाति के हैं।'[2]

इस उद्धरण से भी स्पष्ट होता है कि उनके अंतर में मातृभूमि के प्रति कितना प्रेम था। चूंकि वे सरकारी नौकर थे, इसलिए खुलकर लिखने में हिचकते थे, फलतः विभिन्न लोगों की पुस्तकों की आलोचना करते समय अपनी भावनाओं को इस प्रकार प्रकट करते रहे।

ऐसो ऐसो बन्धु

प्रेरणा के प्रमुख उत्स के पीछे एक गीत की प्रमुख भूमिका रही है। ज्ञातव्य है कि बंकिम बाबू का परिवार वंश-परंपरा से जमींदार रहा है। बंगाल के जमींदार अपने यहां दुर्गा पूजा कराते हैं। जिस वर्ष वन्दे मातरम् गीत का जन्म हुआ था, उसी वर्ष दुर्गा पूजा के अवसर पर महाष्टमी के दिन एक कीर्तन-मण्डली ने 'ऐसो ऐसो बन्धु, एसो आंचरे बसो' गीत गाया था। इस गीत के भावों ने बंकिम को कितना प्रभावित किया था, इसका सजीव वर्णन बंकिम बाबू के छोटे भाई श्री पूर्णचन्द्र चटर्जी ने अपने लेख में किया है।[3]

स्वयं बंकिम बाबू भी अपने ऊपर पड़े प्रभाव का विस्तृत वर्णन 'एकटी गीत' में किया है। यह वर्णन कमलाकांत की जबानी कहा गया है :

'जब यह गीत पहले-पहल जी भरकर सुना था तब ऐसा अनुभव कर रहा

1. वन्दे मातरम्, मासिक बसुमती, फसली, सन् 1345, पृष्ठ 907
2. बंकिम चन्द्र, श्री हेमेन्द्र प्रसाद घोष, प्रथम संस्करण, पृष्ठ 76
3. बंकिम प्रसंग, संपादक सुरेश समाजपति, प्रथम संस्करण, एसो एसो बंधु एसो

था कि नीले आकाश के नीचे नन्हा पक्षी बनकर इस गीत को गाता रहूं। सोचता रहा, उस विचित्र सृष्टिकुशली कवि की सृष्टि से देव-वंशी लेकर, मेघों के ऊपर जो वायुस्तर शब्दशून्य, दृश्यशून्य स्थान है, जहां से पृथ्वी दिखाई नहीं देती, वहां अकेले बैठकर, उसी मुरली में, यही गीत गाता रहूं। इस गीत को कभी भूल नहीं सका, कभी भूल भी नहीं सकूंगा।'[1]

'कमलाकान्तेर दफ्तर' नामक पुस्तक में वर्णित 'एकटी गीत' अध्याय के अध्ययन से यह ज्ञात होता है कि वे किसी वैष्णव कविता की व्याख्या कर रहे हैं, पर वस्तुतः वे अपने देश-प्रेम की भावनाओं को प्रकट करते रहे। भारत की प्राचीन कीर्ति और महिमा का स्पष्टीकरण करते रहे।

1. कमलाकान्तेर दफ्तर, श्री बंकिमचन्द्र चटर्जी, छठा संस्करण

आमार दुर्गोत्सव

'आमार दुर्गोत्सव' अर्थात् मेरी दुर्गा पूजा या मेरा दुर्गा-उत्सव। भारत अनादिकाल से मातृशक्ति का उपासक रहा है। हम प्राचीनकाल से जगज्जननी, गृहजननी और देशजननी की पूजा करते आए हैं। यहां तक कि गंगा नदी और गाय को भी माता की संज्ञा देते हैं। देवी महात्म्य में वर्णित 'या देवी सर्वभूतेषु मातृरूपेण संस्थिता नमस्तस्यै नमस्तस्यै नमस्तस्यै नमोनमः' मंत्र हमें मातृ-पूजा की प्रेरणा देता आया है। इसी परंपरा में ही वन्दे मातरम् गीत का जन्म हुआ है।

मातृ-पूजा की परम्परा

इस गीत का जन्म जिस प्रांत में हुआ है, वहां के निवासी मुख्य रूप से मातृ-पूजक हैं। वे माता को सर्वरूपमयी देवी, सर्व देवीमयं जगत मानते हैं। बंगाल की संस्कृति-सभ्यता, पूजा-अर्चना, साधना-आराधना आदि मातृमुखी हैं। यहां तक कि अपने दैनिक जीवन में भी वे मातृ-महिमा को महत्व देते हैं। बेटी को मां कहते हैं। मासीमा (मौसी), काकीमा (चाची), जेठीमा (ताई), पिसीमा (बुआ), दीदीमा (नानी), ठाकुरमा (दादी), बऊमा (बहू) आदि संबोधन इसके प्रतीक हैं। आज भी किसी भी अपरिचित महिला को मासीमा, पिसीमा या काकीमा कहकर उनसे स्नेह प्राप्त किया जा सकता है। जिस समाज में महिलाओं को मातृरूप में देखा जाता है, वहां अगर आद्याशक्ति की पूजा मातृ-रूप में की जाए तो आश्चर्य क्या है? आद्याशक्ति देवी दुर्गा को सभी बंगाली मां के रूप में स्वीकार करते हैं।

बंगाल में पूजा का अर्थ दुर्गापूजा से लगाया जाता है। काली, तारा, जग-द्धात्री या बासंती-पूजा का इनके जीवन में उतना महत्व नहीं है जितना सिंहपृष्ठ विहारिणी महिषासुरमर्दिनी, दसभुजे दस प्रहरणधारिणी का है। शेष देवियों को वे आद्याशक्ति के विभिन्न रूप मानते हैं। दुर्गाभक्त इसलिए हैं कि बंगाल को वे मेनका का देश समझते हैं।

साल में एक बार कुछ दिनों के लिए देवी का नहर आगमन होता है। इनके सम्मान में 'आगमनी गीत' गाए जाते हैं :

सप्तमी अष्टमी नवमीर शेषे,
यदि आसेन हर दशमीर प्रत्युषे।
आमि उमाय बुके निये जाब निरुद्देशे,
प्राण थाकते आर उमाय पाठाबो ना॥

अर्थात् सप्तमी, अष्टमी, नवमी के बाद दशमी को अगर सुबह महादेव आएंगे तो मैं उमा को कलेजे से लगाकर गायब हो जाऊंगी। प्राण रहते उमा को कभी विदा नहीं करूंगी।

अल्पसंख्यकों की रक्षा के नाम पर अंग्रेजों ने हिन्दू-मुसलमानों के बीच जो जहर बो दिया है, आज भी उसका असर बना हुआ है वरना आजादी की लड़ाई में ही नहीं, हर शुभकार्य में दोनों एक-दूसरे को सहयोग देते रहे। विक्रमपुर के गुलाम मौला ने देवी दुर्गा के चिल्लण गें जो दर्द भर दिया है, वैसा किसी हिन्दू कवि के काव्य में प्राप्य नहीं है :

गेछे कबे गौरी आमार आर तो दखा नाई।
क्षुधाय तारे के देय दाना, केमने आमि खाई ॥
शीतेर कांथा पायनि गौरी पिन्घने तार तेना।
सेई जे शुइया नयन झोरे भिज्या जाय जे डेना॥
एमन जे केश आछिल मायेर के देय तारे तेल।

अर्थात् मेरी गौरी न जाने कब ससुराल गई है। जब उसे भूख लगती होगी तब उसे कौन दाना देता होगा? ऐसी हालत में कैसे मैं भोजन करूं? जाड़े में उसे कथरी नहीं मिलती होगी। उसके तन पर सामान्य कपड़े हैं। रात को जब सोती होगी तब रोते-रोते उसका बिछावन भीग जाता होगा। उसके बड़े-बड़े बालों में कौन तेल लगाता होगा?

देवी दुर्गा के प्रति ऐसा उत्कट प्रेम जिस प्रांत के निवासियों में है, जो देवी दुर्गा को बेटी, शक्ति का प्रतीक मानते हैं, वे अगर अपने दैनिक जीनन में दुर्गा-नाम जपें तो आश्चर्य क्या है? यात्रा करते समय 'दुर्गा श्री हरि', जम्हाई लेते वक्त 'दुर्गा', शाम के समय तुलसी के पौधे के नीचे या घर में दीप जलाते वक्त—'दुर्गा दुर्गतिनाशिनी रक्षा करो मां' कहने की प्रथा है। कुमारी-पूजा या सधवा-पूजा दुर्गापूजा के अवसर पर होती है। ये समस्त कार्य शक्ति की आराधना से संबंधित हैं। दुर्गापूजा के इस महत्व को स्पष्ट करने का कारण यह है कि वन्दे मातरम् गीत वास्तव में दुर्गापूजा के अवसर पर उन्हींको लक्ष्य करके लिखा गया है जो आगे चलकर राष्ट्रगीत के रूप में परिणत हो गया।

त्वं हि दुर्गा दशप्रहरणधारिणी, कमला कमलदल विहारिणी, वाणी विद्यादायिनी, पंक्तियों से साफ स्पष्ट है कि देवी दुर्गा की प्रतिमा का वर्णन है, जिनके एक ओर कमलदल पर लक्ष्मी और दूसरी ओर सरस्वती मौजूद रहती है।

गीत की प्रत्येक पंक्ति में तत्कालीन मौसम, देवी के रूप और पूजा की भावना का दिग्दर्शन है। क्वार मास में बंगाल की भूमि शस्य श्यामला हो उठती है। परिजात, कृष्णकली, अपराजिता, जवाकुसुम आदि खिलते हैं। दरवाजे पर बाउल फकीर गीत गाते हैं, जिनके आगमन से धरणी-भरणी भूषिताभ हो उठती है। उसी मां की वन्दना की गई है।

वन्दे मातरम् गीत के जन्म के संबंध में सभी विद्वानों ने एकमत से यह स्वीकार किया है कि 'आमार दुर्गोत्सव' नामक लेख ही इस गीत का जनक है। स्वयं बंकिम के वर्णन से यह स्पष्ट हो जाता है :

> हां, यही मां है। पहचान गया। यही मेरी जननी है—जन्मभूमि है। यही मृण्मयी-मृत्तिकारूपिणी—अनन्त रत्नभूषिता—इस क्षण काल गर्भ में निहिता है। रत्नमंडित दस भुजा—दस दिक्-दसों दिशाओं में प्रसारित, इसमें विभिन्न आयुध रूप में नाना शक्ति शोभित है। पदतल में शत्रु विमर्दित पदाश्रित वीरजनकेशरी शत्रु निपीड़न में नियुक्त है। दिग् भुजा नामा प्रहरण प्रहारिणी शत्रुमर्द्दिनी, वीरेन्द्र पृष्ठ विहारिणी—दक्षिण में लक्ष्मी भाग्यरूपिणी, वाम में विद्या-विज्ञान-मूर्तिमयी, साथ में बलरूपी कार्तिकेय, कार्यसिद्धि-रूपी गणेश। मैंने उसी कालस्रोत में देखा—इस सुवर्णमयी बंग-प्रतिमा को।
>
> आओ मां, नवरागरंगिणी नवलधारिणी, नव दर्प में दर्पिणी, नव स्वप्न-दर्शिनी, आओ मां, घर में आओ, छः कोटि संतानें एकसाथ एक ही समय, द्वादश कोटि कर जोड़ते हुए तुम्हारे चरण-कमलों की पूजा करेंगे। छः करोड़ मुंह से कहेंगे—मां प्रसूति अम्बिके, धात्री-धरित्री धनधान्यदायिके, नगांक-शोभिनी नगेन्द्र बालिके, शरत् सुन्दरी, चारू पूर्णचन्द्र मालिके, कहेंगे—सिन्धु-सेवी, सिन्धु पूजित सिन्धु मंथनकारिणी, शत्रु वध में दस भुजावाली, दस प्रहरणधारिणी, अनंतश्री, अनंत काल स्थायिनी, संतानों को शक्ति दो। अनंत शक्तिप्रदायिनी, तुम्हें क्या कहकर पुकारूं मां? इन छः करोड़ मस्तकों को इस पदप्रांत में लुंठित कर दूं—इन छः करोड़ शरीरों को तुम्हारे लिए झुका दूं—नहीं कर सकता। ये द्वादश करोड़ आंखें तुम्हारे लिए रोएंगी। आओ मां, घर में आओ। जिसकी छः करोड़ संतानें हैं—उसके लिए

चिंता किस बात की?

इस गद्य की भाषा से यह स्पष्ट है कि आद्याशक्ति दुर्गा की स्तुति की गई है। 'शस्य श्यामला, बहुबल धारिणीं, रिपुदलवारिणिम्, सप्तकोटि कंठ, द्विसप्त कोटि भुजैर्धृत खरकरवाले,' आदि शब्दों के साथ मेल खा जाते हैं और शब्द-संयोजन भी उसी प्रकार के हैं।

'आमार दुर्गोत्सव' नामक लेख के अंत में पचीस लाइन की कविता है, जो संस्कृत भाषा में है:

जय जय जय जय जगद्धात्री।
जय जय जय बंग जगद्धात्री॥
जय जय जय सुखदे अन्नदे।
जय जय जय वरदे शर्म्मदे॥
जय जय जय शुभे शुभंकरी।
जय जय जय शांति क्षेमंकरी॥
द्वेषक दलिनी संतान पालिनी।
जय जय दुर्गे दुर्गतिनाशिनी॥
जय जय लक्ष्मी वारीन्द्र बालिके।
जय जय कमलाकांत पालिके॥
जय जय भक्ति शक्ति दायिके।
पाप ताप भय शोक नाशिके॥
मृदुल गंभीर घोर भाषिके।
जय मां बटालि अम्बिके॥
जय हिमालय जग बालिके।
अतुलित पूर्णचन्द्र मालिके॥
शुभ शोभने सवार्थ साधिके।
जय जय शांति शक्ति कालिके॥
नमोऽस्तु ते देवी वरप्रदे शुभे।
नमोऽस्तु ते कामचरे सदा ध्रुवे॥
ब्रह्माणीन्द्राणी रूद्राणी भूतभव्ये यशस्विनी।
त्राहि मां सर्वदुःखेभ्यो दानवां भयंकरी॥
नमोऽस्तु ते जगन्माता शैलपुत्री वसुंधरे।
त्रायस्वं मां विशालाक्षि भक्तानामार्त्तिनाशिनी॥

नमामि शिरसा देवी बंधनीऽस्तु विमोचितः।

ठीक इसी प्रकार वन्दे मातरम् गीत में तीस पंक्तियां हैं। दोनों में सामंजस्य है। वन्दे मातरम् गीत की भांति 'आमार दुर्गोत्सव' नामक लेख में 'जय बंग जगद्धात्री, सुखदे, अन्नदे, वरदे दुर्गे' आदि संबोधन शब्द हैं।

'आमार दुर्गोत्सव' नामक लेख लिखते समय वे जिन भावों की दुनिया में विचरण कर रहे थे, उन्हीं भावों को देश-मातृका की वन्दना में प्रणीत कर उन्होंने वन्दे मातरम् गीत लिखा था। संभव है कि उसी समय या कुछ दिनों के उपरांत।

मंत्र का जन्म

वाराणसी से प्रकाशित हिन्दी दैनिक 'सन्मार्ग' के 1977 ई० के नववर्षांक में वन्दे मातरम् गीत के बारे में आदरणीय डाक्टर हजारीप्रसाद द्विवेदी ने लिखा है कि बंकिम बाबू को किसी दुर्गा स्तोत्र में यह मंत्र मिला था, जिसके आधार पर वन्दे मातरम् गीत लिखा गया है।

भारत में तंत्र शास्त्र का सबसे अच्छा पुस्तकालय मुजफ्फरनगर में पंडित सीतारात चतुर्वेदीजी का है, जिसे पूजनीय नारायण स्वामी ने बनाया है। यहां मैंने दुर्गा, तारा, काली, छिन्नमस्ता, उग्रतारा, जगद्धात्री, दक्षिण काली, गुह्यकाली, रक्षाकाली, बगलामुखी, श्मशान काली, मातंगी, घूमावती, भुवनेश्वरी, अन्नपूर्णा, चण्डी, षष्ठी, मनसा आद्याकाली आदि के ध्यान, कवच, स्तुति, स्तोत्रों का पाठ किया, परन्तु किसी भी सामग्री में मुझे यह मंत्र नहीं मिला।

यह जरूर है कि अघोरपंथियों की एक पुस्तक 'वन्दे मातरम्' में इसका उल्लेख मिला है, पर किसी देवी-देवता से संबंधित पुस्तकों में इसका जिक्र नहीं है। पता नहीं द्विवेदीजी को कहां से मिल गया।

बंकिम के जीवन में संन्यासियों का चमत्कार हुआ है। अगर उन्हें किसी अघोरपंथी से यह मंत्र मिला है, मान लिया जाए तो आश्चर्य नहीं होगा। उनके समकालीन मित्रों ने इसकी चर्चा की है। प्रसिद्ध क्रांतिकारी और पत्रकार श्री ब्रह्मबांधव उपाध्याय ने अपने 'स्वराज्य' नामक पुस्तक में लिखा है : 'एक बार हिमालय निवासी एक संन्यासी बंकिम बाबू के पास आया था। उसीसे उन्हें वन्दे मातरम् मंत्र मिला था। उस मंत्र को वे काफी दिनों तक सुरक्षित रखे रहे। उसका प्रयोग या प्रचार नहीं किया। बाद में जब एक और संन्यासी उनके पास आया तब उन्होंने इस मंत्र को लिखा।'[1]

---

1. 'नारायण' पत्रिका में प्रकाशित श्री पूर्णचन्द्र चटर्जी का लेख, 1914 ई०

बंकिम के जीवन में संन्यासियों का प्रभाव

बंकिम विभिन्न संन्यासियों के संपर्क में आए थे, इसका उल्लेख कतिपय लेखकों ने किया है। यहां तक कि स्वयं बंकिम बाबू के छोटे भाई श्री पूर्णचन्द्र चटर्जी ने लिखा है, 'बंकिम बाबू के पिताजी को जीवन-दान एक संन्यासी से मिला था। पिताजी को मृत समझकर सभी लोग उन्हें श्मशानघाट ले गए। अचानक वहां एक संन्यासी महाशय आए और बोले—यह व्यक्ति तो जीवित है। इतना कहने के बाद संन्यासी ने मंत्र पढ़ते हुए शव पर गंगाजल छिड़का। तुरंत बंकिम बाबू के पिता श्री यादवचन्द्र उठ बैठे। सारी घटना सुनने के बाद उन्होंने संन्यासी से कहा—जब आपने जीवन-दान दिया है तब कृपा करके दीक्षा भी दीजिए। बाद में एक निश्चित दिन को उन्हें गंगा-स्नान करवाकर बंद कमरे में दीक्षा दी गई। जाते समय गुरुदेव एक पोटली दे गए, जिसमें उनका खड़ाऊं था। बाद में उसे मैंने पिताजी की आज्ञानुसार गंगा में प्रवाहित किया था।

बंकिम की मृत्यु के कुछ पहले एक संन्यासी उनसे मिलने के लिए तिब्बत से आया था। बंकिम ने कहा कि मैं किसी ऐसे संन्यासी से परिचित नहीं हूं। तब संन्यासी ने कहा—आप नहीं, आपके पिताजी परिचित रहे। 'बाद में उन दोनों की बातचीत बंद कमरे में होती रही। इस घटना के दो माह बाद उनकी मृत्यु हो गई।'[1]

'बंकिम बाबू का संपर्क कापालिकों से भी रहा। उनसे जान छुड़ाने के लिए वे बराबर भागते फिरते थे। इस बारे में श्री कालीनाथ दत्त ने लिखा है—उनके पैतृक निवासस्थान में एक प्राचीन राधा बल्लभ की मूर्ति है, जिसे सन् 1748 ई० में किसी संन्यासी ने दिया था। इनके परिवार में काफी दिनों से संन्यासियों का आना-जाना जारी रहा।'[2]

बंकिम बाबू के भतीजे श्री शचीशचन्द्र चटर्जी ने लिखा है, 'नागोआ में बंकिम बाबू की मुलाकात कापालिक से हुई थी।'[3]

जिस प्रकार संपूर्ण शरत्-साहित्य में एक न एक विधवा पात्रा है, ठीक उसी प्रकार सम्पूर्ण बंकिम-साहित्य में एक न एक संन्यासी पात्र है। आनंदमठ तो संन्यासी पात्रों को लेकर लिखा गया है। इस संबंध में श्रद्धेय श्री प्रमथनाथ बिशी ने लिखा है, 'बंकिमचन्द्र के प्रथम उपन्यास में संन्यासी अभिराम स्वामी का दर्शन होता है।

---

1. नारायण पत्रिका में प्रकाशित श्री पूर्णचन्द्र चटर्जी का लेख, 1914 ई०
2. श्री कालीनाथ दत्त, श्री हेमेन्द्रदास गुप्त, बंकिम स्मृति, संपादक श्री मोहितलाल मजुमदार, प्रथम संस्करण, खंड-2, पृष्ठ 9
3, बंकिम जीवनी, श्री शचीशचन्द्र चटर्जी, प्रथम संस्करण, पृष्ठ 6

इसके बाद प्रत्येक उपन्यास में एक न एक स्वामीजी आ जाते हैं। कृष्णकांत का वसीयतनामा जैसे आधुनिक उपन्यास में संन्यासी के लिए कोई स्थान नहीं है। प्रत्यक्ष रूप से कोई नहीं है, पर अंत में गोविन्दलाल को संन्यासी बनाकर उस अभाव की पूर्ति की गई है। अधिकांश क्षेत्रों में संन्यसियों का पूर्व इतिहास अज्ञात है और उत्तर इतिहास भी स्पष्ट नहीं है। ग्रीक दर्शक अपने यहां के नाटकों में बिना किसी तर्क के देवताओं की लीला मान लिया करते थे, ठीक उसी प्रकार बंकिम के पाठकों के लिए संन्यासियों को मान लेने के अलावा कोई चारा नहीं है। इस रोग को हम संन्यास-रोग कहते हैं। कुछ लोगों का विश्वास है कि स्काट उपन्यासों में वर्णित संन्यासी चित्र से यह रोग बंकिम बाबू में आया है। पर इतनी दूर जाने की क्या आवश्यकता है। भारत-वर्ष संन्यासियों का देश है, यहां उनकी कमी नहीं है। जिस प्रकार शेक्सपीयर भूत-प्रेत में विश्वास करता था, उसी प्रकार बंकिम बाबू संन्यासियों के चमत्कार पर विश्वास करते थे। बंकिमचन्द्र के पिता के साथ संन्यासियों की अलौकिक घटनाएं हुई हैं। स्वयं बंकिमचन्द्र कापालिक के दर्शन कर चुके हैं। इसे अधिकांश लोग जानते हैं।'[1]

बंकिम बाबू ने अघोर-सम्प्रदाय के संन्यासियों को पात्र बनाकर कपाल कुंडला उपन्यास लिखा है, इसलिए यह विश्वास किया जाता है कि इस सम्प्रदाय के बारे में उन्हें जानकारी थी।

'वन्दे मातरम्' नामक एक पुस्तक में योगीराज बाबा मोतीलाल ने अपने प्रवचन में अघोर-सम्प्रदाय तथा वन्दे मातरम् के बारे में कहा है :

'परम महिमामयी विश्व मां के इस महामंत्र का प्रयोग ब्रह्मर्षि चट्टोपाध्याय ने मातृभूमि के अर्थ में किया, जिससे लोग मातृभूमि से प्रेम करना सीखें।'

षोडशी महामंत्र का प्रथम वाक्कूट 'क ऐं ई ल ह्रीं' है। इसमें 'क'—चित्त चैतन्य, ब्रह्म 'ऐं'—वाणी, 'ई'—शक्ति, 'ल'—अणु पृथ्वी और 'ह्रीं'—माया वाचक है। इतने भावों का सम्मिलन इस विश्व का उत्पन्न करने वाला है। उपर्युक्त आद्योरांग षोडशी के वाक्कूट में भी वाणी (ऐं), माया (ह्रीं) और श्रेयत्व (श्रीं) —इन सब भावों का समन्वय हुआ है। 'क्लीं' बीज काम कामनापरक ही है। 'क्लीं' वन्दे हि मातरम्' अर्थात् हे विश्वेश्वर (वं=विश्व का श्रेयत्व विश्वेश्वर) संपूर्ण कामनाओं का रूप जो 'मां' उसमें मुझे मिला दो। तृतीय शक्ति कूट भगवती षोडशी का है। इसका भाव यह है कि माया सहित यह जितनी कलात्मक विश्व शक्ति है, यही विश्व को उत्पन्न करने वाली है। इस प्रकार का त्रिकूटात्मक एवं विश्व-मातृत्व के बंधन-भाव से परिपूर्ण यह 'वंदे मातरम्' महामंत्र है।

---

1. चित्र चरित्र, प्रथम संस्करण, पृष्ठ 82

16 अक्षरों के इस महामंत्र का भाव अत्यंत गूढ़ार्थ से भरा हुआ है। 'वन्दे हि मातरम्' की व्युत्पत्ति इस प्रकार होगी—'वं देहि मातरम्'। इसमें 'व' वरुण बीज है। इस बीज से जलतत्व-सागर-तुद्दभूता लक्ष्मी या प्रवाहात्मक 'श्री' का लक्ष्य प्रकट होता है। लक्ष्मी अर्थात श्रेयत्व। 'देहि' का अर्थ प्रदान करो स्पष्ट ही है, और 'मातरम्' का शब्दार्थ है माता को। इस प्रकार 'वं देहि मातरम्' का यह विलक्षण भाव उद्भाषित होता है कि 'हे विश्व की श्री; तुम मुझे विश्व की माता के चरणों में ले जाओ।'

अधोम्नाय में षोडशी महाविद्या के नाम से ज्ञात एक अपूर्व मंत्र बंगाल के सुन्दर बन में अघोर साधकों द्वारा सफलतापूर्वक व्यवहृत होता था। उस मंत्र का स्वरूप इस प्रकार है—'ऊं ऐं ह्रीं श्रीं क्लीं वन्दे हि मातरम् क्लीं श्रीं ह्रीं ऐं ऊं।' अघोर-साधना में तत्वीकरण पर अधिकार पाना नितांत आवश्यक है। सुन्दर बन में अधोर-साधक इसीलिए अपनी साधना के प्रारंभ में इस मंत्र का जाप किया करते थे। बिना इस महामंत्र को सिद्ध किए अघोर-साधना में सफलता पाने की आशा ही नहीं रहती थी। इसी कारण इसका एक नाम अघोरांग षोडशी भी प्रसिद्ध है।

षोडशी महाविद्या का मंत्र त्रिकूटात्मक है (1) ऊं ऐं ह्रीं श्रीं—यह वाक्कूट है। इसमें वाग्बीज ऐं की प्रधानता है। (2) क्लीं वन्दे ही मातरम्—इस काम-कुट में कामबीज 'क्लीं' का प्राधान्य है। (3) क्लीं श्रीं ह्रीं ऐं ऊं—विलोमात्मक यह कूट, शक्ति कूट है।[1]

यदि बाबा मोतीलाल की इस व्याख्या को स्वीकार कर लिया जाए तो यह मान लेना पड़ेगा कि 'वन्द मातरम्' नारा या मंत्र काफी प्राचीन है। बाबा मोतीलाल के अनेक भक्त भारतवर्ष में हैं। अघोर-सम्प्रदाय भारत का प्राचीन सम्प्रदाय है। इस धर्म में पांच आम्नय हैं। पूर्वाम्नाय, पश्चिमाम्नाय, उत्तराम्नाय, दक्षिणाम्नाय और उधोम्नाय। अधोम्नाय को हीन दृष्टि से देखा जाता है। संभव है कि सुन्दर बन या तिब्बत से आने वाले इस सम्प्रदाय से बंकिम बाबू को यह मंत्र मिला हो; लेकिन इसे दृढ़तापूर्वक स्वीकार नहीं किया जा सकता।

1. वन्दे मातरम्, संपादक श्री आद्याप्रसाद नारायणसिंह, चण्डी प्रकाशन, इलाहाबाद, प्रथम संस्करण

वन्दे मातरम् का प्रसूति-गृह

वन्दे मातरम् गीत कहां लिखा गया था, इस संबंध में 1937 से 1976 तक कई मनोरंजक तथा विवादास्पद कहानियां प्रचलित हुईं। यद्यपि उनका अब खंडन हो गया है और दावा करनेवालों ने कोई उत्तर नहीं दिया है। लेकिन जिन लोगों ने इन खंडनों पर ध्यान नहीं दिया है, वे इसे मानते आ रहे हैं।

मंजिलपुर

24 परगना जिले में जयनगर स्थित मंजिलपुर गांव के निवासियों का विश्वास है कि जिन दिनों बंकिम बाबू यहां डिप्टी कलक्टर के पद पर कार्य कर रहे थे, उन्हीं दिनों वन्दे मातरम् गीत लिखा था। इस गांव के जमींदार श्री नगेन्द्रनाथ दत्त से उनकी मैत्री थी। नगेन्द्र बाबू उनके 'विषवृक्ष' उपन्यास के नायक हैं। बारुईपुर के निवासकाल में बंकिम बाबू उनके भवन में रहते थे। यहीं से वे बारुईपुर जाते थे।

एक वर्ष गांव में धूमधाम से दुर्गापूजा हुई। इसी पूजा को देखकर बंकिम बाबू के मन में गीत लिखने की प्रेरणा उत्पन्न हुई और उन्होंने रात भर में वन्दे मातरम् गीत लिख डाला। गीत को लिखने के बाद वे पंडित शिवनाथ शास्त्री के पिता पंडित हरानंद भट्टाचार्य के पास दिखाने गए थे।

इस कल्पित कहानी का खंडन बंकिम चटर्जी म्युजियम के क्युरेटर बंधुवर श्री गोपालचन्द्र राय ने किया है। वे स्वयं इस बात की जानकारी प्राप्त करने के लिए मंजिलपुर गए थे। बंकिम बाबू बारुईपुर में डिप्टी कलक्टर के पद पर जरूर थे, पर वे नगेन्द्रनाथ दत्त के यहां नहीं रहते थे। वे नीलकर साहब की कोठी में रहते थे। नील-विद्रोह के समय, जिसे छोड़कर वह भाग गया था, इस कोठी से वे घोड़े पर सवार होकर कचहरी आते-जाते रहे।

कोर्ट के काम से अवकाश ग्रहण करनेवाले अधिकारी कालीपद दत्त से पूछ-ताछ करने पर उन्होंने बताया, 'यह बिलकुल झूठ है। नगेन्द्रनाथ दत्त जैसे

चरित्रहीन के यहां ऋषितुल्य बंकिम बाबू कैसे रह सकते थे। इस बात को मैं अच्छी तरह से जानता हूं। नगेन्द्रनाथ दत्त के पिताजी के पास वे अवश्य आते जाते रहे।'

बरहमपुर

इसी प्रकार एक घटना श्रीमती अनिला देवी ने प्रचारित की है। वे लिखती हैं, 'वन्दे मातरम् गीत का जन्म वास्तव में बरहमपुर में हुआ था। एक बार वहां की एक सभा में बंकिम बाबू मौजूद थे। मैं अपनी छोटी बहन के साथ वहां बैठी थी। आयोजकों के अनुरोध पर हम दोनों बहनों ने सस्वर वन्दे मातरम् गीत गाया। हमारे गायन से बंकिम बाबू बड़े प्रभावित हुए।

बोले—बरहमपुर में इस गीत का जन्म हुआ है। आज इसके प्रथम गायन से गीत की मर्यादा बढ़ गई।'

इस अवसर पर हम दोनों बहनों को आनंदमठ और देवी चौधुरानी की नायिकाओं के नामों की उपाधि उन्होंने दी।'

मुमकिन है कि इस तरह की घटना बरहमपुर में हुई हो, पर इससे यह कहां स्पष्ट होता है कि वन्दे मातरम् गीत बरहमपुर में लिखा गया था। बंकिम बाबू के कथन को लेखिका ने लिखा है, बंकिम बाबू ने नहीं। गजेटियर से ज्ञात होता है कि बंकिम बाबू सन् 1872 ई० से मार्च, 1874 तक बरहमपुर में डिप्टी कलक्टर थे। अगर बंकिम बाबू ने ऐसा कहा भी है तो इसलिए स्वीकार नहीं किया जा सकता क्योंकि सभी जानते हैं कि इस गीत के प्रथम गायक श्री यदुनाथ भट्टाचार्य रहे। इसलिए यह कहना कि इसके प्रथम बार गायन से गीत की मर्यादा बढ़ी है, नहीं माना जा सकता।

यह बात यहां इस प्रकार असत्य हो जाती है कि वन्दे मातरम् गीत लिखने के कई वर्ष बाद बंकिम बाबू ने आनंदमठ और उसके कई वर्ष बाद देवी चौधुरानी उपन्यास लिखा था। ऐसी हालत में इन उपन्यासों की नायिकाओं के नाम की उपाधि उन्हें कैसे दी गई? अगर यह बात सच है तो यह घटना देवी चौधुरानी उपन्यास लिखने के बाद हुई होगी। देवी चौधुरानी उपन्यास 1885 ई० में लिखा गया था।[1]

चुंचड़ा प्रकरण

श्री हेमेन्द्रप्रसाद घोष ने अपने संस्मरण में लिखा है, 'वन्दे मातरम् गीत का बीजारोपण चुंचड़ा में हुआ था। यहां के मछुए बड़े मधुर गीत गाते थे। वन्दे

1. युगांतर (दैनिक बंगला), 15 अगस्त, 1959

मातरम् गीत का चुंचड़ा से गहरा संपर्क है। चुंचड़ा बंगालियों के निकट साहित्यिक तीर्थभूमि है। घोष महाशय ने प्रमाणस्वरूप बंकिम बाबू के एक लेख का उद्धरण दिया है:

> एक दिन वर्षाकाल में गंगा तीरस्थ किसी भवन में बैठा था। प्रदोष-काल प्रस्फुटित चन्द्रालोक से विशाल विस्तीर्ण भागीरथी लक्षबीचीविक्षेप-शालिनी मृदु पवन हिल्लोल से तरंग भंग चंचलचन्द्र कर माला लक्ष तारकाओं की तरह प्रस्फुटित हो रही थी और बुझ रही थी। मैं बरामदे में बैठा था और नीचे वर्षा की तीव्रगामी वारि-राशि मृदु रव के साथ दौड़ रही थी। आकाश में नक्षत्र और नदीवक्ष पर नौकाओं में प्रकाश, तरंगों पर चन्द्र - रश्मि ! काव्य का राज्य समुपस्थित हुआ। सोचा, कविता-पाठ करते हुए मन को तृप्त करूं, अंग्रेजी कविता से काम नहीं चला। अंग्रेजी-काव्य में भागीरथी के बारे में कुछ नहीं मिलता। कालिदास और भवभूति भी दूर रहे।
>
> मधुसूदन, हेमचन्द्र, नवीनचन्द्र से तृप्ति नहीं मिली तो फिर चुपचाप बैठा सोचता रहा, ठीक इसी समय गंगा के वक्ष से मधुर संगीत-ध्वनि उठी। मछुए गा रहे थे :
>
> साधो आछे, मा मने।
> दुर्गा बले प्राण त्यजिब जान्हवी जीवने॥
>
> प्राण तृप्त हो गया। मन को सुर मिला। बंगला भाषा में बंगालियों के मन की आशा सुन पाया। यह जाह्नवी-जीवन दुर्गा कहकर प्राण त्यागने लायक है, यह समझ गया। तब शोभामयी जाह्नवी और वह सौन्दर्यमय जगत् अपने लगने लगे।'[1]

बंकिम बाबू ने स्पष्ट रूप से चुंचड़ा का उल्लेख नहीं किया है, परन्तु यह उनके चूंचड़ा स्थित उस भवन का वर्णन है। संभवतः इस वर्णन के आधार पर घोष महाशय ने यह विश्वास कर लिया कि वन्दे मातरम् गीत इसी भवन में लिखा गया था।

चुंचड़ा स्थित यह भवन बंकिम बाबू के पैतृक भवन से 38 किलोमीटर दूर 24 परगना जिले के अंतर्गत है। नैहाटी स्टेशन से एक फर्लांग दूर गंगा नदी है। इस पार नैहाटी और उस पार चुंचड़ा कस्बा है जो हुगली जिला के अंतर्गत है। बंकिम बाबू जिस भवन में रहते थे, उसके आसपास दो घाट होने के कारण उस घाट का

---

1. बंकिमचन्द्रेर विविध रचनावली, संपादक ब्रजेन्द्रनाथ, सजनीकांत दास

नाम जोड़ाघाट है। इस भवन के बारे में श्री शचीशचन्द्र चटर्जी ने विस्तार से वर्णन किया है। स्वयं बंकिम बाबू ने देवी चौधुरानी नामक उपन्यास में इस भवन का वर्णन किया है।

जिन दिनों बंकिम बाबू यहां रहते थे, उन दिनों स्थानीय साहित्यिकों का जमावड़ा उनके यहां होता था। इनमें बंगला साहित्य के दिग्गज विद्वान सर्वश्री भूदेव मुखोपाध्याय, हरप्रसाद शास्त्री, नवीनचन्द्र सेन आदि बराबर आते रहे। यहीं श्री क्षेत्रनाथ मुखोपाध्याय ने बंकिम बाबू के अनुरोध पर वन्दे मातरम् गीत की स्वरलिपि बनाकर गाया भी था। लगता है, इन्हीं सभी प्रमाणों के कारण घोष महाशय ने यह मान लिया कि वन्दे मातरम् गीत इसी भवन में लिखा गया था।

सिर्फ यहीं नहीं, 5 अगस्त से 20 अगस्त, 1976 ई० तक यहां के निवासियों ने यहां वन्दे मातरम् गीत जन्म-शताब्दी समारोह मनाया, स्मारिका प्रकाशित की और बंगाल के मुख्य न्यायाधीश के कर-कमलों द्वारा एक शिलालेख उक्त भवन में लगवाया। स्मारिका में अधिकांश लेखकों ने यह स्वीकार किया है, यह गीत इसी भवन में लिखा गया था। प्रमाण के लिए वे बंकिम बाबू के घनिष्ठ मित्र श्री अक्षयचन्द्र सरकार के लेख का उद्धरण देते हैं, 'जिन दिनों आनंदमठ सूतिकागृह में था, उन दिनों क्षेत्रनाथ मुखोपाध्याय यहां के डिप्टी कलक्टर थे। बंकिम बाबू भी डिप्टी कलक्टर थे। दोनों व्यक्ति पड़ोसी थे। शाम के समय मैं भी उनके यहां जाता था। उस वक्त हारमोनियम लेकर मुखोपाध्यायजी वन्दे मातरम् गीत मल्लार (मल्हार) सुर में कम्पोज करते थे। सुर के कारण उन्हें मूल गीत में कुछ परिवर्तन करते देख चुका हूं।'[1]

सरकार महाशय के इस उद्धरण से यह कहां स्पष्ट होता है कि वन्द मातरम् गीत चुंचड़ा भवन में लिखा गया था। उन्होंने गीत के गायन के बारे में लिखा है। लगता है, चुंचड़ा-निवासियों को यह बात ज्ञात हो गई थी तभी उन्होंने 12-9-1976 ई० को माननीय श्री शंकरप्रसाद मित्र के द्वारा स्थापित शिलालेख में यह नहीं लिखवाया कि इस कक्ष में ही वन्दे मातरम् गीत लिखा गया था। उसके स्थान पर लिखा गया :

'हमारे प्रिय हुगली चुंचड़ा शहर की यही वह अट्टालिका है, जहां ऋषि बंकिमचन्द्र आज से सौ वर्ष पूर्व रचित वन्दे मातरम् गीत की साधना करते रहे।'

चुंचड़ावालों का भ्रम-संशोधन

बंकिम बाबू चुंचड़ा कब गए, अगर इसका सही निर्णय वहां के लोग कर लेते तो

1. वन्दे मातरम् (स्मारिका), संपादक गौराचांद आढया, हुगली चुंचड़ा सांस्कृतिक संघ द्वारा प्रकाशित

यह भ्रम उत्पन्न न होता। इस संबंध में श्री गोपालचन्द्र राय ने लिखा है :

'बंकिमचन्द्र मालदह से 20 मार्च, 1876 ई० को स्थानांतर होकर हुगली आए। कुछ दिनों तक वे अपने पैतृक निवास कांटालपाड़ा में एक मकान किराये पर लेकर रहने लगे। अब देखा जाए कि कितने दिनों तक वे अपने घर से हुगली आते-जाते रहे।'

इस बारे में उनके स्नेहभाजन मित्र महामहोपाध्याय हरप्रसाद शास्त्री ने अपने संस्मरण में लिखा है :

'1876 ई० में जिन दिनों मैं एम० ए० में पढ़ रहा था, उन्हीं दिनों उन (बंकिमचन्द्र तथा उनके भाइयों) लोगों से मेरा परिचय हुआ। एक साल बंग दर्शन प्रकाशित नहीं हुआ (यानी अप्रैल, 1876 ई० से मार्च, 1877 ई० तक); लेकिन उनके यहां मेरा बराबर आना-जाना जारी रहा। उन दिनों वे हुगली के डिप्टी कलक्टर थे। हुगली से वे घर आते-जाते रहे। नये 'बंग दर्शन' के प्रकाशन आरंभ होने के एक साल बाद मैं लखनऊ से वापस आया तो ज्ञात हुआ कि वे आजकल चुंचड़ा में रहते हैं।'

शास्त्री महोदय के इस आलेख से यह स्पष्ट हो जाता है कि नये बंग दर्शन के प्रकाशन के एक साल बाद यानी सन् 1878 ई० के अप्रैल में बंकिम बाबू कांटालपाड़ा से हुगली आते-जाते रहे। जिस दिन शास्त्री महोदय लखनऊ जा रहे थे, उसी दिन बंकिम बाबू ने सद्यःप्रकाशित उपन्यास 'कृष्णकान्तेर बिल' की एक प्रति भेंटस्वरूप उन्हें दिया था। साल भर बाद जब वे लखनऊ से वापस आए तो देखा कि बंकिम बाबू चुंचड़ा बस गए हैं।

इस बारे में एक अन्य प्रमाण अभी प्राप्त हुआ है। श्री संजीवचन्द्र के पुत्र श्री ज्योतिषचन्द्र ने अपनी डायरी में लिखा है, '1879 ई०, जून 18, तृतीय पितृव्य (बंकिमचन्द्र) चुंचड़ा में निवास कर रहे हैं। सेटेल्ड इन चिनसुरा।'[1]

लगता है कि वैशाख या ज्येष्ठ में किसी भी समय बंकिम बाबू चुंचड़ा चले गए थे। अपने द्वारा प्रकाशित स्मारिका में चुंचड़ा वाले स्वयं स्वीकार करते हैं, 'हुगली से जिन दिनों बंकिम बाबू की बदली चुंचड़ा में हुई, वह दिन 20 मार्च, सन् 1876 ई० था। कुछ दिनों तक वे नैहाटी से आते-जाते रहे। बाद में जोड़ाघाट स्थित मकान किराये पर लेकर यहां पांच साल रहे। सन् 1881 ई० के फरवरी माह में उनका स्थानांतर हबड़ा में हो गया। इन दिनों वे आनंद-मठ लिखते रहे।'[2]

---

1. (बंगला साप्ताहिक) अमृत, 12 नवम्बर, सन् 1976, पृष्ठ 39

2. वन्दे मातरम् स्मारिका, संपादक श्री गौराचांद आढया, हुगली-चुंचड़ा सांस्कृतिक संघ द्वारा प्रकाशित (ब) जातीयतार मंत्र गुरु जारां, श्री प्रियनाथ जाना, प्रथम संस्करण पृष्ठ 86-87 (स) बंकिमचन्द्र, श्री अक्षयचन्द्र सरकार, प्रथम संस्करण

1879 ई० के अप्रैल-मई में बंकिम बाबू आनंदमठ अवश्य लिखते रहे जबकि इसके काफी पूर्व वन्दे मातरम् गीत लिखा जा चुका था और स्वरलिपि भी तैयार हो गई थी। अब तक की खोज के अनुसार, वन्दे मातरम् गीत कांटाल-पाड़ा में ही लिखा गया था, सिद्ध हो चुका है। चुंचड़ावालों का यह केवल भ्रम मात्र है कि इस गीत का प्रसूति-गृह जोड़ाघाट स्थित भवन रहा है।

रचनाकाल

वन्दे मातरम् गीत के रचनाकाल का उल्लेख सर्वप्रथम महर्षि अरविन्द के एक लेख में प्राप्त हुआ जोकि सन् 1907 ई० में लिखा गया था। उक्त लेख में अरविन्द ने लिखा है, 'आज से 32 वर्ष पूर्व बंकिम ने अपना यह महान् गीत लिखा था और कुछ लोगों ने सुना।'

महर्षि अरविन्द ने यह कहीं नहीं लिखा कि उन्हें इस बात की जानकारी कहां से प्राप्त हुई। अगर वे प्रत्यक्षदर्शी या बंकिम के मित्र होते तो शायद उनकी बात बिना शंका के स्वीकार कर ली जाती। श्री अरविन्द इतिहासकार नहीं, भाष्यकार थे, जिस प्रकार प्रोफेसर हरिदास मुखर्जी हैं। श्री अरविन्द के उक्त लेख को पढ़कर काफी लोगों ने (जिनमें इन पंक्तियों का लेखक भी है) यह मान लिया कि यह गीत सन् 1875 ई० में लिखा गया था।

सही समय और प्रामाणिक विवरण केवल दो व्यक्तियों के लेखों से प्राप्त हुआ है। इनमें बंकिम बाबू के अनुज श्री पूर्णचन्द्र चटर्जी तथा श्री दीनबन्धु मित्र के पुत्र श्री ललितकुमार मित्र रहे। ललितकुमार मित्र ने इस बारे में सर्वप्रथम सन् 1914 में एक लेख लिखा। उसके बाद ही उक्त लेख से संबंध जोड़ते हुए पूर्णचन्द्र चटर्जी ने लिखा। इन सभी लोगों का संकलन 'साहित्य' पत्रिका के संपादक श्री सुरेश समाजपति ने किया था। श्री ललितकुमार ने अपने लेख में लिखा है:

'वन्दे मातरम् गीत लिखे जाने के बाद बंकिमचन्द्र के घर तत्कालीन सुकंठ गायक भाटपाड़ा के स्वर्गीय यदुनाथ भट्टाचार्य महाशय ने इसमें स्वरसंयोजन करते हुए पहले-पहल गाया था। उस दिन 'बंग दर्शन' पत्रिका के कार्या-ध्यक्ष पंडित श्रीयुत् रामचन्द्र वंद्योपाध्याय महाशय वहां उपस्थित थे। बनर्जी महाशय इस बात का खयाल रखते रहे कि कैसे 'बंग दर्शन' का मैटर जल्द से जल्द भर जाए। उन्होंने बंकिमचन्द्र से कहा था—गीत चाहे जैसा भी हो, वन्दे मातरम् से बंग दर्शन का पेट

नहीं भरेगा। आप एक उपन्यास लिखना प्रारंभ करें।

प्रत्युत्तर में बंकिमचन्द्र ने कहा था—इस गीत का मर्म तुम लोग नहीं समझ सकोगे। अगर पच्चीस वर्ष जीवित रह गए तो देखोगे कि इस गीत के पीछे सारा बंगाल पागल हो उठेगा।'

महाऋषि की उक्त भविष्यवाणी आज सत्य में परिणत हो गई है, इसे स्पष्ट करने की आवश्यकता नहीं। आज सोनार बांगला का कानन-प्रांतर वन्दे मातरम् ध्वनि से प्रतिध्वनित हो रहा है। आबाल-वृद्ध-वनिता सभीके कंठों में 'बन्दे मातरम्' निनादित है। वन्दे मातरम् के रव से प्रवाहिणीकूल कल्लोलित और गिरिमालाएं मुखरित हैं। स्वयं शब्द गुणमय अंतरिक्ष आज वन्दे मातरम् मंत्र से विकंपित है।

बंकिमचन्द्र की यह भविष्यवाणी काफी पहले उनके कनिष्ठ भ्राता पूजनीय पूर्णचन्द्र चटर्जी महाशय की जबानी सुन चुका था। पिछले 15 आषाढ़ (सन् 1914) को जिस दिन रथयात्रा के अवसर पर कलकत्ता का 'वन्दे मातरम्-सम्प्रदाय' बंकिम तीर्थ की ओर रवाना हुआ, उसी दिन पंडित रामचन्द्र बनर्जी महाशय के साथ मेरी मुलाकात हुई थी और उन्हींकी जबानी इस घटना को सुनने का अवसर प्राप्त हुआ था।

अनेक लोगों का विश्वास है कि स्वदेश-प्रतिमा का स्तव करने के लिए आनंदमठ में वन्दे मातरम् सन्निविष्ट किया गया है। पर अब मालूम हो गया कि आनंदमठ की कल्पना के काफी पहले ही वन्दे मातरम् मंत्र का उदय हो गया था। स्थिर भाव से चिन्तन करने से यह स्पष्ट हो जाता है कि आनंदमठ में बंकिमचन्द्र ने वन्दे मातरम् मंत्र की कवित्वमयी व्याख्या की है। उपन्यास के रूप में देखने पर आनंदमठ उद्देश्यमूलक ज्ञात होता है, इसलिए बंकिमचन्द्र इसे काव्यांश के रूप में निकृष्ट कहते रहे।

उनकी मृत्यु के कई माह पूर्व उनके श्रीचरणों का दर्शन करने गया था। कौतूहलवश उनसे पूछा था, 'आपके उपन्यासों में कौन-सा श्रेष्ठ उपन्यास है?'

उन्होंने कहा था, 'कृष्णकांत का वसीयतनामा, विषवृक्ष और राजसिंह का नया संस्करण।'

आनंदमठ का उल्लेख न करते देख चकित रह गया था। मैं प्रारंभ से आनंदमठ का पक्षपाती रहा हूं। शायद इसलिए कि उनके सुहृद मित्र यानी मेरे पितृदेव की स्मृति से यह पुस्तक संबंधित है।

मैंने उनसे निवेदन किया कि देश-प्रेम की कृति के रूप में आनंदमठ अतुलनीय है।

उन्होंने कहा, 'यह खयाल अच्छा है, पर उसमें कला कम है। इसे माधुर्यमय

और पवित्रतापूर्ण किया है।'[1]

इस गीत के बारे में 'बंग दर्शन' प्रेस-पत्रिका के मैनेजर तथा बंकिम बाबू के अनुज श्री पूर्णचन्द्र चटर्जी ने लिखा है, ' 'साहित्य-पत्रिका' में वन्दे मातरम् के बारे में ललितकुमार मित्र ने विस्तार से लिखा है, पर मुझे जो कुछ मालूम है, उसका उल्लेख कर रहा हूं। पत्रिका में एक पृष्ठ की सामग्री कम पड़ जाने पर रामचन्द्र बनर्जी बंकिम बाबू के कमरे में आकर बोले कि एक पेज मैटर चाहिए।

बंकिम ने कहा—ठीक है, मिल जाएगा।'

उस समय बंकिम बाबू की टेबल पर 'वन्दे मातरम्' गीत लिखकर तैयार रखा था और शायद बैनर्जी महाशय खड़े-खड़े उसे पढ़ चुके थे। रामचन्द्र बैनर्जी ने कहा—देर होने से सारा काम रुका रहेगा। यह जो सामने गीत पड़ा है, कोई बुरा नहीं है। इसे क्यों नहीं दे देते?

इतना सुना था कि बंकिम बाबू नाराज हो उठे। मेज की दराज में उस कविता को बंद करते हुए बोले—यह अच्छा है या बुरा, इसे अभी तुम नहीं समझ सकोगे, कुछ दिनों बाद समझ सकोगे। उस समय मैं शायद जीवित नहीं रहूंगा, पर तुम रहोगे।'[2]

एक भ्रम-संशोधन

जिस श्रम के साथ इस गीत की तलाश में मैं परेशान था, उतना शायद अन्य कोई नहीं रहा होगा। इतिहासकार कभी किसी अप्रामाणिक तथ्य के आधार पर उड़ता नहीं जब तक उसे ठोस धरातल न मिले। श्री अरविन्द के लेख के कारण न केवल मुझे भ्रम हुआ बल्कि अन्य अनेक लेखकों को भी हुआ और तब तक ठीक से यह निर्णय नहीं किया जा सका था कि बंकिम बाबू कब छुट्टी लेकर कांटालपाड़ा निवास कर रहे थे।

खोज करते समय मुझे सही तिथि और प्रमाण प्राप्त हो गया था। लेकिन एक गलती मुझसे यह हो गई कि मैं हमेशा जनवरी-फरवरी के दिनों कलकत्ता जाता रहा। अगर, अंग्रेजी और बंगला वर्षों के अंतर को ठीक से पकड़ लेता तो मुझसे यह गलती न होती। अंग्रेजी का नववर्ष का पौष मास में परिवर्तन हो जाता है यानी मकर संक्रांति से मेष संक्रांति तक अंग्रेजी और बंगला वर्षों में 594 वर्ष का अंतर होता है। बाकी समय 14 अप्रैल से 13 जनवरी तक 593 वर्ष का अंतर रहता है। इसी जोड़ में एक वर्ष की भूल मुझसे हो गई। वन्दे मातरम् गीत अक्तूबर माह में लिखा गया था। मुझे 593 वर्ष घटाना

1. बंकिम प्रसंग, संपादक सुरेश समाजपति, प्रथम संस्करण, पृष्ठ 287-289
2. वही।

चाहिए था।फसली सन् में 593 के स्थान पर 594 जोड़ने के कारण समस्त भारतवर्ष में सन् 1876 ई० में वन्दे मातरम् शताब्दी समारोह मनाया गया।

वाराणसी में मनाए जानेवाले समारोह के अवसर पर भारत सरकार द्वारा प्रचारित परिपत्र में अनेक गलत तथ्य दिए गए हैं। मसलन एक सूचना में यह बताया गया है कि 'बंगला दैनिक 'वन्दे मातरम्' पत्र का प्रकाशन 6 अगस्त, 1906 को आरंभ हुआ था, जिसके संपादक थे—प्रसिद्ध क्रांतिकारी योगीराज अरविन्द।'[1]

उन दिनों बंगला भाषा में वन्दे मातरम् नामक दैनिक, साप्ताहिक, मासिक पत्र का प्रकाशन नहीं हुआ था। श्री अरविन्द अंग्रेजी दैनिक 'वन्दे मातरम्' के संपादक नहीं, संयुक्त संपादक थे, वह भी श्री विपिनचन्द्र पाल के हटने के बाद।

उसी प्रकार एक सूचना में यह बताया गया कि 1905 ई० में महात्मा गांधी ने वन्दे मातरम् गीत के बारे में एक वक्तव्य दिया था।[2]

सन् 1905 में भारतीय राजनीति में महात्मा गांधी नहीं आए थे। उनके जिस वक्तव्य का उल्लेख किया गया है, उसे गांधीजी ने सन् 1915 में दिया था।[3]

जब सरकार के यहां, जहां अनेक साधन सुलभ रहते हैं, गलती हो जाती है। तब मेरे लिए होना असंभव नहीं है जबकि मैं कैंसर से पीड़ित रहा। इसका ज्ञान तब हुआ जब बन्धुवर गोपालचन्द्र राय ने मुझे तुरत कलकत्ता आने को लिखा। वहां जाने पर बंकिम बाबू के स्थानांतरों के विवरणों से तथा उनके मित्रों के लेखों से हमने खोज निकाला कि वन्दे मातरम् गीत सन् 1874 ई० के अक्तूबर माह में लिखा गया था।

इस भ्रम को दूर करने के लिए भाई गोपालचन्द्र राय ने 'अमृत' साप्ताहिक में लिखा, 'बंकिम द्वारा संपादित 'बंग दर्शन' के 1874 ई० के कार्तिक अंक में उनका प्रसिद्ध लेख 'आमार दुर्गोत्सव' प्रकाशित हुआ था। उन दिनों दुर्गापूजा देखकर ही उन्होंने आश्विन मास में इस लेख को लिखा था जो कि 'बंग दर्शन' के अगले अंक में प्रकाशित हुआ था।

फसली सन् 1281 के आश्विन मास में (सितम्बर-अक्तूबर, 1874 ई०) में बंकिम बाबू बारासात में डिप्टी कलक्टर थे। पूजा की छुट्टी पर 25 अक्तूबर को उनका स्थानांतर मालदह जिले के लिए हुई थी। मालदह में चार्ज लेने के पहले वे

1. दैनिक 'आज', 1976, पृष्ठ 4, कालम 8
2. वन्दे मातरम् स्मारिका, वाराणसी, पृष्ठ 93
3. भारतेर जातीय कांग्रेस, प्रथम संस्करण, डा० हेमेन्द्र प्रसाद गुप्त

कुछ दिनों की छुट्टी लेकर घर (कांटालपाड़ा) आए थे।

मेरा विश्वास है कि पूजा की छुट्टी में या मालदह जाने के पूर्व घर आकर उन्होंने वन्दे मातरम् गीत लिखा था। अगर मेरा अंदाज़ सही है तो श्री पूर्ण बाबू तथा ललित बाबू द्वारा वर्णित पंडितजी यानी श्री रामचन्द्र वंद्योपाध्याय का कापी मांगना आदि बातें मिल जाती हैं। नौकरी के सिलसिले में बंकिम बाबू को अधिकतर बाहर रहना पड़ता था। छुट्टियों के अलावा अन्य समय वे घर नहीं आ पाते थे। 'बंग दर्शन' में प्रकाशित होनेवाले अपने या दूसरों के लेखों को वे संपादित करके कार्यस्थल से भेज देते थे। 'बंग दर्शन' पत्रिका का सारा कार्य उनके पिता श्री यादवचन्द्र चटर्जी और छोटा भाई पूर्णचन्द्र चटर्जी देखते थे।

मेरे इस तर्क से यह सिद्ध हो जाता है कि सन् 1874 ई० के सितम्बर-अक्तूबर मास में वन्दे मातरम् गीत लिखा गया था।[1]

प्रोफेसर भवतोष दत्त ने इस विषय में लिखा है, 'सन् 1866 ई० में जब बंकिम बाबू 'मृणालिनी' उपन्यास लिख रहे थे तभी वे पराधीनता की घुटन महसूस कर रहे थे। अपने प्रिय मित्र राजकृष्ण मुखोपाध्याय की कृति 'प्रथम शिक्षा बांगलार इतिहास' की समालोचना करते हुए इसे बंगालियों के इतिहास में स्वर्ण मुष्टि कहा है। इस समालोचना के कई माह बाद 'आमार दुर्गोत्सव और 'एक नये गीत' की सृष्टि हुई। यह और कोई नहीं, वन्दे मातरम् ही था।

'वन्दे मातरम्' गीत में जिस मातृमूर्ति की कल्पना की गई है, उनकी जानकारी कमलाकांत के दफ्तर के 'आमार दुर्गोत्सव' नामक रचना से प्राप्त होती है। वहां मातृभूमि दशभुजा के रूप में प्रकट होती है। वहां कमलाकांत मां-मां कहता हुआ उन्हें पुकार रहा है, संकल्प कर रहा है। वह काल समुद्र से मां का उद्धार कर पुनः प्राचीन महिमा में उन्हें मंडित करना चाहता है। उसका यह संकल्प आनंदमठ के संतानों की तरह का था। 'आमार दुर्गोत्सव' रचना के समय में ही 'वन्दे मातरम् की रचना हुई थी, इसमें तनिक भी संदेह नहीं। गंभीर देशप्रेम भावना और मातृभूमि की जननी के रूप में कल्पना कर तीव्र भावावेग से वे अभिभूत हो उठे और फलस्वरूप मातृभूमि के रूप में वन्दे मातरम् मंत्र उनके कंठ से फूट पड़ा। इन दोनों रचनाओं में घनिष्ठ संबंध है, विशेषतः मातृभूमि की दुर्गा विग्रह के रूप में कल्पना करना। इसके पूर्व बंकिम की किसी भी रचना में यह कल्पना नहीं मिलती।[2]

इसी संबंध में प्रोफेसर अमित्र भूषण ने लिखा है, 'अनुमान किया जाता है कि

1. अमृत पत्रिका, 12-11-1976
2. आनंद बाजार पत्रिका, 12 आश्विन, फसली सन् 1976

'आमार दुर्गोत्सव' नामक लेख लिखने के बाद वन्दे मातरम् गीत लिखा गया था। आमार दुर्गोत्सव में 6 करोड़ संतान, द्वादश करोड़ हाथ हैं और वन्दे मातरम् गीत में सात करोड़ संतान और चौदह करोड़ हाथ का जिक्र है। इससे स्पष्ट है कि आमार दुर्गोत्सव रचना के बाद ही यह गीत लिखा गया था और उन्हीं दिनों 'एकटी गीत' नामक लेख लिखा गया था। 'आमार दुर्गोत्सव' नामक लेख 1281 बंगाव्द, कार्तिक के बंग दर्शन में छपा था। इससे स्पष्ट है कि कार्तिक से चैत्र के बीच वन्दे मातरम् का जन्म हुआ था।'[1]

श्री अक्षयकुमार दत्त गुप्त का कहना, वन्दे मातरम् गीत आनंदमठ में प्रकाशित होने के कई वर्ष पूर्व बंकिम बाबू ने लिखा था, कमलाकांत के मातृमूर्ति दर्शन विवरण और सत्यानंद ठाकुर के मठ में मातृमूर्ति की प्रतिष्ठा से पहले। अगर पाठक गौर करेंगे तो उन्हें ज्ञात होगा कि वन्दे मातरम् गीत में और कमलाकांत के ध्यान में भी देशमाता का चिरंतन सौंदर्य तथा भावी गौरव दर्शन जनित आनंद विद्यमान है। उस वीर रस में बहुत कवियों की काव्य की तरह उत्तेजना नहीं है। बंकिम माता की सुजलां, सुफलां मलयजशीतलां मूर्ति प्रत्यक्ष कर पुलकित हुए हैं। भविष्य में मां का शौर्य, ऐश्वर्य, विद्या, बल, सिद्धि की मोहिनी प्रतिमा कल्पना की आंखों में देखकर वे विस्मय से मुग्ध हो उठे थे।'[2]

इन सभी आलेखों को प्रस्तुत करने का मुख्य उद्देश्य यह है कि सभी विद्वान इस विषय में एकमत हैं कि 'आमार दुर्गोत्सव' नामक लेख लिखने के बाद ही या उसी समय वन्दे मातरम् गीत की सृष्टि हुई थी। चूंकि आमार दुर्गोत्सव लेख नवम्बर, 1874 के बंग दर्शन पत्रिका में प्रकाशित हुआ था, इसलिए वन्दे मातरम् गीत उसके पूर्व और 25 अक्तूबर के बाद ही लिखा गया था।

आमार दुर्गोत्सव तथा वन्दे मातरम् गीत में कुछ साम्य है। आमार दुर्गोत्सव में छः करोड़ मुंड और बारह करोड़ हाथ का वर्णन है। वन्दे मातरम् गीत में सप्त कोटि मुंड की चर्चा है। इतने कम समय में बंगाल की आबादी एक करोड़ नहीं बढ़ गई थी। असल में छंद मिलाने की गरज से सप्त करोड़ की चर्चा की गई है। यह गीत लिखने के बाद उसे गेय बनाने के लिए बंकिम बाबू संगीतबद्ध कर रहे थे। गीत में 'षड्कोटि कंठ, द्विषड्कोटि भुजैधृर्त' शब्द कर्ण कटु लगने के कारण ही इसमें परिवर्तन किया गया होगा। यह मेरी व्यक्तिगत राय नहीं, अनेक विद्वानों की भी है। श्री पूर्णचन्द्र चटर्जी तथा श्री ललितकुमार मित्र के वर्णन से स्पष्ट है कि यह गीत कांटालपाड़ा वाले भवन में ही लिखा गया था, क्योंकि 'बंग दर्शन' का प्रेस उनके घर ही में था, जिसमें आजकल बंकिम म्युजियम है।

1. देश साप्ताहिक, 15-8-1976
2. बंकिमचन्द्र, प्रथम संस्करण, पृष्ठ 319

प्राथमिक संगीत रचना

वन्दे मातरम् गीत की जन्मकथा के बारे में जितनी विवादास्पद बातें प्रचारित हैं, ठीक उसी प्रकार उसके प्रथम सुरकार के बारे में भिन्न-भिन्न दावेदार हैं।

सर्वश्री पूर्णचन्द्र तथा ललितकुमार मित्र ने स्पष्ट रूप से लिखा है, 'इसे प्रथम बार गाया था—अमर गायक यदु भट्ट ने।'

यदु भट्ट यानी श्री यदुनाथ भट्टाचार्य बांकुड़ा जिले के विष्णुपुर गांव के निवासी थे। उन दिनों वे बंगाल के सबसे प्रसिद्ध गांव भट्टपल्ली में अपनी बहन के यहां रहते थे जो कांटालपाड़ा गांव के पास है। यदु भट्ट तीस रुपये मासिक पर बंकिम बाबू के यहां संगीत के अध्यापक थे। इनसे स्वयं बंकिम बाबू संगीत की शिक्षा लेते रहे। बचपन में रवि बाबू के भी संगीत-गुरु यदु भट्ट थे।

वन्दे मातरम् की प्रथम स्वरलिपि बनाने का श्रेय इन्हींको प्राप्त है। यदु भट्ट ने जो स्वरलिपि बनाई थी, उसका नाम था—मल्लार (मल्हार) राग, कौव्वाली ताल। सन् 1880 में जब आनंदमठ उपन्यास धारावाहिक रूप में 'बंग दर्शन' में प्रकाशित होने लगा था, तब इसी राग का उल्लेख किया गया था :

वन्दे	मात	रम्
०	1	×1[1]

यदु भट्ट द्वारा बनाई गई स्वरलिपि के आधार पर स्वयं बंकिम बाबू भी गाते रहे। श्री हरप्रसाद शास्त्री ने लिखा है, 'बंकिमचन्द्र लगातार कई वर्षों तक यदु भट्ट से संगीत की शिक्षा लेते रहे। इसके लिए उन्होंने एक हारमोनियम भी खरीदा था। उसे बजाते उन्हें देख चुका हूं।'

आगे अपने अन्य लेख में शास्त्रीजी ने लिखा है, 'जिस दिन उनके दरबार में बैठकर सर्वप्रथम वन्दे मातरम् गीत सुना, उसी दिन की बात है। गीत लोगों को पसंद नहीं आया।

---

1. बंग दर्शन, संपादक श्री संजीवचन्द्र चटर्जी, पृष्ठ 555

एक ने कहा—अत्यंत श्रुतिकटु हुआ है। शस्य श्यामलाम् श्रुतिकटु नहीं तो और क्या है? द्विसप्त कोटि भुजैर्धृत खरकरवाले—इसे भी कोई श्रुति मधुर नहीं कहेगा।

दूसरे सज्जन बोले—के बोले मा तुमी अबले'—अबले का एकार न व्याकरण है और न कुछ।

इस तरह की बातें एक घंटे तक अत्यंत धैर्यपूर्वक सुनने के बाद बंकिम बाबू बोले—मुझे अच्छा लगा, इसलिए लिखा। तुम लोगों की इच्छा हो तो पढ़ो, न हो तो फेंक दो, नहीं तो मत पढ़ो।

इसी प्रकार एक बार जब उनके दरबार में बंग दर्शन के स्थायी लेखकों का दल यानी राजकृष्ण मुखर्जी, चन्द्रनाथ बसु, नवीन बाबू आदि मौजूद थे तब बातचीत के सिलसिले में नवीनचन्द्र सेन ने कहा—इतना अच्छा गीत आधा बंगला आधा संस्कृत में लिखकर आपने चौपट कर दिया। लगता है, जैसे गोविन्द अधिकारी (लोकगीत गायक—ले०) का गीत हो।

इसपर बंकिम बाबू नाराज होकर बोले—देखो भाई, अच्छा न लगे तो मत पढ़ो। चूंकि मुझे अच्छा लगा है, इसलिए लिखा। लोगों को अच्छा लगेगा या नहीं, क्या यह सोचकर लिखूंगा?'[1]

यदुनाथ भट्टाचार्य से स्वरलिपि बनवाने के बाद बंकिम बाबू स्वयं हारमोनियम पर सर्वश्री जगदीशनाथ राय, हेमचन्द्र बनर्जी, ताराप्रसाद चट्टोपाध्याय, रामदास सेन आदि के साथ गाते रहे।

श्री प्रियनाथ जाना के शब्दों में, 'बंकिम बाबू वन्दे मातरम् गीत को प्रायः हारमोनियम पर अपने घर कविवर हेमचन्द्र और नवीनचन्द्र सेन के सामने गाते रहे।'[2]

ये सारी घटनाएं कांटालपाड़ा की हैं। बाद में जब चुंचड़ा जाकर रहने लगे तब वहां उनके सहयोगी श्री क्षेत्रनाथ मुखर्जी गाते रहे जिसका उल्लेख इसके पूर्व अक्षयचन्द्र सरकार के शब्दों में किया जा चुका है।[3]

दुसरा गायक

चुंचड़ा आने के पूर्व बंकिम बाबू हुगली में डिप्टी कलक्टर थे। वहां नेपालचन्द्र धर नामक एक गायक था। उनके कंठस्वर से प्रभावित होकर बंकिम बाबू ने उन्हें नौकरी दिलाई थी।

1. बंकिम प्रसंग, प्रथम संस्करण, श्रीशचन्द्र मजुमदार, पृष्ठ 181
2. जातीयतार मंत्र गुरु जारां, पृष्ठ 86-87
3. वन्दे मातरम् शतवार्षिकी, गौराचांद आढया, पृष्ठ 50

बंकिम बाबू के अनुरोध पर उन्होंने वन्दे मातरम् गीत के लिए पहले मल्हार सुर में स्वरलिपि बनाई। बाद में 'देस मल्हारे' राग में भी ढाला था।

रंगमंच पर

बंग दर्शन में आनंदमठ छपने के साथ ही वन्दे मातरम् गीत की ख्याति जन-जन में फैल गई। बंगला साहित्य में परंपरा से हटकर नये परिवेश में क्रांतिकारी उपन्यास आने के कारण काफी लोकप्रिय हो गया। इस लोकप्रियता का लाभ उठाने के लिए प्रताप जौहरी द्वारा संचालित नेशनल थियेटर के अध्यक्ष केदारनाथ चौधुरी ने इस उपन्यास का नाट्य रूपांतर किया जोकि मई, सन् 1883 ई० में मंचस्थ हुआ था।[1]

बहुत कम लोगों को इस बात की जानकारी है कि इस थियेटर के संगीत निदेशक श्री देवकंठ बागची ने नाटक में आए वन्दे मातरम् गीत की एक नई स्वरलिपि बनाई थी। उन्होंने अपनी पुस्तक में लिखा है, 'बंग भंग के बाद स्वदेशी आन्दोलन के युग में बंगाल की जनता ने 'वन्दे मातरम् सम्प्रदाय' की स्थापना की थी। उस समय बंकिम बाबू के गीत ने गगन-पवन को मुखरित किया था। इस घटना के काफी पहले जब रंगमंच पर प्रथम बार आनंदमठ अभिनीत हुआ था तब मैंने ही वन्दे मातरम् गीत में पहले-पहल सुर दिया था। उस अमर गीत के बारे में इतने दिनों के बाद अपने विचार प्रकट कर रहा हूं।'[2]

श्री बागची ने तिलक कामोद झपताल में स्वरलिपि बनाई थी।

श्रीमती प्रतिभा सुन्दरी देवी

श्री बागची के बाद 'बालक' पत्रिका की सहायक संपादिका ने 'गायन शिक्षा' कालम के अंतर्गत वन्दे मातरम् गीत की स्वरलिपि रागिनी देस, ताल, कौव्वाली में तैयार कर प्रकाशित की थी। अपने नोट में उन्होंने यह लिखा है, 'बंकिम बाबू रचित वन्दे मातरम् नामक विख्यात गीत संपूर्ण रूप से प्रकाशित नहीं किया जा सका, क्योंकि इस गीत का सुर अत्यंत कठिन है। संपूर्ण रूप में तैयार करने पर पाठकों के लिए बोधगम्य नहीं होगा। वन्दे मातरम् गीत में अनेक अलंकार लगाए गए हैं।'[3]

ज्ञातव्य रहे कि ठाकुर परिवार द्वारा संपादित तथा प्रकाशित पत्रिका में वन्दे मातरम् गीत को 'विख्यात गान' यानी प्रसिद्ध गीत कहा गया है। आनंदमठ में छपने

---

1. अमृत, 25-10-1974, श्री कालीश मुखोपाध्याय, पृष्ठ 56 तथा बांगलार नाट्यशालार इतिहास
2. सुरेर रूप, प्रथम संस्करण, बसुमती साहित्य, 1919 ई०
3. बालक, ज्येष्ठ 1292, फसली सन् प्रथम वर्ष, द्वितीय अंक, पृष्ठ 95-96

के तीन साल बाद अचानक यह गीत अन्य कवियों के गीत से कैसे इतना प्रसिद्ध हो गया कि संपादिका को विख्यात गान लिखना पड़ा। निस्संदेह उन दिनों वन्दे मातरम् गीत शीर्ष स्थान प्राप्त कर चुका था। कहा जाता है कि आनंदमठ में छपने के पूर्व यह गीत विभिन्न शहरों में प्रचारित हो चुका था।

महाकवि रवीन्द्रनाथ ठाकुर

श्रीमती प्रतिभा देवी के बाद महाकवि रवीन्द्रनाथ ठाकुर ने वन्दे मातरम् गीत की स्वरलिपि तैयार की थी। इस बात को उन्होंने स्वयं स्वीकार किया है।

सन् 1937 के दिनों जब राष्ट्रीय गीत के संबंध में भयानक विवाद उत्पन्न हुआ था, उन दिनों रवि बाबू के विरुद्ध सारा भारत आक्रोश से भर उठा था। लोगों का खयाल था कि रवि बाबू ने वन्दे मातरम् का विरोध इसलिए किया है ताकि उनका गीत जन गण मन राष्ट्रीय गीत बन जाए। उन दिनों अपने विस्तृत वक्तव्य में लिखा था, 'इस बारे में अपना विचार प्रकट करते समय मुझे एक बात याद आ रही है। गीत के लेखक के जीवनकाल में पहले-पहल उसमें सुर देने का सौभाग्य प्राप्त हुआ था।'[1]

बंकिम बाबू का देहावसान सन् 1894 ई० में हुआ था। इसका अर्थ यह है कि इस गीत की स्वरलिपि इसके पूर्व बनाई गई होगी। आमतौर पर बंगाल के कतिपय लेखक यह विश्वास करते हैं कि रवि बाबू ने सन् 1881 ई० के आसपास इसकी स्वरलिपि बनाई थी। लेकिन यह विश्वास गलत है। इसका अकाट्य प्रमाण मुझे बंकिम बाबू के मित्र और बंगला साहित्य के सुप्रसिद्ध लेखक श्री नवीनचन्द्र सेन की जीवनी में मिला है। उन्होंने लिखा है, 'रवि बाबू अच्छे गायक थे। सन् 1876 ई० में एक बार उनसे मेरी मुलाकात हुई थी। उसके 16 वर्ष लम्बे अर्से के बाद दुबारा मुलाकात हुई। उस समय वे किशोर से कड़ियल जवान हो गए थे। उन्होंने मेरी दो रचनाओं को गाकर सुनाया तब मैंने उनसे कहा कि वन्दे मातरम् गीत जरा गाकर सुनाइए।

उस महान् गीत की दो पंक्तियां गाने के बाद उन्होंने कहा कि मुझे पूरा गीत याद नहीं है।'[2]

कविवर नवीनचन्द्र सेन के इस कथन से यह स्पष्ट हो जाता है कि 1892-1893 ई० तक रवीन्द्रनाथ को वन्दे मातरम् गीत कंठस्थ नहीं था, अतएव तब तक उसकी स्वरलिपि उन्होंने नहीं बनाई थी। स्वरलिपि इसके बाद बनाई गई है। रवि बाबू ने अपने वक्तव्य में यह भी कहा है कि स्वरलिपि बनाने के

1. मासिक बसुमती, 16वां वर्ष, अग्रहायण, फसली, सन् 1344, पृष्ठ 286
2. आमार जीवन, प्रथम संस्करण तथा वन्दे मातरम् स्मारिका बंगला, 1976

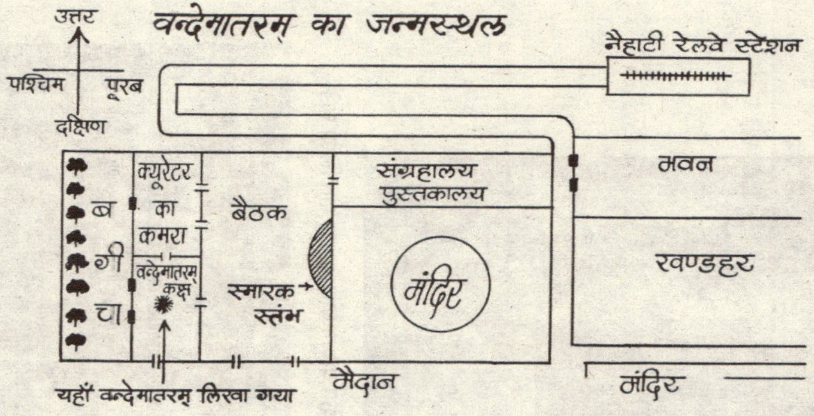

17 अगस्त 1906 में बनाया गया झंडा

18 अक्तूबर 1907 में बनाया

[दोनों चित्र हिन्दी समाचार पत्र संग्रहालय हैदराबाद के सौजन्य से प्राप्त]

वह कमरा जिसमें बैठकर बंकिम बाबू ने वन्दे मातरम् गीत लिखा था।

बीडन उद्यान (आधुनिक नाम रवीन्द्र कानन) जहां रवि बाबू ने 1896 ई० में वन्दे मातरम् गीत पहले-पहल गाया था।

मादाम कामा (भारत के प्रथम राष्ट्रध्वज के साथ)
[केसरी कार्यालय पूना के सौजन्य से]

बायें बंकिम स्मृति मंदिर और सामने बंकिम बाबू का पैतृक भवन

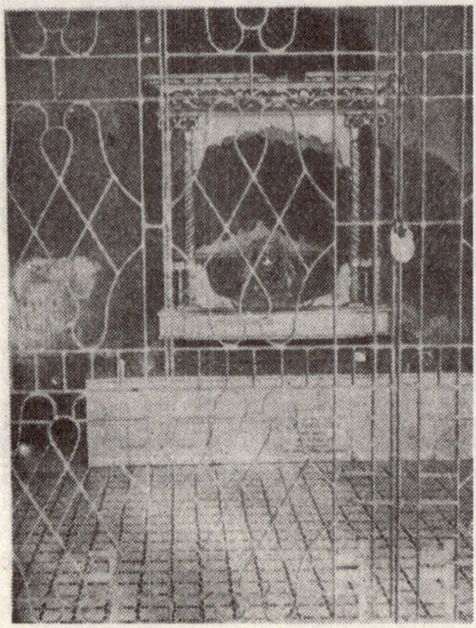

बंकिम बाबू के गृह देवता। यहीं दुर्गा पूजा होती थी। मूर्ति 18 वीं शताब्दी के अंत में एक संन्यासी से प्राप्त हुई थी।

महाकवि जयदेव का मंदिर और बाउलों की भीड़

अजय नदी। स्नान करते हुए भक्त। उस पार हजारों की संख्या में बैलगाड़ियां। दूर शाल वृक्षों का घना जंगल। बंकिम बाबू ने अपने उपन्यास 'आनन्दमठ' में इसी जगह का उल्लेख किया है।

चुंचुडा स्थित गंगा किनारे का वह भवन जहां बंकिम बाबू रहते थे। यहीं वन्दे मातरम् गीत लिखा गया था, ऐसा भ्रम स्थानीय निवासियों को है। शताब्दी वर्ष के अवसर पर यहां निम्न शिलालेख लगाया गया है।

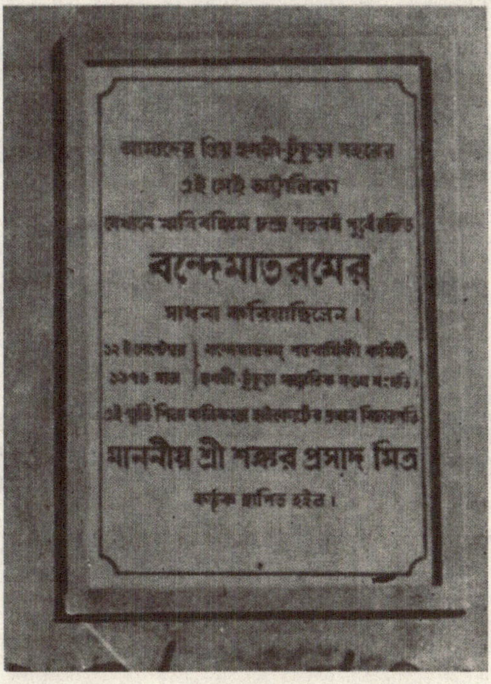

बंकिम स्मृति मंदिर। बायें से प्रथम दरवाजे वाले कमरे में बैठकर वे बंग दर्शन का संपादन करते थे।

बनारस में भारतमाता का मंदिर। यहां वन्दे मातरम् गीत का जन्म शताब्दी वर्ष समारोह मनाया गया था। (जापान के बाद संसार में देश का मंदिर वाराणसी में ही है।)

बाद लेखक को उन्होंने दिखाया था। इससे स्पष्ट है कि 1893-94 के बीच यह घटना हुई होगी।

अब तक जितने लोगों ने गीत के गायन के बारे में संस्मरण लिखे हैं, सभी का यही कहना है कि सबसे पहले मैंने स्वरलिपि बनाई थी। इन सभीका कथन अपनी जगह पर ठीक भी है। यदु भट्ट द्वारा बनाई गई स्वरलिपि की जानकारी सीमित व्यक्तियों को थी, ठीक इसी प्रकार नेपालचन्द्र धर, क्षेत्रनाथ मुखर्जी की स्थिति रही। रंगमंच पर जब प्रदर्शित हुआ तब श्री देवकंठ बागची द्वारा दिए गए संगीत को कई सौ लोगों ने सुना और वे भूल गए। रवीन्द्रनाथजी ने सन् 1896 ई० में वीडन उद्यान (रवीन्द्र कानन) में कांग्रेस अधिवेशन में इसे गाया था, इसलिए उसका उल्लेख आगे चलकर कांग्रेस के इतिहास में आ गया। इन गायकों और श्रोताओं को एक-दूसरे की जानकारी नहीं थी, जिस प्रकार 1901 ई० में कलकत्ता में श्री दिनशा ईदुलवाचा की अध्यक्षता में कांग्रेस का जो अधिवेशन हुआ था, उसमें श्री दक्षिणारंजन सेन ने एक नई स्वरलिपि में गायन किया था। रवि बाबू के गायन के बाद से लगातार कांग्रेस मंच पर मंगलाचरण के रूप में वन्दे मातरम् का प्रयोग होता रहा।

श्रीमती प्रतिभा देवी की स्वरलिपि का क्या उपयोग हुआ, यह कहा नहीं जा सकता। लेकिन वन्दे मातरम् की ख्याति बंग भंग आन्दोलन में बढ़ी और तभी सारा भारत ही नहीं, संसार के अनेक देश इस गीत के प्रति आकृष्ट हुए थे।

कांग्रेस मंच पर

वन्दे मातरम् गीत बंकिम बाबू ने जिस प्रेरणावश या जहां भी लिखा हो, पर एक बात तय है कि इस गीत से उन्हें अपार मोह था। वे यह जरूर चाहते थे कि इसका प्रचार-प्रसार व्यापक रूप से हो। शायद उनके मन में यह इच्छा बलवती हुई होगी कि सभा तथा संस्थाओं में, इस गीत को मंगलाचरण के रूप में गाया जाए।

तत्कालीन अनेक कवियों के मन में यह इच्छा उत्पन्न हुई थी। फलस्वरूप राष्ट्रीय भावनाओं की अनेक कविताओं ने जन्म लिया। इनमें राष्ट्रीय कविता लिखने का सबसे अधिक शौक कविवर हेमचन्द्र वंद्योपाध्याय को था। कांग्रेस के जन्म लेने के पहले उन्होंने लिखा:

जगते जननी जनम भुवन।
गुरुत्व गौरवे दुइ अतुलन॥
एइ से मंडप पवित्र आलय।
दस भुजा पूजा कत सेथा हय॥

जब इस गीत की ख्याति नहीं हुई तब उन्होंने 'भारतेर निद्रा भंग' शीर्षक से एक गीत लिखा जो प्रशंसित तो हुआ, पर लोकप्रिय नहीं हुआ।

भांगिल कि तबे एत दिन परे।
भांगिल कि घूम भारत माता।
उठ उठ मातः डाकिछे तोमाय।
तोमार संतान येथा आज॥
किबा वृद्ध शिशु किबा युवाजन।
कि दरिद्र आर किबा अधिराज ॥

डाकिछे तोमाय महाराष्ट्रबासी
डाकिछे पारसी पंजाबी सिख ॥[1]

इन गीतों के अलावा उन्होंने भारत संगीत, भारत विलाप और जन्मभूमि शीर्षक से कई गीत लिखे, पर इनमें से उनकी कोई रचना लोकप्रिय नहीं हो सकी। यहां तक कि स्वनामधन्य भूदेव मुखोपाध्याय द्वारा विरचित 'स्वदेश लक्ष्मी' गीत के आगे किसी भी कवि की रचना को कोई महत्व नहीं दिया गया। हिन्दू मेला के युग से कांग्रेस की स्थापना तक बराबर 'स्वदेश लक्ष्मी' गीत मंगलाचरण के रूप में सर्वत्र प्रयोग होता रहा। राष्ट्रगुरु सुरेन्द्रनाथ बनर्जी द्वारा स्थापित 'भारत सभा' में भी इसी गीत को लोग गाते रहे।

स्वदेश लक्ष्मी

हे मा हरिदंबरा पदतले नीलांबुनी लांछिता।
स्निग्धास्निग्ध तरंगिनी सुरधुनी पीयूषनिष्यांदिनी ॥
सूर्येन्दु प्रतिबिंबितांबर लसत्।
प्रालेय मौलिज्ज्वला सौम्यास्यात् अधिभारती।
भयहरा नित्यान्नदा शांतये।
मातर्नमामि भवतीं वसूधातल पूण्यतीर्थां
मातर्नमामि पदयुग्मधृता समुद्रां।
मातर्नमामि हिमगौर किरीटभूषाम् ॥

संभवतः बंकिम बाबू जनता के मनोभावों का अध्ययन करते रहे और मंगलाचरण के योग्य बनाने के लिए 'वन्दे मातरम्' में संशोधन भी करते रहे। संगीतबद्ध कराते समय सभी कठिनाइयों को दूर करने के लिए भी गीत में परिवर्तन करते रहे। शायद इसीलिए उन्होंने कई लोगों से उसे गवाया और स्वयं भी प्रयत्न करते रहे। जब उनकी यह इच्छा पूरी नहीं हुई तब वन्दे मातरम् गीत का क्या महत्व है, यह बात सर्वसाधारण को बताने के लिए उसे आनंदमठ में सम्मिलित किया। सिर्फ यही नहीं, महेन्द्र जैसे मूढ़ पात्र को गीत की मर्यादा बताने के लिए सत्यानंद से व्याख्या कराई। अगर यह व्याख्या न की जाती तो लोग बंकिम बाबू के हृदय की बात समझ नहीं पाते। फिर भी उन्हें वह लोकप्रियता नहीं मिली, जिसकी वे आशा करते रहे।

बंकिम बाबू के मित्र श्री काली प्रसन्न घोष ने 'बांधव' पत्रिका में 'आनंदमठ का मूल मंत्र' नामक लेख लिखते हुए वन्दे मातरम् गीत की अजस्र प्रशंसा की है।

1. हेमचन्द्र ग्रंथावली, पृष्ठ 317-392, प्रथम संस्करण

जब इस बात की सूचना बंकिम बाबू को दी गई तब उन्होंने जवाब में लिखा, 'मैं आनंदमठ लिखकर क्या कर सका? हिन्दुस्तान के लालची और स्वार्थी लोगों की उन्नति नहीं हो सकती। वन्दे मातरम् से वे ज्यादा 'वन्दे उदरम्' पसंद करते हैं।'[1]

कांग्रेस की स्थापना

इसी बीच सन् 1885 ई० में मिस्टर ह्यूम के प्रयत्नों से कांग्रेस की स्थापना हुई। कांग्रेस की स्थापना होने पर भी बंगालियों ने इस संस्था को स्वीकार नहीं किया। बंगाल के नेताओं का विचार था कि यह संस्था श्रमिकों के हित के लिए नहीं है। श्री ठाकुरदास मुखर्जी ने 'नव्य भारत' पत्रिका के माघ 1303 (1897 ई०) के अंक में लिखा है, 'किसी-किसी अध्यक्ष की जबानी सुनने में आया है कि कांग्रेस अंग्रेजी शिक्षितों की संस्था है। यही वास्तविकता है। कांग्रेस ने जो घोषणा की है, वह यह है—कांग्रेस शिक्षित तथा धनिकों के स्वार्थों की प्रतिनिधि है। कृषिजीवियों के स्वार्थ के लिए नहीं है।'

सन् 1886 ई० में जब कांग्रेस का दूसरा अधिवेशन कलकत्ता में हुआ तब कविवर हेमचन्द्र वंद्योपाध्याय ने अपनी रचना के अंतर्गत पहले-पहल वन्दे मातरम् गीत के कुछ अंश गाकर सुनाए थे। संभवतः यही पहला अवसर था जब सार्वजनिक रूप में मंगलाचरण गीत के स्थान पर 'वन्दे मातरम्' गीत का खंडित रूप में उपयोग किया गया था। इस अधिवेशन के अध्यक्ष दादाभाई नौरोजी और स्वागताध्यक्ष श्री राजेन्द्रलाल मित्र थे। हेमचन्द्रजी ने क्यों इस तरह का गीत गाया, यह कोई नहीं जानता।

कि आनंद आज भारत भुवने भारत जननी जागिल
आहा कि मधुर नवीन सुहासि
मायेर अधरे रयेछे प्रकाशि
जेनो बा प्रभातेर किरणेर राशि उषार कपोले ज्वलिल
मरि कि सुषमा फुटेछे बदने
किवां ज्योति ज्वले उजल नयने
कि आनंद दिक पूरिल—भारत जननी जागिल।
पूरब बांगला, मगध, बिहार,
डेरा इस्माइल, हिमाद्रिर धार
कराची, मद्रास शहर बम्बई
सुरटि, गुजराती, मराठी भाई, चौदिके मायेर घेरिल

1. चिट्ठीपत्रे बंकिम, श्री क्षेत्रनाथ गुप्त

प्रेम आलिंगने करे राखी कर
खुले देछे हृदि, हृदि परस्पर
एक प्राण सबे एक कंठ स्वर मुखे जय ध्वनि करिल।
प्राणय विह्वले घरे गले गले
गाहिल सकले मधुर काकले गाहिल वन्दे मातरम्
सुजलां सुफलां मलयजशीतलां सुखदां वरदां मातरम्॥
शुभ्र पुलकित यामिनीं
फुल्ल कुसुमित द्रुमदल शोभिनीं
सुहासिनीं सुमधुरभाषिणीं सुखदां वरदां मातरम्
बहुबल धारिणीं नमामि तारिणीं रिपुदल वारिणीं
उठिल से ध्वनि नगरे नगरे
तीर्थ देवालय पूर्ण जयस्वरे भारत जगत मातिल ॥

अर्थ—आज भारत तथा जगत् में कितना आनंद है कि भारत जननी जाग गई है। अहा, कितनी मधुर और नवीन हंसी माता के अधर पर जगमगा रही। है, मानो उषा के कपोलों पर प्रभात की सूर्य-किरणें दमक रही हैं।

चेहरे पर क्या अनुपम सुषमा खिल रही है, उज्ज्वल नयनों में कैसी ज्योति जल रही है, कितने आनंद से दिशाएं पूरित हो रही हैं, भारत जननी जाग गई है।

पूर्व बंगाल, मगध, बिहार, डेरा इस्माइल, हिमालय का किनारा, कराची, मद्रास, बम्बई शहर, सूरत, गुजराती, मराठी भाइयों ने चारों तरफ से मां को घेर लिया। प्रेम आलिंगन में आबद्ध होकर हाथ में हाथ रखकर परस्पर हृदय खोल दिया है और एक प्राण तथा एक कंठ होकर सब लोग जय ध्वनि कर रहे हैं।

प्रेम से विह्वल होकर गले से गले लगाकर सबने मिलकर मधुर स्वर में गाया—वन्दे मातरम्।

कविता का शीर्षक 'राखी बंधन' था। संभवतः उस दिन या आसपास राखी बंधन का त्योहार था क्योंकि यह अधिवेशन 6 अगस्त, 1886 ई० को हुआ था।

डाक्टर हेमेन्द्र दास ने कविवर हेमचन्द्रजी के गायन के बारे में लिखा है, 'बंकिमचन्द्र का 'वन्दे मातरम्' ही राष्ट्रीय महासम्मेलनों का राष्ट्रीय संगीत है। उन दिनों लोग 'वन्दे मातरम्' गीत का मर्म नहीं समझ पाते थे। यहां तक कि बंकिम बाबू के सहयोगी साहित्यकार भी इसे पसंद नहीं करते थे। 'वन्दे मातरम्' की गंभीरता के बारे में कोई कुछ सोचता नहीं था। पर कुछ ही दिनों बाद जब बंकिम बाबू नौकरी कर रहे थे, उन्होंने सुना कि उनके अभिन्न मित्र हेमचन्द्र बनर्जी ने उनके सुर से सुर

मिलाकर इस उपलक्ष्य में 'राखी बंधन' शीर्षक कविता लिखकर, उदात्त कंठ से कांग्रेस सम्मेलन में 'वन्दे मातरम्' गीत गाया है। कवि के संगीत से बंगाल उद्दीप्त हो उठा है।'[1]

इसके बाद द्वितीय बार कविवर रवीन्द्रनाथ ने कांग्रेस के 12वें अधिवेशन में, 28 दिसम्बर 1896 ई० में गाया था। रवि बाबू श्वेत वस्त्र धारण किए गाते रहे। पास ही श्री ज्योतिरिन्द्रनाथ आर्गन बजा रहे थे। इस सभा के अध्यक्ष श्री मुहम्मद रहीमतुल्ला सयानी, स्वागताध्यक्ष सर रमेशचन्द्र मित्र और प्रधानमंत्री दिनशा ईदुलजीवाचा थे।[2]

दो महान व्यक्तित्व

हिन्दू मेला का कार्यक्रम सन् 1876 ई० तक काफी निष्प्रभ हो गया था। उसकी शक्ति केवल बंगाल तक सीमित रही। एक माने में कलकत्ता नगरी के इर्द-गिर्द तक उसका कार्यक्षेत्र था। ऐसे समय में राष्ट्रगुरु सुरेन्द्रनाथ बनर्जी ने 'भारत सभा' की स्थापना की। तरुणों को साथ लेने के कारण वे सन् 1905 ई० के बंग भंग आन्दोलन तक भारतीय राजनीति के एकच्छत्र नेता थे। अपने आदर्शों के लिए संपूर्ण भारत के विभिन्न प्रदेशों में राजनीतिक सत्ता के प्रति लोगों में आस्था उत्पन्न करने का एकमात्र श्रेय उन्हींको था, तभी उन्हें राष्ट्रगुरु के रूप में स्वीकार किया गया।[3]

सन् 1870 ई० से सर्वश्री द्वारिकानाथ गंगोपाध्याय, दुर्गामोहन दास, पंडित शिवनाथ शास्त्री आदि ने सर्वांगीण मुक्ति का जो आन्दोलन छेड़ा था, उससे राष्ट्रीय मुक्ति संग्राम को एक नई दिशा मिली। पंडित शिवनाथ शास्त्री के घर होमकुंड के चारों ओर फेरी लगाते हुए लोगों ने यह प्रतिज्ञा की कि प्राण भले ही जाए, पर ब्रिटिश सरकार की गुलामी नहीं करेंगे। इस घटना के कुछ दिनों बाद अधिकांश लोगों ने सरकारी नौकरी छोड़ दी और राष्ट्रीय संग्राम में जुट गए। इस प्रकार भारत सभा प्रगति करने लगी।[4]

भारत सभा के प्रभाव को कम करने के लिए पूंजीपति और सरकार परस्त लोगों ने कांग्रेस को जन्म दिया। यद्यपि सुरेन्द्रनाथ बनर्जी का अनेक गुप्त संघटनों से

1. भारतेर जातीय कांग्रेस, प्रथम संस्करण, डाक्टर हेमेन्द्र दासगुप्त तथा हुगली जिले का इतिहास—श्री सुधीरकुमार मित्र

2. महाकवि रवीन्द्रनाथ द्वारा गाए गीत का रेकर्ड 1904-1905 में एच० बोस के टंकिंग मशीन में रेकर्ड किया गया था। यही प्रथम गीत था जिसमें रवीन्द्रनाथ का कंठस्वर रेकर्ड किया गया था। रेकर्ड का समय 2 मिनट 33 सेकंड है। इसकी प्रतिलिपि शांति निकेतन में सुरक्षित है।

3. चित्र और चरित्र, श्री प्रमथनाथ बिशी, पृष्ठ 122-123

4. भारत में सशस्त्र क्रांति की भूमिका, पृष्ठ 83-84

संबंध था, पर उसमें खून और हत्या की कल्पना नहीं थी। संपूर्ण भारत को एक सूत्र में बांधने का जो संकल्प सुरेन्द्रनाथ बनर्जी ने किया, उसका तत्काल प्रभाव महाराष्ट्र और पंजाब पर पड़ा।

'उन्नीसवीं शताब्दी के अंतिम वर्षों में राष्ट्रीय आन्दोलन का अग्रणी था—महाराष्ट्र। लोकमान्य के साहसपूर्ण नेतृत्व ने महाराष्ट्र में राजनीतिक आन्दोलन को वस्तुतः जनआन्दोलन बना दिया। तिलक ने सन् 1893 ई० में गणपति-उत्सव और 1895 में शिवाजी-उत्सव मनाने की परंपरा शुरू की और उनके द्वारा सर्वसाधारण तक देशभक्ति और राष्ट्रीयता की भावना को सफल रूप में पहुंचाया।[1]

लोकमान्य तिलक का उल्लेख यहां इसलिए करना पड़ा कि 'वन्दे मातरम्' गीत के प्रति प्रारंभ से ही उनकी अपार श्रद्धा थी। यहां तक कि उन्होंने इस गीत को बड़े आदर के साथ छत्रपति शिवाजी की समाधि के तोरण पर उत्कीर्ण कराया।[2]

ठीक इन्हीं दिनों अकस्मात् धूमकेतु की तरह स्वामी विवेकानंद का उदय हुआ। यद्यपि सक्रिय रूप से वे राजनीति के क्षेत्र में नहीं आए, परंतु अपने भाषणों के माध्यम से उन्होंने सोए हुए भारतवासियों को जगाया। उन्होंने छुआछूत के भेदभाव के प्रति आक्रोश व्यक्त किया। सिस्टर निवेदिता को राजनीति में भाग लेते देखकर उन्होंने कहा था, 'निवेदिता क्या राजनीति करेगी? क्रांति के लिए मैंने सारे भारत का भ्रमण किया है।'

उन्होंने सन् 1897 में कहा था, 'आगामी आधी शताब्दी के लिए यह जननी जन्मभूमि ही मानो तुम्हारी आराध्या देवी बन जाए। इस आधी शताब्दी के लिए अपने मस्तिष्क से अन्यान्य देवी-देवताओं को हटाने में कुछ हानि नहीं है। अपना सारा ध्यान इसी एक ईश्वर पर लगाओ। देश को जगाओ, जाति को जगाओ, इसीमें उस परब्रह्म परमात्मा को देखोगे। सर्वत्र उसके हाथ हैं।'[3]

सन् 1901 ई० एक अनोखा वर्ष रहा। कलकत्ता में कांग्रेस का 17वां अधिवेशन हुआ तब उस अधिवेशन में श्री दक्षिणरंजन सेन ने 'वन्दे मातरम्' गीत की एक नई स्वरलिपि तैयार करके इसे गाया। इसी अधिवेशन में प्रथम बार गांधीजी पधारे थे। सरला देवी ने लिखा है, 'इस समारोह में दक्षिण अफ्रीका के बैरिस्टर मि० गांधी उपस्थित थे।'[4]

---

1. डाक्टर ईश्वरी प्रसाद, भारतवर्ष का इतिहास, छठा संस्करण, पृष्ठ 272
2. बंकिमचन्द्र, श्री हेमचन्द्र घोष, पृष्ठ 126
3. भारत में विवेकानंद, प्रथम संस्करण, पृष्ठ 328
4. जीबनेर झरा पाता, श्रीमती सरला देवी चौधुरानी, पृष्ठ 168

स्वयं सरला देवी ने इसी अधिवेशन में गाया:

बंग बिहार उत्कल मान्द्राज माराठा,
गुर्जर पंजाब राजपुतान।
सिन्दू पार्सि जैन इसाई शिख मुसलमान॥
गाओ सेकल कंठे सकल भावे
नमो हिन्दुस्तान
जय जय हिन्दुस्तान, नमो हिन्दुस्तान।

यह वही महान गीत है जिसका प्रभाव रवि बाबू पर इस तरह पड़ा कि सन् 1911 ई० में जन गण मन गीत उन्होंने लिखा।[1]

'भारत की भावी पीढ़ी को स्वदेशी शिक्षा देने लिए रवि बाबू ने सन् 1901 ई० में शांति निकेतन की स्थापना की।[2]

ठीक इन्हीं दिनों रवि बाबू के घर में ठाकुर परिवार के सहयोग से क्रांतिकारी गुप्त समिति की स्थापना हुई। 'भारतीय' पत्रिका में सरला देवी 'विलायती घूंसा बनाम देशी मुक्का' नामक लेख धारावाहिक रूप से लिखने लगीं। दूसरी ओर श्री अमृतलाल बसु ने 'नवजीवन' तथा श्री क्षीरोदप्रसाद विद्याविनोद ने 'प्रतापादित्य' नामक नाटक लिखे।

'आनंदमठ' नाटक ने हमारी राष्ट्रीय भावना को उतना बल नहीं दिया जितना कि 'प्रतापादित्य' नाटक ने दिया था। वास्तव में यही नाटक बंग भंग आन्दोलन का प्रेरणाश्रोत रहा।[3]

रवि बाबू के घर में जिस क्रांतिकारी समिति की स्थापना हुई थी, उसका नामकरण 'अनुशीलन समिति' के नाम से हुआ और उसने भारत में क्रांतिकारी आन्दोलन को चलाया। आज हम जिन क्रांतिकारियों की पूजा करते हैं, वे सब 'अनुशीलन समिति' के सदस्य थे, जो सदस्य बनने के पहले–'ऊं वन्दे मातरम्' कहकर शपथ ग्रहण करते रहे।

1901 ई० के बाद से कांग्रेस के प्रत्येक अधिवेशन में 'वन्दे मातरम्' गीत का गायन हुआ और 'बंग भंग' आन्दोलन में इस गीत को विश्वव्यापी ख्याति मिल गई।

---

1. भारतवर्षेर जातीय संगीत, प्रथम संस्करण, श्री प्रबोधचन्द्र सेन, पृष्ठ 40
2. स्वदेशी आन्दोलन ओ बांगला साहित्य, प्रथम संस्करण, श्री सौमेन्द्र नाथ गंगोपाध्याय, पृष्ठ 190, (1367)
3. श्रद्धास्पदेषु, श्री नलिनीरंजन सरकार, प्रथम संस्करण, पृष्ठ 20

बंग भंग आन्दोलन

वास्तव में 'वन्दे मातरम्' गीत को राष्ट्रीय मर्यादा बंग भंग आन्दोलन के समय में प्राप्त हुई थी जिसकी कल्पना बंकिम बाबू आजीवन करते रहे। जमीन से उठकर यह गीत भारत के संपूर्ण आकाश में धूमकेतु की तरह चमक उठा। 'यह ठीक है कि सन् 1886 ई० में कांग्रेस के द्वितीय अधिवेशन में कविवर हेमचन्द्र बनर्जी ने 'राखी बंधन' बंगला गीत में इस गीत की कुछ पंक्तियां सम्मिलित कर ली थीं, और सन् 1896 ई० में रवीन्द्रनाथ ठाकुर ने कांग्रेस मंच पर इसे गाया था, परंतु उन दिनों में भी वन्दे मातरम् को अन्य राष्ट्रीय गीतों 'आमार मिलेछी मायेर डाके' (1886 ई०), 'अयी भुवन मोहिनी' (1896 ई०) आदि से अलग कोई स्थान नहीं दिया गया था।'[1]

'बंकिम बाबू की मनोव्यथा से संभवतः उनकी बड़ी लड़की परिचित रही। सन् 1890 ई० यानी उनकी मृत्यु के चार वर्ष पूर्व दीदी (बंकिम बाबू की बड़ी लड़की) ने उनसे 'वन्दे मातरम्' के बारे में प्रश्न किया था। उनके जीवनकाल में लोग इस गीत को उतना महत्व नहीं दे रहे थे, जितनी उनके मन में आशा थी। दीदी ने उनसे पूछा, 'पिताजी, आखिर लोग तुम्हारे 'वन्दे मातरम्' गीत को क्यों नहीं पसंद करते?'

बंकिम बाबू ने जवाब देने के बदले उल्टा प्रश्न किया, 'क्या तू भी पसंद नहीं करती?'

दीदी ने कहा, 'उतना नहीं करती।'

महापुरुष ने गंभीर होकर कहा, 'एक दिन देखोगी, अधिक नहीं, दस-बीस वर्ष बाद देखोगी कि इस गीत के पीछे सारा बंगाल उन्मत्त हो उठा है, बंगाली पागल हो उठे हैं।'

यह कहानी मैंने बंकिम बाबू की मृत्यु के कुछ दिनों बाद दीदी की जबानी सुनी थी।[2]

---

1. कांग्रेस ओ बांगला, श्री हेमेन्द्र प्रसाद घोष, पृष्ठ 136
2. बंकिम जीवनी, श्री शचीन्द्रनाथ चट्टोपाध्याय, पृष्ठ 53

'सन् 1905 ई० में जब बंगाल की राजनीतिक आत्मा जाग उठी तो राष्ट्र अपनी अभिव्यक्ति के किसी माध्यम का शोध करने लगा और तब यह एक जीवंत नारा बन गया। क्रांतिकारी गीत के रूप में वन्दे मातरम् का सृजन युवाबंगाल ने किया था। सन् 1882 ई० में बंकिमचन्द्र के मानस में जो एक कल्पना थी, वह स्वदेशी आन्दोलनों के दिनों मूर्तमान बन गई।'[1]

इतिहासकारों की राय में लार्ड कर्जन के शासनकाल में कोई भी कार्य इतना अप्रिय सिद्ध नहीं हुआ जितना कि बंगाल का विभाजन। विभाजन का षड्यंत्र तो वास्तव में 19वीं शताब्दी के अंतिम दिनों से प्रारंभ हो गया था। लाल फीताशाही के कारण, जिसकी चर्चा स्वयं लार्ड कर्जन ने की है, पूरी योजना सन् 1903 ई० के मध्य तक उसके पास पहुंची। कर्जन ने 3 दिसम्बर, 1903 ई० को यह घोषणा की कि बंगाल प्रांत का बंटवारा किया जाएगा।[2]

'दुर्भिक्ष पीड़ित देश को अपनी हालत पर छोड़कर सन् 1903 ई० में दिल्ली दरबार लगा और 3 दिसम्बर को कैलकाटा गजट में बंग भंग का सरकारी प्रस्ताव पास हुआ।'[3]

उन दिनों बंगाल कहने का अर्थ था—असम, बंगाल, उड़ीसा, बिहार, और छोटा नागपुर का क्षेत्र। बंगभंग की पूरी रिपोर्ट 19 जुलाई 1905 में प्रकाशित हुई थी और 16 अक्तूबर, 1905 में उसे कार्य रूप में परिणत किया गया था। इस रिपोर्ट में यह तर्क दिया गया था कि बंगाल प्रांत बहुत बड़ा हो गया है, इसलिए इसका शासन-प्रबंध ठीक से नहीं हो पाता है। पूर्वी बंगाल की उपेक्षा बराबर की जा रही है। वहां के निवासियों की नैतिक और भौतिक उन्नति के लिए कुछ भी नहीं किया जा रहा है। जब एक नया प्रांत बनाया जाएगा। जिसका नाम 'पूर्वी बंगाल और असम' रखा जाएगा। इस प्रांत का शासन एक लेफ्टिनेंट गवर्नर करेगा। इस प्रांत की राजधानी ढाका होगी। इंग्लैंड की सरकार ने कर्जन के इस सुझाव को स्वीकार कर लिया था और आदेश दिया था कि वे शासन की सुविधा के लिए ऐसा कर सकते हैं।'[4]

पहले लोगों को आशा थी कि साधारण विरोध से काम चल जाएगा और सरकार अपने इस निश्चय में परिवर्तन करेगी ; लेकिन सरकार विभाजन के लिए कृत संकल्प थी। उसपर जनता और जननेताओं के आक्रोश का कोई असर नहीं हुआ।

1. नया बांगलार गोड़ापत्तन, श्री बी० के० सरकार, प्रथम संस्करण, खंड एक, पृष्ठ 191
2. भगिनी निवेदिता, श्री राणाप्रताप सिंह, पृष्ठ 118
3. स्वदेशी आन्दोलन और बांगला साहित्य, प्रथम संस्करण, श्री सौमेन्द्र गंगोपाध्याय, पृष्ठ 19
4. भारतवर्ष का इतिहास, डा० ईश्वरीप्रसाद, पृष्ठ 274

सभी अपने को अपमानित अनुभव करने लगे। श्री सुरेन्द्रनाथ बनर्जी ने लिखा, 'यह घोषणा बंगाल की जनता पर बम की तरह गिरी है। हमें लगा कि हम अपमानित, उपेक्षित और प्रवंचित किए गए हैं।'

श्री कृष्णकुमार मित्र ने अपने पत्र 'संजीवनी' के 13 जुलाई, 1905 के संपादकीय में लिखा, 'बंग भंग होने पर बंगाली चिर अशौच पालन करेंगे। जितने दिनों तक भंग बंग पुनः एक नहीं होगा तब तक बंगाली शोक चिन्ह धारण किए रहेंगे। बंगाली आमोद्-प्रमोद को पैरों से ढकेलकर महासाधना में लिप्त रहेंगे। राष्ट्रीय अशौचकाल में सारा बंगाल विदेशी वस्तुओं को स्पर्श नहीं करेगा। कूड़ा भले ही खाना पड़े, पर लोग नमक नहीं खाएंगे, गुड़ खाएंगे पर चीनी नहीं। अब आगे से बंगाली म्युनिसिपल कमिश्नर, जिला बोर्ड के सदस्य और आनरेरी मजिस्ट्रेट नहीं बनेंगे। बड़े लाट, छोटे लाट, कमिश्नर और मजिस्ट्रेट के अनुरोध पर किसी प्रकार का दान नहीं देंगे। किसी उत्सव में भाग नहीं लेंगे।'

'भारत सचिव द्वारा बंग विभाजन प्रस्ताव स्वीकार कर लेने के 10वें दिन यानी 1 अगस्त 1905 ई० को श्री कृष्णकुमार मित्र ने पुनः जनता का आह्वान करते हुए लिखा कि विलायती कपड़ों तथा सामग्रियों का बायकाट करना चाहिए। श्री मित्र की इस घोषणा का सर्वत्र जोरदार स्वागत हुआ। बंगाल पहले से क्षुब्ध था ही, इस नारे ने एक नई दिशा दी और इसे इस तेजी से अपनाया गया कि आश्चर्य होता है।

स्वदेशी आन्दोलन की व्यापकता

विलायती कपड़ों का मोह छोड़कर 'मां के दिए वस्त्र' महिलाएं तक अपनाने लगीं। घर में नित्य प्रयोग में आनेवाली विदेशी वस्तुओं का बहिष्कार किया गया। अधिकांश घरों में चरखे पर महिलाएं धागा तैयार करने लगीं। उन धागों से बने कपड़े पुरुष-महिलाएं पहनने लगे। स्वदेशी वस्तुओं की दुकानें जगह-जगह खुल गईं।

इन दिनों के बारे में विश्वविख्यात शिल्पी अवनीन्द्रनाथ ठाकुर ने लिखा है, 'स्वदेश' और 'स्वदेशी' के जोश में सभी भारतीय मतवाले बन गए थे। 'स्वदेशी' की हवा किधर से आई, हममें से कोई भी नहीं जानता था। इतना जरूर जानते थे कि आई है। बालक, बूढ़े, लड़कियां, बड़े लोग, कुली, मजदूर सभी पागल हो उठे थे। सभीकी जबान पर एक बात थी—हुक्म आया है। कहां से आया है, क्यों आया है, कोई नहीं जानता था। सभी केवल इतना जानते थे कि हुक्म आया है। अगर रवि काका से पूछा जाता तो वे भी नहीं बता पाते। आज भी यह बात मेरे लिए एक रहस्य है। ऐसा लगता था कि भूकंप के बाद एक तूफान था वह, जिससे सब

उलट-पुलट गया।

उस स्वदेशी युग में आज की तरह मारपीट या झगड़ा-टंटा नहीं था। स्वदेशी की एक ऐसी लहर आई जिससे देश उर्वर हो सकता था। सभी सोचने लगे कि मुझे भी देश के लिए कुछ देना होगा। हम सभी एक दिन जूतों की दुकान खोल बैठे। घर के बूढ़े सरकार नाराज हो उठे, 'बाबू, यह काम छोड़कर और स्वदेशी काम कीजिए। जूते की दुकान मत कीजिए।'

लेकिन कौन सुनता है उनकी बात। दुकान के सामने साइनबोर्ड लटकाया — स्वदेशी भंडार। निश्चय किया गया कि दुकान में स्वदेशी के अलावा और कोई चीज नहीं रहेगी। दूर अन्यत्र से स्वदेशी सामान ले आते रहे। सुहागिनों के पैर की मेहंदी से लेकर लड़कियों के जूते तक। जोर-शोर से दुकान चल पड़ी। जगह-जगह ग्राम समितियां बनीं। सिस्टर निवेदिता भी हमारे कार्य में सहयोग देने लगीं। सबके मन में आत्मबलिदान का भाव जागा था।

एक घोड़ागाड़ी पर टीन का एक बक्सा रखकर उसमें लिखा—मातृ भंडार। दिन भर हम उसे लेकर चक्कर काटते। साधारण नागरिक ही नहीं, अंग्रेज भी खड़े होकर तमाशा देखते और टोपियां उड़ाकर कहते, 'वन्दे मातरम्।'

इस स्वदेशी युग में घर-घर चरखा काता जाता और कपड़े तैयार किए जाते थे। घर की गृहिणियों के अलावा नौकर-नौकरानियां भी काम करती थीं। एक दिन देखा कि मेरी माताजी चरखा कात रही हैं। घर में तांतें चलने लगीं। छोटे-छोटे अंगोछे और धोतियां मां ने हमें दीं। उन छोटी धोतियों को पहनकर जो कि घुटने तक आती थीं, हमें कितनी खुशी होती थी।'[1]

'जो दुकानदार विलायती सामग्री बेचते रहे, उनकी दुकानों के आगे पिकेटिंग प्रारंभ किया गया। क्रेताओं को खरीदने में बाधा डाली गई। सभीको लोग बताने लगे कि स्वदेशी सामान खरीदिए। जगह-जगह 'स्वदेशी दुकानें 'खोली गई।'[2]

यहां तक कि इस कार्य में महिलाएं भी पीछे नहीं रहीं। वे इस्पात की छुरी, कैंची, चाकू की दुकानें खोलकर बेचने लगीं। इन सामानों की बिक्री से जो लाभ होता, उसे देश-सेवा कार्य के लिए दे दिया जाता था। महिलाएं अपने जेवरों को भी दान देने लगीं। घर-घर पुनः चरखे का वही बिन-बिन स्वर सुनाई देने लगा :

चरका आमार भातार-पूत
चरका आमार नाति
चरकार दौलते आमार
दुआरे बांधी हाथी।

---

1. घरोया, श्री अवनीन्द्रनाथ ठाकुर, श्रीमती रानीचंद द्वारा संकलित, पृष्ठ 25-26

1. भारतेर जातीयंतार आन्दोलन, श्री हीरेन मुखर्जी

(चरखा मेरा पति, पुत्र है, चरखा मेरा नाती पौत्र है। चरखे की बदौलत मैं अपने दरवाजे पर हाथी पालती हूं।)

7 अगस्त, 1905 का ऐतिहासिक दिन आया। कलकत्ता के टाउनहाल में 'बंग भंग' विरोध दिवस मनाने का आयोजन किया गया था। सभापति के पद पर आसीन थे—कासिम बाजार के महाराजा सर मनीन्द्रचन्द्र नंदी। सभा शाम को होने वाली थी, पर जनता की छोटी-छोटी टोलियां वन्दे मातरम् गीत गाते और नारा लगाते हुए टाउनहाल के मैदान में दो बजे से ही आने लगी थीं। प्रत्यक्षदर्शियों का खयाल है कि उस सभा में तीस हजार से अधिक लोग उपस्थित थे।'[1]

यह वह ऐतिहासिक सभा थी जिसमें सर्वप्रथम जनता को 'वन्दे मातरम्' का नारा मिला था। श्री हेमेन्द्रप्रसाद घोष अपने व्यक्तिगत जानकारी के आधार पर बताते हैं कि 7 अगस्त, 1905 को टाउनहाल की सभा में हजारों लोगों ने नारा लगाया था। तत्कालीन समाचारपत्रों के विवरण से भी यही पता चलता है।[2]

'आनंद बाजार पत्रिका' के संपादक श्री प्रफुल्लकुमार सरकार (जो कि उक्त सभा में उपस्थित थे) ने भी लिखा है, 'जहां तक मुझे स्मरण है कि सन् 1905 की 7वीं अगस्त को टाउनहाल में 'बंग भंग' के विरुद्ध जो बायकाट सभा हुई थी, उसी सभा में वन्दे मातरम् का नारा लगाया गया था। उन दिनों शासकों की ओर से वन्दे मातरम् विद्रोह का नारा समझा गया था।'[3]

प्रसिद्ध इतिहासकार डाक्टर रमेशचन्द्र दत्त के विचारों को यहां प्रसंगवश उल्लेख करना पड़ रहा है, 'बंकिमचन्द्र चटर्जी के जीवनकाल में वन्दे मातरम् की खतरनाक प्रवृत्तियां पहचान ली गई थीं, फिर भी दल के युद्ध के नारे के रूप में इसका उपयोग नहीं हुआ। उदाहरण के लिए न तो इलवर्ट बिल आन्दोलन के समय और न 1883 में सुरेन्द्रनाथ बनर्जी के मुकदमे के समय न्यायालय के चारों तरफ भीड़ लगाए विद्यार्थियों ने इसका उपयोग किया, फिर भी बंगाल के विभाजन के समय हुए आन्दोलन के समय इसे पूर्ण ख्याति प्राप्त हुई। किंतु बंकिमचन्द्र ने इसके ऐसे उपयोग की कल्पना की थी या ऐसा चाहा था, यह मानना असंभव है।'[4]

इसी सभा में श्री कृष्णकुमार मित्र का बायकाट वाला प्रस्ताव सर्वसम्मति से स्वीकार किया गया। अंग्रेजी के बदले मातृभाषा में शिक्षा लेने की प्रतिज्ञा की गई।

---

1. भगिनी निवेदिता, श्री राणाप्रताप सिंह, पृष्ठ 118; स्वाधीनता संग्राम बारीसाल, श्री हीरालालदास गुप्त, पृ० 50
2. संजीवनी; 10 अगस्त, 1905
3. जातीय आन्दोलने रवीन्द्रनाथ, पृष्ठ 65
4. बंकिम साहित्य पाठ, श्री हरप्रसाद मित्र, पृष्ठ 473-74

विदेशी कपड़े तथा अन्य सामग्रियों को न अपनाने का प्रस्ताव पास हुआ। वक्ताओं के भाषण कितने ओजस्वी और प्रभावशाली थे, उसकी जानकारी इस बात से की जा सकती है कि उस सभा में डाक्टर नीलरतन ने अपनी नेकटाई उतारकर फेंकते हुए कहा, 'अब आज से कभी विदेशी वस्तु ग्रहण नहीं करूंगा।'

सभा में उपस्थित नाऊ, धोबी, दर्जी, मोची, यहां तक कि घरेलू कार्य करने वाले नौकरों ने भी शपथ ली कि वे ऐसे लोगों का काम नहीं करेंगे जो विदेशी वस्तुओं का प्रयोग करते हैं। सच पूछा जाए तो 7 अगस्त, 1905 का दिन एक खुशनुमा दिन था। बंगाल, जो बौद्धिक पुनर्जागरण का अनुगामी था, क्रांति और उत्साह का राष्ट्रवादी मंच बन गया। राजा राममोहन राय से लेकर स्वामी विवेकानंद तक की साधना फलीभूत हो रही थी। बंकिम का स्वप्न साकार हो रहा था। राष्ट्रगुरु सुरेन्द्रनाथ बनर्जी का श्रम सफलता की ऊंची चोटी पर पहुंच रहा था। टाउनहाल से एक छोटा सा बादल ऊपर उठा और आकाश में जाकर वृहद बनकर भारत के कोने कोने में बरस पड़ा।

7 अगस्त का बायकाट आन्दोलन आग की लहर की तरह फैल गया। इसी दिन वन्दे मातरम् गीत को राष्ट्रीय गीत के रूप में स्वीकृति मिली।'

इस आन्दोलन का जन-जन में कितना व्यापक प्रभाव पड़ा था, इसका अंदाज निम्नलिखित घटना से लगाया जा सकता है :

'विदेशी वस्तुओं के त्यागने से लेकर लोग स्वदेशी वस्तुओं का प्रयोग तेजी से करने लगे। चाय की प्याली के स्थान पर नारियल की खोपड़ी में चाय पीने लगे। महिलाएं कांच के बदले आलू की चूड़ियां पहनने लगीं। यहां तक कि कोट के बटन भी आलू से बनाए गए। जिसे जो वस्तु देशी मिली, वह उसीका प्रयोग करने लगा।'[1]

साहित्यिक इस आन्दोलन में पीछे नहीं रहे। बंग भंग आन्दोलन के दौरान सर्वश्री रजनीकांत पंडित ने 'स्वदेशी पल्ली संगीत', योगेन्द्रनाथ शर्मा ने 'स्वदेशी संगीत', योगेन्द्रनाथ सरकार ने 'वन्दे मातरम्' योगेन्द्रनाथ गुप्त ने 'स्वदेशी गाथा', हीरालाल सेन गुप्त ने 'हुंकार', नलिनीरंजन सरकार ने 'वन्दना' नामक पुस्तकें लिखीं। इन पुस्तकों की प्रसिद्ध क्रांतिकारी श्री सखाराम गणेश देवस्कर ने प्रशंसा की है:

स्वदेशी संग्रामे चाई आत्मदान्,
वन्दे मातरम् गाओ रे भाई।

—श्री सतीशचन्द्र

---

1. बंग भंग, श्री समुद्र गुप्त, प्रथम संस्करण, पृष्ठ 57

मागो जाय जेन जीवन चले,
शुधु जगत माझे तोमार काजे।
वन्दे मातरम् बले॥

–श्री कालीप्रसन्न, काव्य विशारद

इससे स्पष्ट है कि उन दिनों वन्दे मातरम् गीत ने जन-जीवन में कितना तूफान मचाया था। यहां तक कि पूर्णिया के राजा कमलानंद सिंह तथा बाद में श्री महावीर प्रसाद द्विवेदी ने हिंदी में इसका अनुवाद किया था। अंग्रेजी में भी सर्वश्री अरविन्द, एन० एन० दत्ता, राम शर्मा एवं अंग्रेजी के विभिन्न पत्र-पत्रिकाओं ने वन्दे मातरम् गीत का अनुवाद किया था। मराठी, असमी एवं पंजाबी में भी अनुवाद करके लोग गाते रहे।

बंगाल में रहने वाले हिन्दी भाषा-भाषियों के लिए श्री कालीप्रसन्नजी ने लिखा :

भइया देश का यह क्या हाल
खाक मिट्टी जौहर होती सब
जौहर है जंजाल
बोलो वन्दे मातरम्।[1]

आम जनता में इन रचनाओं तथा निःस्वार्थ भाव से जुड़े हुए नेताओं के त्याग के कारण यह आन्दोलन बराबर जोर पकड़ता गया।

प्रोफेसर हरीदास मुखर्जी के शब्दों में, 'शीघ्र ही देश वन्दे मातरम् के नारे से जाग उठा। नौकरशाही भयाक्रांत हो उठी और राष्ट्रवाद की पुकार के जवाब में उसने सरकार के लिए संभव सभी प्रकार के दमन एवं बल प्रयोग के तरीके अख्तियार किए। स्वदेशी मुकदमे चलाए गए। राजद्रोह के अभियोग में लोग दंडित किए गए। पुलिस के आक्रमणों को प्रोत्साहित किया गया। राष्ट्र-विरोधी उपद्रव भड़काए गए और अतीत के सभी रेकर्ड तोड़नेवाली सख्ती और वहशीपन से स्कूली छात्रों की प्रतारणा की गई।

इस गीत ने ब्रिटिश शासन की नैतिकता में विश्वास की आधारशिला ही हिला दी और जनता को स्वशासन या स्वराज्य मांगने या उसके लिए संघर्ष करने की प्रेरणा दी।'[2]

'इन्हीं दिनों बंग भंग आन्दोलन से छात्रों को अलग रखने के लिए बंगाल सरकार के शिक्षा विभाग की ओर से कुख्यात सरकुलर (कार्लाल सरकुलर) जारी

1. स्वदेशी आन्दोलन ओ बांगला साहित्य, पृष्ठ 256
2. भारतीय राष्ट्रीयता और वन्दे मातरम्, प्रथम अध्याय से

किया गया—'अगर कोई छात्र स्वदेशी सभा में भाग लेगा या वन्दे मातरम् का नारा लगाएगा तो उसे स्कूल से निकाल दिया जाएगा। इस सरकुलर के कारण जनसमाज में क्षोभ बढ़ गया। स्वयं रवीन्द्रनाथ ने कलकत्ता की कई सभाओं में इसके विरोध में भाषण दिए। इस सरकुलर से डरने के बजाय छात्रों ने और अधिक उत्साह से आंदोलन में भाग लेना प्रारंभ किया।'[1]

श्री अश्विनीकुमार दत्त के आह्वान पर कलकत्ता विश्वविद्यालय के छात्रों ने पढ़ाई बंद कर दी और भवन के चारों ओर इस आशय का पोस्टर चिपका दिया, 'यह भवन किराये पर दिया जाएगा।'

इन्हीं दिनों बारीसाल के जननायक श्री अश्विनीकुमार दत्त ने अपने यहां के यज्ञेश्वर नामक एक दुकानदार को बुलवाया। उसे गेरुआ कपड़ा पहनाकर, कुछ क्रांतिकारी भजन रटाकर उन्होंने कहा, 'अब तू गांव-गांव जाकर अलख जगा। सोए हुए बंगाल को तुझे जगाना है। याद रख, आज से तेरा नाम यज्ञेश्वर नहीं, चारण मुकुंददास हुआ।'

मुकुंददास बंगाल के गांव-गांव में क्रांति की मशाल लेकर घूमता रहा। नदीतट, पनघट, तालाब, खेतों में काम करते किसान और उनका सारा परिवार युद्ध-प्रिय बन गया। सारा बंगाल ज्वालामुखी की तरह फट पड़ने के लिए उबलने लगा। लोग 'वन्दे मातरम्' गीत के पीछे दीवाने हो गए। चारण मुकुंददास बंगला साहित्य में अमरत्व प्राप्त कर गया।[2]

बहुत कम लोग होंगे जो उसके वास्तविक परिचय से अवगत होंगे। अपनी प्रतिभा और अदम्य साहस के माध्यम से उसने बंगाल की ग्रामीण जनता को उद्वेलित किया, मातृभूमि के प्रति नवचेतना उत्पन्न की।

बंगाल की जनता की यह भावना देखकर लार्ड कर्जन कांप उठा। उसने देखा कि इस आन्दोलन में केवल हिन्दू ही नहीं, मुसलमान और ईसाई भी भाग ले रहे हैं। सारा भारत आक्रोश और क्षोभ से फटा जा रहा है। यह देखकर उसने मुसलमानों को भड़काना प्रारंभ किया। उसने उन लोगों से कहा—बंगाल का यह विभाजन वस्तुतः आप लोगों की भलाई के लिए किया जा रहा है। आप लोग हिन्दुओं के इस बहकावे में न आएं। ये आपके हितैषी नहीं हैं। आपका शासन ही मित्र है। हमारा हाथ बंटाने में आपका कल्याण है।

दरअसल लार्ड कर्जन ईस्ट इंडिया कंपनी के उन तानाशाहों की इच्छा को साकार करने का प्रयत्न कर रहा था जो भारत को अपनी जागीर समझते रहे।

15 जुलाई, सन् 1833 ई० में एलेनब्रू ने इंग्लैण्ड के 'हाउस आफ लार्ड्स' में

1. जातीय आन्दोलने रवीन्द्रनाथ, श्री पी० सी० सरकार, पृष्ठ 35
2. कांग्रेस, श्री हेमेन्द्रप्रसाद घोष

कहा था, 'हिन्दुस्तान के अंदर हमारा अस्तित्व ही इस बात पर निर्भर है कि उस देश में देशवासियों को राजनीतिक और सैनिक अधिकार से बिलकुल दूर रखा जाए...। हमने भारतीय साम्राज्य तलवार से जीता है और तलवार से हमें उसे कायम रखना होगा।'[1]

लेकिन कर्जन के भाषणों का कोई भी प्रभाव मुसलमानों पर नहीं पड़ा, कारण तब तक सर सैयद अहमद खां रंगमंच पर नहीं आए थे। 'इसके विपरीत बैरिस्टर अब्दुल रसूल, मौलवी अब्दुल कासिम, अब्दुल हुसैन, दीदारबख्श, अब्दुल गफूर सिद्दीक, लियाकत हुसैन, इस्माइल शिराजी, अब्दुल हालिम गजनबी आदि विशिष्ट मुसलमान नेता अपने भाषणों के द्वारा कर्जन के वक्तव्यों को नापाक बताकर 'बंग भंग' आन्दोलन में शरीक होने के लिए लोगों का आह्वान करते रहे। वास्तव में यह एक बड़ी उपलब्धि रही। सिर्फ यही नहीं, संघर्ष बराबर जारी रखने के लिए बारीसाल में 'स्वदेश बांधव समिति' और मैमनसिंह में 'सुहृत समिति' की स्थापना की गई।'[2]

कर्जन के इस दुष्कर्म के बारे में अंग्रेजी समाचार पत्र स्टेट्समैन ने, जो ब्रिटिश सरकार का पृष्ठ पोषक था, लिखा, 'ब्रिटिश भारत के इतिहास में कभी ऐसा समय नहीं आया जब सर्वोच्च सरकार ने सार्वजनिक भावनाओं की और मतों की ऐसी उपेक्षा की हो जैसीकि वर्तमान सरकार कर रही है। सरकार इसे भली भांति समझती है कि उसकी योजना बंगाली जाति की दृढ़ता और बढ़ती हुई राजनीतिक शक्ति पर प्रत्यक्ष आघात है।'

लन्दन के डेली न्यूज ने भी राज्य सचिव श्री बाउरिक से बंगाल भंग रोकने की प्रार्थना की। श्री गोखले ने व्यवस्थापिका सभा में अनुनय स्वर में कहा, 'माई लार्ड, बंगाल को मना लीजिए।'

19 जुलाई की रिपोर्ट में यह स्पष्ट कर दिया गया था कि विभाजन की कार्यवाही आगामी 16 अक्तूबर को पूरी कर दी जाएगी। उसी दिन नये प्रांत की स्थापना होगी। इस प्रांत के गवर्नर होंगे—लेफ्टिनेंट गवर्नर बेम्फिल्ड फूलर। फूलर चरित्र का बड़ा गंदा व्यक्ति निकला। अपनी गद्दी संभालने के पहले ही उसने एक गंदा भाषण दिया। उसने कहा, 'मेरी दो बीवियां हैं। एक हिन्दू और दूसरी मुसलमान। इनमें दूसरी बीवी मेरी चहेती बीवी है।' यही नहीं, उसने कुछ गुंडों को अपनी ओर से साम्प्रदायिक हथकंडे अपनाने की छूट दे दी।

इस वक्तव्य ने आग में घी का काम किया। हर समझदार व्यक्ति फूलर के

1. भारत में अंग्रेजी राज, भाग 3, पंडित सुन्दरलाल, पृष्ठ 1182
2. भारत में सशस्त्र क्रांति की भूमिका, श्री तारिणीशंकर चक्रवर्ती, पृष्ठ 114

विरुद्ध हो गया। आम जनता को यह विश्वास हो गया कि उनका समस्त विरोध व्यर्थ गया। इस बीच कुछ लोगों ने मिलकर 'वन्दे मातरम् संप्रदाय' नामक संस्था को जन्म दिया। विधिवत् संस्था की स्थापना 13 अक्तूबर को हुई। इस संस्था के अध्यक्ष श्री कुमार मन्मथनाथ मित्र, मंत्री श्री सुरेश समाजपति और कोषाध्यक्ष श्री अमृतलाल मित्र बहादुर निर्वाचित हुए। इस संस्था का मुख्य उद्देश्य था राष्ट्रीय-चेतना जागृत करना। इस संस्था के सदस्य प्रत्येक रविवार को 'वन्दे मातरम्' गीत गाते हुए चंदा एकत्र करते रहे। अक्सर जुलूस में रवीन्द्रनाथ भी जाते थे। उन दिनों 'वन्दे मातरम्' का नशा इतने उग्र रूप से विकसित हो चुका था कि हजारों की संख्या में लोग भीड़ में शामिल होते थे। बंकिमचन्द्र की जन्मभूमि तो स्वदेश भक्तों के लिए पवित्र पीठस्थान बन चुकी थी। इस संस्था की ओर से यह घोषणा की गई कि आगामी 16 अक्तूबर, 1905 (30 आश्विन फसली सन् 1312) को 'बंग भंग विरोध दिवस' मनाया जाए।

इस घोषणा को सुनते ही बंगला साहित्य के वयोवृद्ध लेखक श्रद्धेय रामेन्द्र सुन्दर त्रिवेदी ने नारा दिया, 'इस दिन प्रत्येक परिवार में अरंधन व्रत (भोजन नहीं बनेगा) का पालन किया जाए।'

श्री सुरेन्द्रनाथ बनर्जी ने, जिन्हें इस आन्दोलन का नेता बनाया गया था, कहा, 'इस दिन रोगी और बच्चों को छोड़कर कोई भी व्यक्ति अन्न-जल ग्रहण नहीं करेगा। किसी भी बंगाली के घर चूल्हा नहीं जलेगा।'

महाकवि रवीन्द्रनाथ ठाकुर ने घोषणा की, 'दोनों बंगाल की एकता कायम रखने के लिए हम लोग इस दिन राखी बंधन मनाएंगे।'

16 अक्तूबर, 1905

16 अक्टूबर, 1905 के दिन एक ओर सरकार बंग भंग कर नये प्रांत की स्थापना कर रही थी और दूसरी ओर कलकत्ता में विरोध दिवस मनाने का आयोजन जोर-शोर के साथ किया जा रहा था। कलकत्ता की गलियां राष्ट्रीय गीतों से मुखरित हो उठी थीं। कोटि-कोटि कंठ वन्दे मातरम् के नाद से वातावरण को कंपायमान कर रहे थे। कहीं श्री कालीप्रसन्न विशारद की ये पंक्तियां गूंज रही थीं :

मा गो जाय जाबे जीवन चले।
शुधु जगत माझे तोमार काजे।
वन्दे मातरम् बले॥

दूसरी ओर युवकों का दल जलद गंभीर स्वर में अपना क्षोभ व्यक्त करते हुए गा रहा था:

सात कोटी लोकेर करुण क्रंदन,
सुने ना सुनिल कर्ज्जन दुर्ज्जन।
ताइ निते प्रतिशोध मनेर मतन,
करिलाम राखी बंधन।
नगरे नगरे ज्वाला रे आगुन,
हृदये हृदये प्रतिज्ञा दारुण।
विदेशी वाणिज्ये कर पदाघात,
मायेर दुर्दशा घुचाबे भाई।

'सात करोड़ लोगों का करुण क्रंदन सुनकर भी दुर्जन कर्जन ने ध्यान नहीं दिया, इसलिए हम बदला लेने के लिए राखी बंधन का व्रत पालन करने जा रहे हैं। नगर-नगर में आग लगा दो, प्रत्येक के हृदय में यह प्रतिज्ञा उत्पन्न कर दो कि हम विदेशी सामग्रियों को ठुकराकर मातृभूमि की दुर्दशा को दूर करेंगे।'[1]

इस दिन सुबह से कलकत्ता नगरी के उत्तर-दक्षिण से जनता की अपार भीड़ आने लगी। आम ज़नता के साथ रवीन्द्रनाथ भी गंगास्नान के लिए चल पड़े। उस दिन की घटना के बारे में श्री अवनीन्द्र ठाकुर ने लिखा है:

'उस दिन रवि काका ने कहा कि रक्षा-बंधन उत्सव मनाना होगा, सबके हाथों में राखी बांधनी होगी। उत्सव के मंत्रानुष्ठान वगैरह की व्यवस्था करनी होगी। उन दिनों न तो विधुशेखर शास्त्री थे और न क्षितिमोहन सेन, जोकि जरा कुछ होते ही मंत्र बता देते। हमने क्षेत्रमोहन ठाकुर को पकड़ा। हमारी बातें सुनकर वे बड़े खुश हुए। बात पक्की हुई कि सुबह गंगास्नान के बाद लोगों को राखी बांधेंगे। सामने जगन्नाथ घाट था। अचानक रवि काका ने कहा—पैदल चलेंगे। गाड़ीघोड़ा नहीं लेंगे। बड़ी विपत्ति हुई। मुझे पैदल चलना अच्छा नहीं लगता था, पर रवि काका के पल्ले पड़ने पर छुटकारा कहां मिलता है ! नौकरों से कहा गया कि वे सबका कपड़ा लेकर चलें। आज नौकर, मुनीम सभी लोग एकसाथ स्नान करेंगे। रास्ते में सड़क के दोनों किनारे अपार जनसमूह खड़ा था। औरतें लावा (खील) बरसाती रहीं, शंख बजाती रहीं। ऐसी धूम-धाम थी, मानो कोई जुलूस हो। दीनू भी साथ था। वह रवि काका का गीत गाता रहा:

बांगलार माटी, बांगलार जल
पुण्य होउक, पुण्य होउक, हे भगवान।

यह गीत उन्हीं दिनों तैयार किया गया था। घाट पर अपरंपार भीड़ थी — रवि

1. बांगलाय विप्लववाद, पृष्ठ 17

काका के दर्शन के लिए। हमारे चारों ओर मेला लग गया। स्नान के बाद जो सामने आया, उसीको हम राखी पहनाने लगे। कोई छूटा नहीं। यह एक तमाशा ही रहा।

घाट से आ रहे थे तो देखा—पाथुरिया घाट के पास बीरू मल्लिक के अस्तबल में कई सईस घोड़ों को सहला रहे थे। रवि काका झट अस्तबल में चले गए और उन्हें राखी बांध दी। हम तो यह सोच रहे थे कि सभी सईस मुसलमान हैं और अब झगड़ा होना निश्चित है। लेकिन राखी बंधवाने के बाद वे सब रवि काका से गले मिलने लगे। यह दृश्य देखकर हम लोग चकित रह गए।

वहां से आगे बढ़ने पर रवि काका के मन में आया कि चितपुर रोड की बड़ी मस्जिद में जाकर मुसलमानों को राखी बांधी जाए। मैंने सोच लिया कि अब मारपीट होने में कोई संदेह नहीं है। दंगा निश्चित है। मैंने एक चालाकी की। अपनी गली के मोड़ के पास आकर दल से निकल आया। घर आकर दीपू भैया से सारा हाल कहा तो उन्होंने कई दरबानों को भेजा। एक घंटा बाद सभी सकुशल लौट आए।

मैंने आगे बढ़कर सुरेन से पूछा, 'क्या-क्या हुआ?'

उसने कहा, 'होगा क्या? मस्जिद के भीतर सभी लोगों ने हंसते हुए राखी बंधवा ली।'

यह सुनकर मैं लज्जित हो उठा।[1]

उस दिन हर जगह हड़ताल मनाई गई। काम-धाम बंद कर दिया गया। आवागमन ठप्प था। उस दिन राखी-बंधन उत्सव बीडन और सेण्ट्रल कालेज के मैदान में मनाया गया था। चारों ओर से लोग नारा लगाते हुए सभास्थल में आए।

मनोनीत सभापति श्री आनन्दमोहन बसु अस्वस्थ हो जाने पर भी आराम-कुर्सी पर लेटे हुए सभास्थल में आए। उनके लिखित भाषण को श्री सुरेन्द्रनाथ बनर्जी ने पढ़ा। इसी सभा में रवीन्द्रनाथ ठाकुर ने 'राखी-बंधन' शीर्षक कविता पाठ किया जो उन दिनों सम्पूर्ण बंगाल का राष्ट्रगीत बन गया था :

बांगलार माटी, बांगलार जल
बांगलार वायु, बांगलार फल,
पुण्य होउक, पुण्य होउक
पुण्य होउक, हे भगवान।
बांगलार घर, बांगलार माट,
बांगलार बन, बांगलार हाट,

---

1. घरोया, श्री अवनीन्द्रनाथ ठाकुर तथा जातीय आन्दोलने रवीन्द्रनाथ, पृष्ठ 62

पूर्ण होउक, पूर्ण होउक,
पूर्ण होउक हे भगवान।
बांगालीर पण, बांगालीर आशा,
बांगालीर काज, बांगालीर भाषा।
सत्य होउक, सत्य होउक,
सत्य होउक, हे भगवान।
बांगालीर प्राण, बांगालीर मन
बांगालीर घरे जत भाई बोन,
एक होउक, एक होउक,
एक होउक, हे भगवान।[1]

प्रत्यक्षदर्शियों का कहना है कि उक्त सभा में पचास हजार के लगभग व्यक्ति उपस्थित थे। ऐसी भीड़ पिछले कई वर्षों में किसी भी सभा में नहीं हुई थी। अपूर्व उत्साह से लोगों की आकृति सद्यःप्रस्फुटित फूलों की तरह चमक रही थी।

श्री आनंदमोहन बसु द्वारा हस्ताक्षरित घोषणा-पत्र को कलकत्ता हाईकोर्ट के न्यायाधीश श्री आशुतोष चौधुरी ने पढ़ा जिसका बंगला अनुवाद रवीन्द्रनाथ ठाकुर ने करके सुनाया। घोषणा-पत्र में कहा गया था:

'चूंकि बंगालवासियों के समवेत प्रतिवाद की अवहेलना कर पार्लियामेंट ने बंगाल का अंगच्छेद करना उचित समझा, इसलिए आज के दिन हम सभी यह शपथ ले रहे हैं कि बंग भंग के परिणाम को समाप्त करने और बंगाली जाति की एकता बनाए रखने के लिए हम संपूर्ण बंगाली जाति अपनी शक्ति द्वारा जो कुछ संभव होगा, करेंगे।'

तीसरे पहर अपर सरकुलर रोड पर एक विराट सभा हुई जहां 'अखंड बंग भवन' का शिलान्यास हुआ। यहां भी लोगों ने शपथ ली कि देश के लिए मंगल साधना करेंगे और विदेशी सामग्रियों का बहिष्कार करेंगे।[2]

ज्ञातव्य है कि इन्हीं दिनों श्रद्धेय श्री रामेन्द्र सुन्दर त्रिवेदी ने महिलाओं में जागृति उत्पन्न करने के लिए 'बंग लक्ष्मीर व्रतकथा' पुस्तक तैयार की। इस पुस्तक का पाठ घर-घर होने लगा। फलतः अन्तःपुर की अनेक महिलाएं सामाजिक परिवेश की उपेक्षा करती हुई बाहर निकल आईं और सक्रिय रूप से इस आन्दोलन में भाग लेने लगीं। बंग भंग आन्दोलन की यह सबसे बड़ी

1. मुक्तिर संधाने भारत, श्री योगेशचन्द्र बागल
2. भगिनी निवेदिता, पृष्ठ 118
स्वाधीनता संग्रामे बारीसाल, पृष्ठ 50
तथा जातीय आन्दोलने रवीन्द्रनाथ, पृष्ठ 35

उपलब्धि रही। वह इसलिए कि उन दिनों बंगाली परिवार की महिलाएं घर के बाहर कदम नहीं रखती थीं। जब किसी बड़े घर की मालकिन गंगास्नान करने के लिए जाती थीं तब उन्हें पालकी में बंद कर ले जाया जाता था और पालकी सहित नदी में डुबोया जाता था।

ठाकुर परिवार 'ब्रह्म समाज' का संचालन करता था, राष्ट्रीय आन्दोलनों में सक्रिय रूप से पूरा परिवार सहयोग देता रहा। उनके परिवार की क्या स्थिति थी, यह रवीन्द्रनाथ ठाकुर के बड़े भाई श्री सत्येन्द्रनाथ ठाकुर के निम्न संस्मरण से स्पष्ट हो जाता है :

'उन दिनों मैं सिविल सर्विस की परीक्षा देकर लौटा था। बम्बई में मेरी नियुक्ति हुई। मुझे वहां सपत्नीक जाना था। उन दिनों कलकत्ता या बम्बई में रेल नहीं थी। जहाज से जाना पड़ता था। स्त्री-स्वाधीनता का यह सुयोग था। पिताजी ने कुछ नहीं कहा। मैंने प्रस्ताव रखा कि घर से ही गाड़ी पर चलें, पर पिताजी ने मेरे इस प्रस्ताव को स्वीकार नहीं किया। बोले, 'औरतें पालकी पर चढ़कर जाती हैं। इस नियम का पालन होना चाहिए। असूर्यपश्या कुलवधू कर्मचारियों के सामने घर की ड्योढ़ी पार करके कैसे गाड़ी पर सवार होगी?'

उन्हें यह स्वीकार नहीं हुआ। पर्दा-प्रथा तोड़ने का यह मेरा प्रथम प्रयास था। मैं पहले-पहले बम्बई से वापस आकर श्रीमतीजी को लेकर गवर्नमेंट हाउस गया था। वहां सैकड़ों अंग्रेज महिलाओं के बीच मेरी पत्नी एकमात्र बंग बाला थीं। उन दिनों प्रसन्न ठाकुर जीवित थे। वे घर की बहू को लोगों के सामने देखकर लज्जा और क्रोध से नाराज होकर दौड़ते हुए भाग आए। आज यह सब बातें कहानी की तरह लगती हैं।[1]

ठाकुर परिवार जैसे प्रगतिशील परिवार में जहां यह स्थिति रही, वहां सामान्य परिवारों की क्या स्थिति रही होगी, इसका अनुमान सहज ही लगाया जा सकता है। लेकिन बंग भंग आन्दोलन ने समस्त बंधनों को तोड़ दिया।

महिलाओं को जागृत करने के पीछे चारण मुकुंददास का गहरा हाथ रहा। उन दिनों उसका यह गीत काफी प्रसिद्ध हुआ था :

छेड़े दाओ कांचेर चूड़ी बंग नारी,
कभु हाथे परो ना।
तोमरा जे गृहलक्ष्मी धर्म साक्षी,
जगते भरे आछा जाना।
कांचेर माया ते भूले शंख फेले,
कलंक हाथे परो ना॥

---

1. चित्र चरित्र, श्री प्रमथनाथ बिशी, पृष्ठ 129

(हे बंग महिलाओ, कांच की चूड़ियां अब कभी मत पहनना। तुम सब गृह-लक्ष्मी हो, धर्म साक्षी है। इस बात को सारी दुनिया जानती है। कांच की माया में भूलकर सोहाग-चिह्न—शंख की चूड़ी—फेंककर कलंक मत पहनना)।

इस आन्दोलन के कारण अगले वर्ष अर्थात् सन् 1906 में जब कलकत्ता में कांग्रेस का 22वां अधिवेशन हुआ तब वे जैसे समस्त बंधनों से मुक्त हो गई थीं।

कांग्रेस का जन्म होने के काफी पहले जब वन्दे मातरम् गीत का जन्म नहीं हुआ था, उन दिनों (सन् 1872 ई०) 'बंग दर्शन' पत्रिका के संपादकीय में बंकिम बाबू ने लिखा था, 'भारत वर्ष की विभिन्न जातियां जब तक एकमत, एक परामर्श और एकोद्योगी नहीं होंगी तब तक भारत वर्ष की उन्नति नहीं होगी।'

बंकिम का यह कथन सत्य होने जा रहा था। भिन्न-भिन्न प्रांत के निवासी एक होकर ब्रिटिश साम्राज्य को उखाड़ फेंकने के लिए कटिबद्ध हो रहे थे। वन्दे-मातरम् गीत का कितना प्रभाव पड़ा था, उसका उदाहरण श्री मोतीलाल नेहरू के एक पत्र से प्राप्त होता है, जिसे 1905 ई० में जवाहरलाल नेहरू के नाम लिखा गया था, 'हम ब्रिटिश भारत के इतिहास की सबसे अधिक संकटपूर्ण अवधि से गुजर रहे हैं। इलाहाबाद में भी वन्दे मातरम् आम अभिवादन बन गया है। यदि अभियान चलता रहा तो यहां लौटने पर भारत को, जब तुम गए, उससे बिलकुल बदला हुआ पाओगे।'

नारा से अभिवादन

तत्कालीन बंगाल के रंगपुर के एक स्कूल के सभी दो सौ छात्रों पर 'वन्दे-मातरम्' नारा लगाने के कारण पांच-पांच रुपये जुर्माना किया गया था। जो लोग बंग भंग आन्दोलन के विरोधी थे, उन्हें जबरदस्ती सिपाहियों के दल में भर्ती करके यह ड्यूटी दी गई कि वे 'वन्दे मातरम्' नारा लगाने वालों को गिरफ्तार करें।

25 नवम्बर, 1905 ई० को अपने पत्र में ट्रिब्यून ने लिखा, 'बंगाल में लोगों ने 'वन्दे मातरम्' जयघोष करना शुरू किया है। इन शब्दों का अर्थ है, 'माता की वन्दना'। इसमें कुछ भी भयंकर नहीं है। फिर दमनशाही द्वारा 'वन्दे मातरम्' की मनाही क्यों है? अब तो पंजाब में सुशिक्षित लोग एक-दूसरे से भेंट होने पर वन्दे मातरम् कहकर अभिनंदन करते हैं। इस प्रकार सारे हिन्दुस्तान में असंख्य मुखों से निरंतर निकलते 'वन्दे मातरम्' को बंद करने के लिए सरकार को कितने सिपाहियों और अधिकारियों की आवश्यकता होगी? पूर्वी बंगाल की जनता के साथ सारे हिन्दुस्तान की सहानुभूति है।'

प्रिंस आव वेल्स आए

1905 ई० के दिसम्बर माह में जब बंगाल में चारों ओर स्वदेशी आन्दोलन

चल रहा था, ठीक उसी समय प्रिंस आव वेल्स भारत आए। युवराज के आगमन पर अधिकांश लोग प्रसन्न थे। यहां तक कि वाराणसी कांग्रेस में उनके आगमन पर प्रसन्नता प्रकट की गई थी और इस आशय का प्रस्ताव पास किया गया था। किन्तु रवि बाबू को कांग्रेस की यह राजभक्ति पसंद नहीं आई। उन्होंने लिखा, 'राजपुत्र आए। मुल्क के सभी पात्रों के पुत्रों ने उन्हें घेर लिया। अन्य कोई वहां प्रवेश नहीं पा सका। इस घेरे पर कोतवाल पुत्रों का पहरा पड़ गया। इसीलिए उन्हें शिरोपा प्राप्त हुआ। इसके बाद?

इसके बाद अनेक पटाखे छूटे और राजपुत्र जहाज पर चढ़कर वापस चले गये।'[1]

काशी कांग्रेस का नाटक

यह बड़े आश्चर्य का विषय है कि इतने महान लोगों के सहयोग से बनी संस्था कांग्रेस सन् 1905 तक ब्रिटिश सरकार की जय-जयकार करती रही। कांग्रेस स्थापना के समय बंगाल ने जो शंका प्रकट की थी, वह सही साबित हुई। काशी कांग्रेस में बंग भंग आन्दोलन के प्रति जो प्रस्ताव पास हुआ, वह गोल-मटोल ही था। स्वयं डाक्टर पट्टाभि सीतारमैया ने लिखा है, 'जब कांग्रेस का 21वां अधिवेशन 1905 ई० (27 दिसम्बर) में हुआ तब उसमें बंग भंग पर विधिवत् विरोध प्रदर्शित किया गया और कहा गया कि वह रद्द कर दिया जाए। कम से कम उसमें ऐसा संशोधन कर दिया जाए जिससे सारा बंगाली समाज एक में रह सके। बंग भंग आन्दोलन को दबाने के लिए जो दमनकारी उपाय काम में लाए गए, वह कुछ गोलमोल था, क्योंकि एक ओर जहां उसके द्वारा बंगाल में किए गए दमनकारी उपायों का जोरदार और तत्परतापूर्वक विरोध किया गया, वहां साथ ही उसमें एक टुकड़ा यह भी जोड़ दिया गया कि जब बंगाल के लोगों को मजबूर होकर विदेशी वस्तुओं का बहिष्कार करना पड़ा। बंगाल के लोगों की प्रार्थना और विरोध का खयाल न करके भारत सरकार बंगाल के विभाजन पर तुली थी। उसे ब्रिटिश लोगों के खयाल में लाने का अब एकमात्र यही वैध उपाय रह गया था।

पता नहीं यह क्या प्रस्ताव रहा जो अस्पष्ट और व्यर्थ का है। इससे कुछ साफ नहीं होता कि कांग्रेस विदेशी माल के बहिष्कार को पसंद करती या नहीं। एक किस्म की राय भर दे दी गई। इसका अर्थ यह निकलता है कि लोगों के पास दसरा कोई उपाय नहीं रह गया था।[2]

---

1. स्वदेशी आन्दोलन ओर बंगला साहित्य, पृष्ठ 185
2. कांग्रेस का इतिहास, प्रथम खंड, द्वितीय संस्करण; अनुवादक—हरिभाऊ उपाध्याय, पृष्ठ 42-43

कहने का आशय यह है कि डाक्टर पट्टाभि क्या कहना चाहते हैं या ठीक कैसा प्रस्ताव पास हुआ था, इस उद्धरण में साफ नहीं होता।

रवि बाबू ने नहीं गाया

प्रसंगवश यहां एक घटना का उल्लेख करना जरूरी है। वह यह कि कुछ लेखकों को भ्रम है कि काशी के कांग्रेस अधिवेशन में भी रवि बाबू ने वन्दे मातरम् गीत गाया था।

श्री मोहितलाल मजुमदार ने 'निवेदिता', श्री समुद्रगुप्त ने 'बंगभंग' और श्री लिजेला रेम (फ्रांसीसी) ने 'निवेदिता' नामक अपनी-अपनी पुस्तकों में यह लिखा है कि 1905 ई० में कांग्रेस का जो अधिवेशन काशी में हुआ था, उसमें वन्दे मातरम् गीत का गायन रवि बाबू ने किया था जबकि यह सूचना पूर्णतः असत्य है। आश्चर्य की बात यह है कि फ्रांसीसी लेखिका से ऐसी गलती कैसे हो गई? बाकी दोनों लेखकों की पुस्तकें श्रीमती रेम की पुस्तक के प्रकाशन के बाद प्रकाशित हुई हैं। लगता है, वन्दे मातरम् गीत की जन्म-कहानी की तरह इस अफवाह को जन्म दिया गया था।[1]

श्रीमती सरला देवी चौधुरानी ने अपने संस्मरण में लिखा है, 'मेरे विवाह के बाद गोखले के सभापतित्व में बनारस में जो कांग्रेस का अधिवेशन हुआ था, उस समय मैं पंडाल के भीतर औरतों के मंच पर बैठी थी। मेरे पास ही लेडी अबला बसु भी मौजूद थीं। अचानक सभा की ओर से गोखले के पास अनुरोध आया कि जब मैं यहां मौजूद हूं तो वन्दे मातरम् गीत गाऊं। इस अनुरोध को सुनकर गोखले काफी परेशान हुए। जिलाधीश का सख्त हुक्म था कि वन्दे मातरम् किसी भी सूरत में न गाया जाए लेकिन अतिथियों के अनुरोध को टालना कठिन हो गया। फलतः मुझे आदेश दिया गया कि पूरा गीत न गाकर काट-छांटकर गाऊं। मैंने प्रथम बार यहां सप्तकोटि के स्थान पर त्रिशंकोटि शब्द बैठाकर गाया था। मेरे गीत से उपस्थित जनता में खलबली मच गई। जो लोग आज भी जीवित हैं, उस दिन की घटना को नहीं भूल सकते।'[2]

सिस्टर निवेदिता

वन्दे मातरम् गीत ही नहीं, भारत के स्वदेशी आन्दोलन के पीछे इस महान महिला का नाम जुड़ा हुआ है जिसे कभी भुलाया नहीं जा सकता।

---

1. निवेदिता, श्रीमती लिजेल रेम; अनु०—श्रीमती नारायणी देवी, पृष्ठ 492; मूल पुस्तक 1495 में प्रकाशित हुई थी।
2. भगिनी निवेदिता, श्री राणाप्रताप सिंह, प्रथम संस्करण, पृष्ठ 118

कांग्रेस के सभापति का जब किसी शहर में आगमन होता है तब उनका स्वागत नगरवासियों की ओर से करने की प्रथा है। इस परंपरा का पालन करने के लिए 1905 ई० के कांग्रेस अधिवेशन के सभापति का स्वागत सिस्टर निवेदिता ने किया था।

16 अक्तूबर, 1905 ई० की सभा में सिस्टर निवेदिता ने सहयोग दिया था। इस बात का उल्लेख अधिकांश लेखकों ने नहीं किया है, जबकि भारत का प्रथम राष्ट्रीय झंडा बनाने का एकमात्र श्रेय इस देवी को रहा है। श्री सुरेन्द्रनाथ बनर्जी ने अपने एक वक्तव्य में कहा है, 'प्रस्ताव पर गंभीरतापूर्वक विचार-विमर्श किया गया था तथा उसका प्रबल समर्थन करने वाले लोग थे—स्वर्गीय तारकनाथ पालित तथा रामकृष्ण मिशन की वह महान महिला भगिनी निवेदिता। ये शब्द साक्षी हैं कि वे 16 अक्तूबर की विशाल सभा के आयोजकों में थीं।'[1]

अनुशीलन समिति

सन् 1901 ई० के आसपास कलकत्ते के ठाकुर भवन में जिस क्रांतिकारी गुप्त समिति का जन्म हुआ था, उसके सभापति थे बैरिस्टर प्रमथनाथ मित्र। श्री अरविन्द और श्री चित्तरंजन दास उपसभापति कोषाध्यक्ष, श्री सुरेन्द्रनाथ ठाकुर तथा व्यायामशाला के अध्यक्ष थे श्री यतीन्द्रनाथ बनर्जी।

सन् 1902 की बसंत पूर्णिमा के दिन इस गुप्त समिति का नाम 'अनुशीलन समिति' पड़ा।[2]

सन् 1906 में जब ढाका में इस प्रकार की समिति की स्थापना का प्रश्न आया तब श्री प्रमथनाथ मित्र ने कहा, 'मैंने कलकत्ते की समिति का नाम 'अनुशीलन समिति' रखा है। तुम लोग वही नाम रखो। तभी पूरे बंगाल में एक ही नाम की शक्तिशाली समिति संगठित होगी। बंकिमचन्द्र के 'अनुशीलन' नामक लेख से मैंने यह नाम लिया है। अनुशीलन शब्द का अर्थ है—अभ्यास।'

बंगाल के विभिन्न जिलों में अनुशीलन समिति की स्थापना हुई तो महाराष्ट्र में 'अभिनव भारत समिति' की स्थापना हुई।[3]

इस संस्था के उद्देश्यों को प्रचारित करने के लिए 'युगांतर' नामक पत्र निकालने का निश्चय किया गया। श्री गिरीन्द्रनाथ मुखोपाध्याय काव्यतीर्थ कालीघाट स्थित कालीमंदिर के पुरोहित थे। उन्होंने एक स्वदेशी रामायण लिखी थी। यह रामायण बंगाल में काफी लोकप्रिय हुई थी। इसके अध्ययन से अनुशीलन समिति की

1. जीवनेर झरा पाता, श्रीमती सरला देवी चौधुरानी, प्रथम संस्करण
2. भारत में सशस्त्र क्रांति की भूमिका, पृष्ठ 89
3. इतिहास प्रवेश, जयचन्द्र विद्यालंकार, पृष्ठ 555

विचारधारा स्पष्ट हो जाती है। लगता है कि सन् 1904 में भी हथियार के बल पर अंग्रेजों को भगाने का संकल्प किया गया था।

युगांतर का प्रकाशन

स्वामी विवेकानंद के भाई श्री भूपेन्द्रनाथ दत्त ने एक वक्तव्य में कहा था, ' 'युगांतर' नाम मेरा पसंद किया हुआ है। देवव्रत बसु से काफी विचार-विमर्श करने के बाद यह नाम चुना गया था। यह नाम पंडित शिवनाथ शास्त्री के 'युगांतर' नामक उपन्यास से लिया गया था। हममें से अनेक लोग ब्रह्मसमाज में पले थे, इसलिए यह नाम हमें पसंद आया था।'

'अनुशीलन समिति' का यह मुख पत्र था। पहले पत्र की स्थिति अत्यंत दयनीय रही। कुल जमा 14 प्रतियां बिकती रहीं। 'युगांतर' को समझने में पाठकों को कई महीने लगे। जब लोगों को 'युगांतर' का उद्देश्य समझ में आया तब इस तेजी से बिक्री बढ़ी कि प्रति सप्ताह बीस हजार प्रतियां छपने लगीं। युगांतर में जो भी लेख प्रकाशित होते थे, वे सभी आग उगलते थे।

इस संबंध में पट्टाभि सीतारमैया ने लिखा है, 'स्वामी विवेकानंद के भाई युवक भूपेन्द्रनाथ दत्त के सम्पादकत्व में निकलने वाले 'युगांतर' के कालमों में हिंसावाद का खुल्लमखुल्ला प्रचार किया जाता था। जब उस युवक को सजा मिली तो उसकी बूढ़ी माता ने अपने पुत्र की देश-सेवा पर हर्ष प्रकट किया और बंगाल की 500 से अधिक महिलाएं उन्हें बधाई देने उनके घर गईं। उस युवक ने अदालत में यह घोषणा की कि मेरे पीछे अखबार का काम संभालने के लिए 30 करोड़ आदमी हैं। इसी विश्वास के कारण यह आन्दोलन इतना फला-फूला। राजद्रोह या दंड का भय जनता के दिल से उठ गया। लोग राज-द्रोह का यथाशक्ति प्रचार करते और मुकदमा चलने पर तमाम कानूनी साधन अपने छुटकारे के लिए इस्तेमाल में लाते रहे।[1]

'संध्या' की देन

बंग भंग के दौरान युगांतर और वन्दे मातरम् से कहीं अधिक महत्व 'संध्या' का रहा है। जिस दिन बंग भंग के विरोध में कलकत्ता के टाउनहाल में सभा हुई थी, उसी दिन दैनिक 'संध्या' का प्रथम अंक प्रकाशित हुआ था। यद्यपि उन दिनों बंगवासी, दि बेंगाली, अमृत बाजार पत्रिका, संजीवनी, प्रवासी आदि पत्र प्रकाशित होते रहे, परन्तु शाम होते ही लोग जिस बेचैनी से संध्या का इंतजार करते थे, वैसी अन्य किसी पत्र के लिए नहीं करते थे। इस पत्र के संपादक थे—महान् क्रांतिकारी श्री ब्रह्मबांधव उपाध्याय। इनकी तरह अद्भुत पत्रकार आज तक कोई उत्पन्न नहीं

1. कांग्रेस का इतिहास (हिन्दी), द्वितीय संस्करण, प्रथम खंड

हुआ। यह ठीक है कि श्री अरविन्द की लौह लेखनी से वन्दे मातरम् गीत समृद्ध हुआ, परन्तु साधारण लोगों में बंगला पत्र के जरिये क्रांति का बिगुल उपाध्यायजी ने ही बजाया था। उपाध्यायजी की तुलना एकमात्र स्वामी विवेकानंदजी से की जा सकती है। महज इसी उदाहरण से उनके व्यक्तित्व को समझा जा सकता है। कट्टर ब्राह्मण से ईसाई बन जानेवाले उपाध्यायजी ने वन्दे मातरम् गीत को ही नहीं, प्रत्येक शिक्षित व्यक्ति के रक्त में विद्युत् प्रवाह दौड़ाया था। आज भले ही हम व्यक्ति-पूजा के लिए आधुनिक नेताओं की पूजा करें, पर हमारे इन पूर्वजों की देन अविस्मरणीय है। उपाध्यायजी की तरह व्यंग्य-समाचार लिखने वाला उन दिनों कोई नहीं था। 'संध्या' के कारण जितना ही बंग भंग आन्दोलन को बल मिला, उतनी ही तिलमिलाहट नौकरशाही को प्राप्त हुई।

विद्रोही बारीसाल

अपने पद का भार लेते ही नये प्रांत के गवर्नर फूलर ने वन्दे मातरम् गीत गाने का कौन कहे, नारा लगाने पर भी प्रतिबंध लगा दिया।

इस प्रतिबंध की गहरी प्रतिक्रिया हुई। चारण मुकुंददास गांव-गांव में अलख जगा चुका था। इस हुक्म को तोड़ने के लिए लोग और भी तेजी से नारे लगाने लगे।

बारीसाल के सर्वमान्य नेता अश्विनीकुमार दत्त ने घोषणा की कि सभी लोग विदेशी सामग्रियों का बहिष्कार कर दें। उनके इस आह्वान का प्रतिफल यह हुआ कि दो ही दिन में बारीसाल से विलायती सामग्रियां गायब हो गईं। नमक का अभाव हो गया। एक दिन जिला कलक्टर बाजार में कपड़ा खरीदने आए तो दुकानदारों ने कहा, 'हम इस प्रकार के कपड़े अब नहीं बेचते।'

'क्यों? क्या सब बिक गए?'

'जी नहीं, जब तक दत्ता बाबू हुक्म नहीं देंगे तब तक हम नहीं बेचेंगे।'

यहां एक और उदाहरण प्रस्तुत करना चाहता हूं ताकि यह मालूम हो सके कि आम जनता में विदेशी सामग्रियों के प्रति कितनी घृणा हो गई थी। साधारण बारवनिता में भी स्वदेश-प्रेम उत्पन्न हो गया था।

एक आशिक महोदय किसी बारवनिता के यहां शराब की बोतल लेकर पहुंचे। उक्त वेश्या ने देखा, विलायती शराब की बोतल है। तुरत उसे पकड़कर वह अश्विनीकुमार दत्त के पास ले गई।[1]

दूसरी घटना यों है—किसी गांव में, जो ढाका जिले के अंतर्गत था, एक आदमी गया और कहने लगा कि मैं नवाब सलिमुल्ला का खास आदमी हूं। इसके बाद वह 'वन्दे मातरम्' गाने वाले तथा नारे लगानेवालों की निंदा करने लगा। इतना सुनना था कि पास की एक झोपड़ी से एक बुढ़िया झाड़ू लेकर बाहर आई और बोली,

---

1. कांग्रेस, श्री हेमेन्द्रप्रसाद घोष

'वन्दे मातरम् गाने वाले लड़कों ने मुझे बचाया है। वे सब राजा बेटा हैं। उस वक्त तेरा नवाब कहां था?'

श्री अश्विनी कुमार दत्त का बारीसाल में काफी प्रभाव था। वे केवल नेता ही नहीं, कवि भी थे। सन् 1906 ई० के अप्रैल में प्रादेशिक कांग्रेस का अधिवेशन बारीसाल में होने वाला था। वे स्वयं इसकी तैयारी में जुटे थे। उस वक्त उन्होंने लिखा :

आय रे आय भारतवासी
आय सबे मिले
प्रणामि भारत मातार चरण कमले
आय रे मुसलमान भाई
आजि जाति भेद नाई
ए काजे ते भाई-भाई आमरा सकले।
एई धुलिते अकबर तोदेर
एई धुलिते श्रीराम मोदेर ॥

(आओ हे भारतवासी ! आओ, हम सब मिलकर भारत माता की चरणों में प्रणाम करें। आओ, मुसलमान भाइयो, आज जाति-पांति का झगड़ा नहीं है। इस कार्य में हम सब भाई-भाई हैं। इस धूल में तुम्हारे अकबर हैं और हमारे राम हैं।)

फूलर बहुत निकृष्ट व्यक्ति था। वह नहीं चाहता था कि वन्दे मातरम् का नारा लगे। हिन्दू-मुसलमान एक होकर आजादी के लिए संघर्ष करें। उसने पूर्वी बंगाल के नवाबों और जमींदारों को बहकाना प्रारंभ किया। हरिजनों को झूठा आश्वासन देकर दंगा करवाया। इससे भी जब संतोष नहीं हुआ तो कुमिल्ला में मुसलमानों द्वारा खुलेआम लूट करवाई। यह गनीमत रही कि इस प्रकार की कोई भी दुर्घटना बारीसाल में नहीं हुई। वह सिर्फ इसलिए कि दत्त बाबू का व्यक्तित्व महत्वपूर्ण था और लोग उनके पीछे सिर कटवाने को तैयार थे।

जिस प्रकार बंग भंग आन्दोलन भारत का प्रथम जनआन्दोलन था, ठीक उसी प्रकार की घटना बारीसाल में हुई। नमक-कांड के पीछे हबीबपुरा गांव के तीन विशिष्ट व्यक्तियों को कैद की सजा दी गई—विपिन, ललित और इन्द्रनाथ। ये तीनों स्वदेशी आन्दोलन की प्रथम तीन आहुति रहे। बारीसाल से प्रकाशित होने वाली पत्रिका 'उज्ज्वल भारत' ने इस घटना का तथा गोरखा सैनिकों के अत्याचारों की कहानी प्रकाशित की थी।

बारीसाल की जनता की दृढ़ता देखकर बंगाल प्रांत में पहली बार अस्त्र कानून लागू किया गया। गैर-सरकारी लोगों से शासन ने बन्दूकें वापस ले लीं। यहां तक कि

एक इंच से मोटी लाठी लेकर चलने तक की मनाही कर दी गई।

शासकों का विश्वास था कि इन सब हरकतों से लोग डर जाएंगे और वन्दे मातरम् का नारा नहीं लगाएंगे।

लेकिन बारीसाल की जनता भयभीत होने की जगह और भी उत्साह से गाने लगी :

मा गो जाय जाबे जीवन चले
शुधु जगत माझे तोमार काजे
वन्दे मातरम् बले।

इसी समय कलकत्ता से समाचार आया कि वहां बंग भंग आन्दोलन के सिलसिले में कविवर रवीन्द्रनाथ ठाकुर नित्य नई कविताएं जनता को दे रहे है :

आमार सोनार बांगला
आमि तोमाय भालोबासी,
चिर दिन तोमार आकाश
तोमार बातास,
आमार प्राणे बाजाय बांशी।

× × ×

ओदेर बांधन यतई शक्त हबे
ततई बांधन टूटबे।
मोदेर ततई बांधन टूटबे,
ओदेर यतइ आंखि रक्त हबे।
मोदेर आंखि फुटबे,
ततई मोदेर आंखि फुटबे।

× × ×

डान हाथे तोर खड्ग ज्वले,
बां हाथे करे शंका हरण।
दुई नयने स्नेहेर हासि,
ललाट नेत्र आगुन वरण।
आमरा मिलेछि आज मायेर डाके,
घरेर हये परेर मतन।
भाई छेड़े भाई क दिन थाके॥

ये गीत कलकत्ता से उड़कर न केवल बारीसाल में, बल्कि संपूर्ण बंगाल में गूंजने लगे। नौकरशाही त्रस्त हो उठी।

इधर तेजी से बारीसाल-कांग्रेस की तैयारी होने लगी। अचानक जिला शासक की ओर से स्वागत समिति के सभापति के पास एक पत्र आया जिसमें लिखा था कि स्वागत समिति की ओर से जो जुलूस निकालने की योजना बनी है, उसमें वन्दे मातरम् गीत नहीं गाया जाएगा। सड़क या स्टीमर घाट आदि किसी भी जगह ऐसा नहीं किया जा सकता, क्योंकि गवर्नर बहादुर ने वन्दे मातरम् नारा लगाने पर रोक लगा दी है। लिहाजा आप लोगों को यह सूचना दी जा रही है कि अगर इस हुक्म को आप नहीं मानेंगे तो सभा पर रोक लगा दी जाएगी।

यह ऐसा बम था जिससे सारी तैयारी चौपट होने वाली थी। लोग बड़े असमंजस में पड़े। अश्विनीकुमार दत्त यह जानते थे कि बारीसाल की जनता वन्दे मातरम् के पीछे दीवानी है। लाचारी में सरकार के इस हुक्म को मानना पड़ गया ताकि सभा हो सके। सरकार को सूचित कर दिया गया कि स्टीमर घाट से निकलने वाले जुलूस में वन्दे मातरम् का नारा कोई नहीं लगाएगा।

13 अप्रैल, 1906 के दिन खुलना और नारायणगंज से दोनों स्टीमरें एकसाथ आकर घाट किनारे खड़ी हुईं। इन स्टीमरों में सर्वश्री सुरेन्द्रनाथ बनर्जी, कृष्णकुमार मित्र, भूपेन्द्रनाथ बसु, मोतीलाल घोष, हीरेन्द्रनाथ दत्त, अब्दुल रसूल, अब्दुल हालिम गजनबी आदि सैकड़ों प्रतिनिधि थे।

इन लोगों के स्वागत के लिए दत्त महाशय हजारों स्वयंसेवकों को लेकर घाट किनारे खड़े थे। घाट पर उतरते ही आगत अतिथियों ने उत्साह के साथ वन्दे मातरम् का नारा लगाया। इधर दत्त महाशय ने अपने साथ आए सभी लोगों को निर्देश दे दिया था कि भूलकर भी मुंह से वन्दे मातरम् आवाज मत निकालना। वे सब चुप रहे। यह दृश्य देखकर सभी प्रतिनिधि बुरा मान गए।

बाद में अश्विनी बाबू ने श्री सुरेन्द्रनाथ बनर्जी से जिला कलक्टर के आदेश के बारे में विस्तार के साथ बताया। 'संजीवनी' संपादक श्री कृष्णकुमार मित्र तथा शचीन्द्रनाथ बसु आदि ने इस आदेश के प्रति गहरा क्षोभ प्रकट किया। कृष्णकुमार मित्र ने तीखे स्वर में कहा, 'जब तक वन्दे मातरम् पर प्रतिबंध रहेगा तब तक मैं सम्मेलन में भाग नहीं लूंगा।'

'अमृत बाजार पत्रिका' के संपादक श्री मोतीलाल घोष तो इतने उत्तेजित हो उठे कि उन्होंने कहा, 'मैं तो वन्दे मातरम् गाऊंगा ही, भले ही अपना सिर गंवाना पड़े। सिर की इतनी कीमत नहीं है।'[1]

---

1. 'साधना', गुजराती मासिक, श्री जगदीश भट्ट (अनु० डा० भानुशंकर मेहता) तथा 'वन्दे मातरम्', मराठी—श्री अमरेन्द्र गाडगिल, पूना

इस सम्मेलन में आए अतिथियों में सबसे अधिक गरम कृष्णकुमार मित्र रहे। उन्हें समझाने के लिए सभी लोगों को काफी कसरत करनी पड़ी ; लेकिन उन्होंने स्वागत समिति के प्रस्ताव को स्वीकार नहीं किया। यहां तक कि वे समिति के द्वारा निर्दिष्ट अतिथिगृह में न जाकर स्थानीय अध्यापक श्री रजनीकांत बाबू के घर ठहरने के लिए चले गए।

बाकी लोग रायबहादुर की हवेली में जाकर ठहरे। आगन्तुक नेताओं में विपिनचन्द्र पाल, ब्रह्मबांधव उपाध्याय, रवीन्द्रनाथ ठाकुर, अरविन्द घोष, कालीप्रसन्न विशारद, गीष्पति काव्यतीर्थ, आनंदचन्द्र राय, यात्रामोहन सेन आदि नेता थे।

श्री सुरेन्द्रनाथ बनर्जी ने कहा, 'जब स्थानीय नेताओं ने शासन को वचन दिया है तब उसका पालन करना चाहिए। इन लोगों ने स्टीमर घाट से आगत अतिथियों को अतिथि भवन तक जाने के मार्ग में 'वन्दे मातरम्' पर प्रतिबंध लगाया है, पर सभा या जुलूस के लिए कोई वचन नहीं दिया है। उस समय हम वन्दे मातरम् का जय घोष सहर्ष कर सकते हैं।'

बनर्जी के आश्वासन पर लोग किंचित् संतुष्ट हुए। उस दिन रात को तथा 14 अप्रैल को सवेरे तक काफी विचार-विमर्श होता रहा।

अश्विनीकुमार ने सुझाव पेश किया, 'कलक्टर के निर्देशानुसार हम लोगों ने अब तक कानून का पालन कड़ाई से किया। जब समागत नेता अगर इस अन्यायपूर्ण आदेश के विरुद्ध संकल्प लेते हैं तो हम सब सहर्ष उसमें भाग लेंगे।'

अंत में यह निश्चय किया गया कि सभी लोग राय बहादुर की हवेली में दो बजे एकत्रित होंगे और वहां से मनोनीत सभापति का जुलूस निकालकर उन्हें सभामंडप में ले जाया जाएगा। इस निश्चय का सभीने स्वागत किया। जो तनाव समागत अतिथियों में था, वह एक प्रकार से दूर हो गया। कृष्णकुमार मित्र तथा अन्य कुछ लोगों ने जो कि रजनी बाबू एवं अन्य लोगों के यहां आकर ठहरे थे, स्वागत समिति के अनुरोध पर भोजन करना स्वीकार किया।

इधर यह सब बातें हो रही थीं और उधर शासन भी चुप नहीं बैठा था। इस बीच उसने एक और हथकंडा अपनाया। तुरत सरकार के यहां से सूचना आई, 'जुलूस निकाला जा सकता है, पर उसमें 'वन्दे मातरम' का नारा नहीं लगाया जाएगा।'

नेताओं ने इस आदेश को मानने से इनकार कर दिया तो पुलिस की ओर से दूसरा आदेश आया कि जुलूस चुपचाप सभास्थल तक ले जाया जा सकता है। कालेज के पास से सभास्थल तक वन्दे मातरम् का नारा लगाया जा सकता है।

नेताओं ने इस आदेश को भी स्वीकार नहीं किया। इन लोगों ने यह निश्चय

किया कि जुलूस संकल्पित नारा लगाते हुए जाएगा। सरकार की जो इच्छा हो, वह कर सकती है। बारीसाल के लिए सौभाग्य की बात रही कि प्रथम बार सरकारी आदेश का यहां उल्लंघन हो रहा था। समस्त बारीसाल अपूर्व उत्साह से मस्त था। लोगों ने इस बात का अन्दाजा लगा लिया था कि इस उल्लंघन से पुलिस अपने जघन्य कार्यवाही से निरस्त नहीं होगी। खून-खराबी जरूर होगी और सजाएं होंगी। इतना होने पर भी कोई भयभीत नहीं था। लगता था, जैसे सभी सिर पर कफन बांधे तैयार बैठे थे। वे यह नहीं चाहते थे कि बारीसाल का इतिहास कलंकित हो। विभिन्न शहरों से आए अतिथियों के आगे वे अपनी हेठी नहीं करना चाहते थे। स्टीमर घाट तथा रायबहादुर साहब की हवेली में हुई मीटिंग में समागत प्रतिनिधियों के रुख देखकर उनमें भी जोश भर उठा था।

सन् 1906 का 14 अप्रैल यानी फसली सन् 1313 का पहला वैशाख। वीरों के रक्त से बारीसाल की सड़कें रक्तरंजित हो गईं। अपनी आजादी के लिए जिस ब्रिटिश जाति ने अपने राजा तक को बलि पर चढ़ाया था, आज उसकी संतानों ने देशमाता की वंदना करने पर युवकों के सिर पर लाठी की वर्षा की।[1]

14 अप्रैल के दिन निश्चित समय पर जुलूस निकाला गया। सभी लोग छाती और बांहों पर वन्दे मातरम् का बिल्ला लगाए हुए थे। कुछ झंडे थे जिनपर बंगला अक्षरों में वन्दे मातरम् लिखा गया था। सड़क के दोनों किनारे पुलिस के जवान आदेश की प्रतीक्षा में खड़े थे। 'एण्टी सरकुलर सोसायटी' के सदस्यों ने ज्योंही वन्दे मातरम् का नारा लगाना शुरू किया त्योंही लाठियों की वर्षा प्रारंभ हो गई। इस तांडव से फणीन्द्रनाथ बनर्जी, बेचाराम लाहिड़ी, ब्रजेन्द्र नाथ गंगोपाध्याय और चित्तरंजन गुह ठाकुरदा घायल हो गए। जुलूस का कुछ हिस्सा आगे बढ़ गया था। पहली गाड़ी में सम्मेलन के अध्यक्ष रसूल साहब थे और उनके पीछे सुरेन्द्रनाथ बनर्जी, मोतीलाल घोष, भूपेन्द्रनाथ बसु आदि नेता पैदल चल रहे थे। पुलिस द्वारा खबर पाते ही नेता लोग घटनास्थल पर आ पहुंचे।[2]

इस दिन की घटना के बारे में श्री प्रेमेन्द्र मित्र लिखते हैं, 'बारीसाल कांग्रेस में कांग्रेस सभापति का जुलूस शव-यात्रा के रूप में परिणत हो गया। पुलिस ने बड़ी निर्दयता से लोगों को पीटा। इस लाठी चार्ज में श्री मनोरंजन गुह ठाकुर के पुत्र श्री चित्तरंजन गुह ठाकुर बुरी तरह घायल हो गए। आश्चर्य की बात यह है कि उनपर जब तक लाठियों की वर्षा होती रही और उन्हें होश रहा तक तब वे वन्दे मातरम्

1. स्वाधीनता संग्रामे बारीसाल
2. भारत में सशस्त्र क्रान्ति की भूमिका, पृष्ठ 118

का नारा लगाते रहे।'[1]

श्री कृष्णकुमार मित्र तथा अन्य ऐसे लोग जो कि नाराज होकर रजनीकांत गुहा के घर जाकर ठहरे थे, उनकी जबानी उस दिन की घटना सुनिए :

दोपहर को हम लोग रायबहादुर की हवेली की ओर रवाना हुए। सड़क पर खड़े दर्शक वन्दे मातरम् का नारा लगा रहे थे। हवेली के पास अगणित पुलिसों को लेकर पुलिस सुपरिंटेंडेंट कैंप खड़ा था। सारा आयोजन पूर्व नियोजित था। शासन ने पहले से ही 600 गोरखा सैनिकों को बुलाया था ताकि यहां के आन्दोलन को बुरी तरह कुचल दिया जाए। सहसा कैंप ने फणिभूषण की ठोड़ी पर चोट की। आगे बढ़कर मैंने देखा, ठोड़ी से रक्त की धार बह रही है।

तीन बजे हम लोग वन्दे मातरम् गीत गाने के बाद 'मां गो जाय जेन जीवन चले' गीत गाते हुए तीन-तीन व्यक्ति की पंक्ति बनाकर सभापति की बैलगाड़ी के पीछे-पीछे सभास्थल की ओर रवाना हुए। ज्योंही सभा में सुरेन्द्रनाथ बनर्जी, मोतीलाल घोष, भूपेन्द्रनाथ बसु, आदि नेताओं के बाद एण्टी सरकुलर सोसायटी के सदस्य आए त्योंही अकारण पुलिस का नग्न नृत्य प्रारंभ हो गया। मैं बाहर तोरण के पास खड़ा जुलूस का नजारा देख रहा था।

राह से गुजरने वाला एक सिपाही बेमतलब मुझे बुरी तरह पीटने लगा। चोट इतनी लगी कि पूरे सप्ताह भर दवा और सेंक कराता रहा। कृष्ण नगर के वकील बेचाराम को इतना मारा गया कि वह जमीन पर गिर पड़े। ब्रजेन्द्रनाथ गंगोपाध्याय और निरंजन गुहा को पुलिस जिस तरह मारती रही, उसे मैं आजीवन कभी नहीं भूल सकता।[2]

आन्दोलन में भाग लेने वाले कार्यकर्ता वन्दे मातरम् अंकित उत्तरीय और यज्ञोपवीत की तरह पट्टा पहने हुए थे। मिलेटरी की पुलिस को यह दृश्य सह्य नहीं हुआ। कैंप ने उसे पकड़कर छीन लेना चाहा तो श्री शचीन्द्रनाथ बसु ने उसे कसकर पकड़ लिया। क्रुद्ध कैंग ने शचीन बाबू के चेहरे पर एक घूंसा मारा। फलत: उनके मुंह से खून निकलने लगा। तभी सूबेदार बाबूराम सिंह की तेज आवाज गूंज उठी, 'मारो सालों को। हुक्म हो गया है।'[3]

इसके बाद भयंकर दृश्य उपस्थित हो गया। न जाने कितने लोग घायल होकर बगल की नाली में गिर पड़े।

'एक मकान की खूंटी पर वन्दे मातरम् शब्द लिखा था। यह देखकर उस मकान

---

1. बंकिमचन्द्र जीवन और साहित्य, श्री प्रेमेन्द्र मित्र
2. स्वाधीनता संग्रामे बारीसाल, पृष्ठ 73
3. यज्ञ भंग, श्री प्रियनाथ गुहा, प्रथम संस्करण (1314 यानी 1907 का प्रकाशन), पृष्ठ 41

को गिरा दिया गया। दस-ग्यारह वर्ष का एक बालक रसोईघर में प्रसन्न भाव वन्दे मातरम् गा रहा था। उसे घर से निकालकर कोर्ट के सामने चाबुक से मारा गया। दो हलवाइयों की दुकान पर यह नारा लिखा था। यह देखकर उनके सिर फोड़ दिए गए।'[1]

इधर जहां सभा होने वाली थी, उसके तोरण द्वार पर लगी लालटेनों को पुलिस ने लाठियों की मार से तोड़ दिया था। बड़ा भयंकर दृश्य उपस्थित हो गया। इसी दौरान कृष्णकुमार मित्र उछलकर कैंप के पास आए और कहा, 'अपनी पुलिस को रोकिए, वरना बड़ी परेशानी का सामना करना पड़ेगा। उन्होंने बाबूराम सिपाही की ओर इशारा करते हुए कहा, 'इस आदमी ने अनेक लोगों को बुरी तरह पीटा है।'

बैरिस्टर जे० चौधुरी ने कहा, 'पुलिस तुम्हारी है, इस हत्याकांड को रोको। यह आपका कर्तव्य है।'

कैंप ने क्रुद्ध स्वर में कहा, 'मेरा क्या कर्तव्य है, इसे मैं अच्छी तरह जानता हूं। आपको नसीहत देने की जरूरत नहीं।' कहने के साथ ही उसने बिगुल बजाया। पुलिस की लाठी-वर्षा रुक गई।

'संजीवनी' पत्र के सहायक संपादक तथा बारीसाल के एक स्कूल के अध्यापक श्री सुरेशचन्द्र गुप्त इस कांड के प्रत्यक्षदर्शी थे। उन्होंने 14 अप्रैल की घटना के बारे में लिखा है, "इधर जनता वन्दे मातरम् का नारा लगाती हुई आगे बढ़ रही थी और उधर श्री ललितमोहन घोषाल ने दौड़कर सभापति को चित्तरंजन के घायल होने का समाचार दिया तो सभी लोग तुरत पीछे की ओर लौट पड़े।

श्री सुरेन्द्रनाथ बनर्जी ने कहा, 'निहत्थे लोगों पर आप क्यों अत्याचार कर रहे हैं? अगर किसी ने अपराध किया है तो उसे गिरफ्तार कर सकते हैं। मैं एक मात्र जिम्मेदार हूं। मुझे गिरफ्तार कर सकते हैं।'

कैंप ने कहा, 'आपको गिरफ्तार किया जाता है।'

अश्विनीकुमार ने कहा, 'हम सबको भी इसके साथ गिरफ्तार कीजिए।'

कैंप ने कहा, 'और किसी को गिरफ्तार करने का हुक्म नहीं है।'

सुरेन्द्रनाथ बनर्जी को पकड़कर पुलिस जिला कलक्टर के बंगले पर ले गई। इधर जनता सभापति को लेकर सभामंडप में वन्दे मातरम् का नारा लगाती हुई आगे बढ़ गई।

कलक्टर ने धारा 188 के अनुसार बनर्जी बाबू पर दो सौ रुपये जुर्माना करते हुए कहा, 'क्या यह लज्जाजनक घटना नहीं रही?'

सुरेन्द्रनाथ बनर्जी ने कहा, 'मैं मैजिस्टेट के इस कथन पर घोर आपत्ति करता हूं। आपको ऐसा नहीं कहना चाहिए।'

---

1. बंग भंग, श्री समुद्रगुप्त, पृष्ठ 165

कलक्टर इमर्सन ने कहा, 'चुप रहिए। आपको यह मालूम है कि आप अपने इस कथन से अदालत का अपमान कर रहे हैं?'

सुरेन्द्रनाथ बनर्जी ने कहा, 'मैंने कोई अपराध नहीं किया है। अब आप जो चाहें, करें।'

दो सौ रुपये जुर्माने के अलावा अदालत के अपमान के लिए दो सौ रुपये अतिरिक्त जुर्माना करके उन्हें छोड़ दिया गया।

इधर सभा निश्चित समय पर प्रारंभ हुई। मंच पर हिन्दू नेताओं के अलावा मुसलमान नेताओं में सर्वश्री इस्माइल चौधुरी, मौलवी अब्दुल हुसैन, मौलवी हिदायत बख्श, मौलवी हमिजुद्दीन अहमद, मौलवी दीन मुहम्मद, मौलवी मोतहार हुसैन, मौलवी मौला चौधुरी आदि थे। प्रारंभ में वन्दे मातरम् का गायन हुआ तब सभा की कार्यवाही प्रारंभ हुई। मनोनीत सभापति अश्विनीकुमार दत्त थे जोकि सुरेन्द्रनाथ बनर्जी के साथ कलक्टर के बंगले पर गए हुए थे। उनकी अनुपस्थिति में निवारणचन्द्र दास गुप्त का भाषण हुआ।

सभापति रसूल साहब ने जनता से कहा कि हिन्दू, मुसलमान, ईसाई, सभी लोग मिलकर आजादी की लड़ाई में भाग लें। देशहित के लिए हर कोई कार्य करे। मोतीलाल घोष ने आज के लोमहर्षक कांड का वर्णन किया।

अभी इन लोगों का भाषण समाप्त भी नहीं हुआ था कि सड़क पर 'वन्दे मातरम्' का गगनभेदी नारा लगने लगा। सभा की कार्यवाही ठप्प पड़ गई। सभी लोग चकित दृष्टि से उधर देखने लगे और कुछ लोग सभा से बाहर माजरा क्या है, जानने के लिए चले आए।

यह भीड़ श्री सुरेन्द्रनाथ बनर्जी को वापस लेकर आ रही थी। यह प्रसन्नता का नारा था। बनर्जी बाबू ज्योंही सभामंडप में आए त्योंही लोग खुशी से पागल होकर उच्च स्वर में 'वन्दे मातरम्' का नारा लगाने लगे।"

इस घटना का वर्णन सुरेन्द्रनाथ बनर्जी ने इन शब्दों में किया है, 'अपने साथियों के साथ जब मैंने सभामंडप में प्रवेश किया तो एक अद्भुत दृश्य देखा। समग्र दर्शक समूह एक पंक्ति में खड़े 'वन्दे मातरम्' का गगनभेदी नारा मुक्तकंठ से लगाने लगे। चालू कार्यवाही स्थिगित कर देनी पड़ी। जब मैं मंच पर पहुंचा तो ऐसा लगा, जैसे सभीके चेहरे पर अपूर्व तेज प्रस्फुटित हो रहा था। लोग यह भूल गए कि अभी थोड़ी देर पहले यहां अमानुषिक अत्याचार हो चुका है। न जाने कितने भाई-बंधु घायल हो गए। बारीसाल की पवित्र भूमि वीरों के रक्त से तर हो गई है।'

मंच पर पहुंचकर सुरेन्द्रनाथ बनर्जी ने अपने मुकदमे की कहानी लोगों को सुनाई। इसके बाद ओजस्वी भाषा में विपिनचन्द्र पाल का भाषण हुआ। पाल बाबू के भाषण के

बाद मंच पर चित्तरंजन गुहा को लाया गया। उसके पिता मनोरंजन गुहा ने उसके हाथों को पकड़कर उठाया। उसकी हालत देखकर सभी की आंखों में खून उतर आया। मनोरंजन गुहा के भाषण को सुनकर बारीसाल की जनता भीषण रूप से उत्तेजित हो उठी। लगा, जैसे सम्पूर्ण शासन को धूल में मिला देने के लिए कटिबद्ध हो उठी है।

दूसरे दिन 15 अप्रैल को पुनः सभा प्रारंभ हुई। विपिन बाबू अपने भाषण में लोगों को यह बता रहे थे कि उनका अब क्या कर्तव्य है। ठीक इसी समय गैरिक वस्त्र धारण किए 'संध्या' के संपादक महान क्रांतिकारी श्रद्धेय ब्रह्मबांधव उपाध्यायजी आए। उन्होंने आते ही 'वन्दे मातरम्' का नारा लगाया और जनता ने उनका उसी जोश-खरोश के साथ सहयोग दिया। लगता था, जैसे 'वन्दे मातरम्' की जन्मभूमि कांटालपाड़ा नहीं, बारीसाल है।

उपाध्यायजी की वेश-भूषा इस समय स्वामी विवेकानंदजी की तरह लग रही थी।

ठीक ग्यारह बजे अधिवेशन प्रारंभ हुआ। 'वन्दे मातरम्' गीत के गायन के बाद श्री कालीप्रसन्न काव्य विशारद की 'मा गो जाय जेन जीवन चले' कविता का, जोकि उनतालीस पंक्तियों की है, पाठ हुआ। यह वही गीत है, जिसे कल के जुलूस में गाने पर लाठी-वर्षा हुई थी।

सभारंभ होने पर श्री अश्विनीकुमार दत्त ने एक प्रस्ताव रखा, 'जिस स्थान पर पुलिस ने लाठी चलाई है, हमारे प्रिय नेता सुरेन्द्र नाथ को गिरफ्तार किया है, उसे स्मरणीय बनाने के लिए वहां एक स्तंभ बनाया जाए।'

इस प्रस्ताव का जोरदार समर्थन हुआ। सभा में ही चंदा जुटाया जाने लगा। नगद रुपयों के अलावा अंगूठी आदि काफी जेवर प्राप्त हुए। नरोत्तमपुर निवासी ताराप्रसन्न बसु की पत्नी श्रीमती सरोजनी देवी स्वर्ण कंगन उतारकर देती हुई बोलीं, 'जब तक बारीसाल की सड़कों पर वन्दे मातरम् नारा लगाने का अधिकार जनता को प्राप्त नहीं होगा तब तक मैं स्वर्ण-कंगन नहीं पहनूंगी।'

अभी यह सब चल ही रहा था कि पुन: कैंप महाशय सभा में आ गए। उनकी शक्ल देखते ही जनता रोष से पागल हो उठी। कैंप की निगाहों से यह दृश्य छिपा नहीं रहा। उसकी अंतरात्मा कांप उठी। लपककर सुरेन्द्रनाथ के पास आकर उसने कहा, 'मेरी समझ से मैं आपके निकट अधिक सुरक्षित हूं। मुझे सरकारी हुक्म मिला है। जब आपकी सभा भंग हो जाए तब सड़क से गुजरने वाले लोग 'वन्दे मातरम्' का नारा न लगाएं। अगर आप इस बात का आश्वासन दें तो यह सभा चलने का आदेश दिया जा सकता है, वरना नहीं।'

सुरेन्द्रनाथ बनर्जी तथा अन्य किसी व्यक्ति ने यह वादा नहीं किया। यह देखकर कैंप ने कहा, 'तब आप लोग चुपचाप यहां से तुरत चल दें वरना मुझे जबरन

सभा भंग करनी पड़ेगी।'

इस बात से सभा में उत्तेजना फैल गई। एक तो लोग कल की घटना से क्षोभ में भरे हुए थे तिसपर पुनः इस आदेश से भड़क उठे। आव देखा न ताव, लोग लगे 'वन्दे मातरम्' का नारा लगाने। लोगों ने समवेत स्वर से कहा, 'हम सभा भंग नहीं करेंगे। चाहे जो कुछ भी हो जाए।'

नेताओं ने इस आदेश पर गंभीरतापूर्वक विचार करने के बाद सोचा कि अभी कल ही भीषण रक्तपात हो चुका है, फिर आज उसकी पुनरावृत्ति कहीं न हो जाए। व्यर्थ में रक्तपात करने से अच्छा है कि सभा भंग कर दी जाए, क्योंकि हमारा उद्देश्य पूरा हो गया है।

सुरेन्द्रनाथ बनर्जी के दामाद श्री बी० सी० चटर्जी ने उत्तेजित होकर कहा, 'सभा भंग नहीं होगी। पुलिस गोली चलाकर भंग कर दे।'

विपिन बाबू तथा जे० चौधुरी आदि ने उन्हें शांत करते हुए कहा, 'नहीं। अब सभी लोग अपने-अपने घर शांतिपूर्वक चले जाएं। यहां की सभा जरूर भंग हो गई, पर आप लोग गांव-गांव जाकर सभा करें और चारों ओर क्रांति की आग लगा दें। आज का दिन शोक का नहीं, आनंद का दिन है।'

यह बलिदान व्यर्थ नहीं गया। ठीक एक माह बाद बारीसाल वालों को समाचार मिला कि सरकार ने वन्दे मातरम् के नारे तथा गीत पर से प्रतिबंध उठा लिया है।

यह समाचार पाते ही अश्विनीकुमार दत्त के नेतृत्व में दस हजार व्यक्तियों का जुलूस बारीसाल में निकला। लोग समवेत कंठ से गाने लगे :

बल सिंह नादे जय जय रवे वन्दे मातरम्।
उठुक भवे शुनुक सबे मंत्र गंभीरतम्॥
वन्दे मातरम्। वन्दे मातरम्।

(बोलो, सिंह की तरह दहाड़ते हुए, जय-जय स्वर में वन्दे मातरम्। विश्व गूंजे, सुने सभी मंत्र गंभीरतम, वन्दे मातरम्-वन्दे मातरम्।)

बाद में जनता ने यह निश्चय किया कि एक बार पुनः यहां बुलाकर सुरेन्द्रनाथ बनर्जी का स्वागत किया जाए। यहां की जमीन पर एक दिन वे अपमानित हुए थे और अब उनके चरण कमल से यहां की भूमि पवित्र कर ली जाए।

उस दिन पचास हजार की भीड़ 'वन्दे मातरम्', 'सुरेन्द्रनाथ बनर्जी की जय' का नारा लगाती हुई बारीसाल की सड़कों पर पागलों की तरह नाचती रही। बाद में एक विराट सभा में बनर्जी बाबू का जोरदार अभिनंदन किया गया। उस सभा में गाया गया :

आज बारीसाल पुण्ये विशाल,
हल लाठिर घाये।
ए जे मायेर जय गेये जाय,
वन्दे मातरम् बले।

(लाठियों के घाव से घायल बारीसाल की भूमि पुण्य से विशाल हुई। आज वह वन्दे मातरम् कहती हुई मां का जयगान कर रही है।)

यह सभा बी० एम० हाल में हुई थी। सभा के सभापति थे—श्री मोताहर हुसैन। रास्ते में कोई सौ तोरण द्वार बनाए गए थे।

इस मौके पर भी फूलर अपनी शैतानी से बाज नहीं आया था। शासन की ओर से हुक्म जारी किया गया था कि स्टीमर घाट पर मशाल नहीं जलाई जा सकती। इस आदेश को सुनकर दत्त बाबू मुस्कराए और उन्होंने एक तिकड़म किया। मशाल के स्थान पर हजारों लालटेन जलवाई थीं। उस सभा में श्री चित्तरंजन का अपूर्व स्वागत देखने योग्य था।[1]

इसमें संदेह नहीं कि भारत में हमेशा से कोई न कोई परिवार सरकार-परस्त हुआ है। फूलर के बहकावे में आकर ढाका के नवाब ने सरकार की सहायता की थी। नवाब साहब अपने दादा अब्दुल गनी के हिन्दू-प्रेम को भूल गए। जब वन्दे मातरम् को दबाने के पीछे काफी रकम व्यय करने के बाद भी उसे सफलता नहीं मिली, तब उसका विवेक जागा।

बंग भंग आन्दोलन में सरकार की सहायता करने के बदले उसे जब खिताब दिया गया तब उसने कहा, 'यह तो मेरे गले में फांसी का फंदा डाला गया है।'

इसके बाद से फिर कभी वह हिन्दू-विरोधी नहीं हुआ और अपने पितामह की तरह आम जनता की सेवा करता रहा।[2]

यहां पर एक अन्य महापुरुष का जिक्र करना पड़ता है जिनके प्रति तत्कालीन नेताओं तथा साहित्यिकों की अपार श्रद्धा थी। वे थे—मौलवी लियाकत हुसैन। बंग-विभाजन से उन्हें काफी ठेस पहुंची थी। जब महाकवि रवीन्द्रनाथ ठाकुर ने 30 आश्विन को राखी-बंधन उत्सव प्रारंभ किया तो जैसे उन्हें एक नई दिशा मिली। वे आत्मत्यागी दरिद्र देश-सेवक थे। अपने छात्रों को लेकर बड़ी श्रद्धा के साथ इस उत्सव को मनाते रहे। अपने समारोह में हमेशा 'वन्दे मातरम्' गीत गाते रहे। बंग भंग रद्द हो जाने के बाद भी वे अपने यहां 'राखी-बंधन' समारोह निष्ठापूर्वक करते रहे।[3]

---

1. स्वाधीनता संग्रामे बारीसाल, पृष्ठ 88
2. कांग्रेस, हेमेन्द्र प्रसाद घोष
3. जातीयतार आन्दोलने रवीन्द्रनाथ, पृष्ठ 62

'लेकिन जैसे गेंद को जितनी जोर से जमीन पर फेंको, वह उतनी तेजी से ऊंची उठती है और ढोल जितना पीटो, उतना ही अधिक आवाज करता है, ठीक उसी प्रकार सरकार की उत्तरोत्तर उग्र और नग्न रूप धारण करने वाली दमन नीति के कारण नवजाग्रत चेतना भी सचमुच व्यापक, विस्तृत और गहरी होती गई। देश के एक कोने में जो घटनाएं होती थीं, वे सारे देश में फैल जाती थीं। सरकार का प्रत्येक दमन कार्य उल्टा असर करता था। सम्पूर्ण भारत ने बंगाल के सवाल को अपना सवाल बना लिया। प्रत्येक प्रांत ने बंगाल के प्रश्न के साथ अपनी समस्याओं को जोड़कर आन्दोलन को और ज्यादा गहरा रंग दे दिया।'[1]

19 अप्रैल, 1906 के अपने ताजे अंक में 'अमृतबाजार पत्रिका' ने लिखा, 'हर एक के मन में दुस्साहस जगाता एक भयानक तूफान देश में बहने लगा है। संघर्ष का क्षण आ रहा है और बारीसाल की घटना की अन्यत्र कहीं पुनरावृत्ति हुई तो संभव है कि ऐसे मौकों पर लोग प्राणों की परवाह किए बिना कूद पड़ें।'

28-4-1906 को 'टाइम्स आफ इंडिया' ने लिखा, 'बारीसाल की घटना का राष्ट्रीय स्वाधीनता की जंग पर दूरगामी प्रभाव पड़ेगा। नौकरशाही के अत्याचारों ने सिर्फ बंगाल को ही नहीं, सारे देश को जगा दिया है।'

'युगांतर' ने लिखा, 'इस (बारीसाल) अत्याचार की घटना के समक्ष भारत के तीस करोड़ लोगों के हाथ उठने चाहिए। बल का सामना बल से किया जाना चाहिए।'

'हितवार्ता' ने लिखा, 'शस्त्र के जवाब में शस्त्र का प्रयोग होगा। कठिन चपेट में पकड़े जाने पर छोटा-सा कीट डंक मारता है तो इस देश के लोग कब तक धैर्य रखेंगे? हमें भय है कि स्वदेशी आन्दोलन में अब एक नया मोड़ आएगा। हम शासन को चेतावनी देते हैं कि मनुष्य के रूप में विचरते इन राक्षसों को दंड देकर उनका घमंड यदि नहीं उतारा गया तो एक ऐसी आग भड़केगी, जिसे बुझाने के लिए हजारों लोगों को रक्त उड़ेलना पड़ेगा।'

23 मई, 1906 के 'बंगाली में रिपोर्ट छपी—दस हजार हिन्दू-मुसलमानों का जुलूस निकला था। अल्लाहो अकबर और वन्दे मातरम् का नारा इस जुलूस में बराबर लगता रहा।

'ब्रिटिश सरकार के कर्मचारियों को वन्दे मातरम् नारे से कितनी चिढ़ थी, इसी बात से अंदाजा लगाया जा सकता है कि नई पीढ़ी के मन में घृणा के बीज बोने के

---

1. कांग्रेस का इतिहास, पृष्ठ 69; प्रथम खण्ड, द्वितीय संस्करण, डा० पट्टाभि सीतारमैया

लिए किशोरगंज महाविद्यालय के प्रधानाध्यापक ने सरकारी आदेश पर अपने स्कूल के विद्यार्थियों को आदेश दिया कि प्रत्येक छात्र अपनी कापी में पांच सौ बार यह लिखे—वन्दे मातरम् चिल्लाने में अपना समय नष्ट करना मूर्खता है और अभद्रता है।'[1]

1. श्री अरविन्द ओ बांगलाय स्वदेशी युग, श्री गिरिजाप्रसन्न राय चौधुरी, प्रथम संस्करण, पृष्ठ 106

सशस्त्र क्रांति का जन्म

बंग भंग आन्दोलन के कारण लार्ड कर्जन की बड़ी दुर्गति हुई। एक प्रकार से उसके लिए इतिहास की बात हो गई। बारीसाल कांड को लेकर ब्रिटिश पार्लियामेंट में काफी बहस हुई। इस बारे में भारत के वाइसराय से जवाब-तलब तक किया गया। साथ ही नये वाइसराय को चेतावनी दी गई कि वह इस मामले में निस्पृह रहे।

लार्ड कर्जन को हमेशा के लिए भारत छोड़ देना पड़ा। यों इतिहासकारों ने उसके द्वारा भारत में किए सुधार-कार्यों की काफी प्रशंसा की है, पर बारीसाल कांड ने उसके चरित्र पर कलंक का दाग लगा दिया। सरकार को यह स्वीकार करना पड़ा कि वन्दे मातरम् गीत गाने या नारा लगाने से शासन का कोई नुकसान नहीं होता, बल्कि यह जो कांड हो गया, इससे सरकार को काफी हानि हुई है।

लार्ड कर्जन की भूलों के प्रति चेतावनी देते हुए लार्ड मिण्टो ने अपने 20 दिसम्बर के पत्र में जो कि मार्ले को लिखा गया था, लिखा—मैं कर्जन की योग्यता की प्रशंसा करने को तैयार हूं, परंतु तुम्हें यह जान लेना चाहिए कि उसने बंग भंग करके तथा इस संबंध में भाषण देकर भारतीयों में कटु भावना उत्पन्न कर दी है।

बंग भंग आन्दोलन ने जहां आम जनता में राष्ट्रीय भावना का विकास किया, वहीं अंग्रेजों को 'फूट डालो राज करो' नीति अपनाने को बाध्य किया। उसी आन्दोलन के दौरान मार्ले लार्ड मिण्टो को अपने 6 जून के पत्र में लिखता है, 'तुम हमेशा एक सी भावना से शासन नहीं कर सकते। तुम्हें कांग्रेस पार्टी और कांग्रेस के शासन से निपटना है, चाहे तुम इनके विषय में कुछ भी सोचो। यह निश्चित समझ लो कि मुसलमानों को तुम्हारे विरुद्ध कांग्रेस के साथ मिल जाने में देर नहीं लगेगी।'

इससे स्पष्ट है कि हिन्दू और मुसलमानों में फूट के बीज डालने की शुरुआत

उन्हीं दिनों से हो गई थी जो बराबर कायम रही।

'स्वदेशी आन्दोलन की असफलता ने ही सशस्त्र क्रांति को अनिवार्य बना दिया था। स्वदेशी आन्दोलन सशस्त्र क्रांति नहीं था। बारीसाल कांग्रेस में पुलिस की लाठी की चोट से देश-यज्ञ नष्ट-भ्रष्ट हुआ, लेकिन इस घटना के कारण अनेक नरमपंथी गरमपंथी बन गए। बारीसाल के पुलिस सुपरिंटेंडेंट मिस्टर कैंप और कलक्टर इमर्सन इस यज्ञमंडप में आग लगाने के वाजिब कानून के मुताबिक, किराये के गुंडे थे और वहां सुरेन्द्रनाथ, कृष्णकुमार आदि नरम दल वालों पर बहुत अत्याचार हुआ। श्री अरविन्द इस दक्ष यज्ञ के नष्ट होने के शांत दर्शक थे।[1]

इसके बाद ही अनुशीलन समिति अधिक सक्रिय हो उठी। बंगाल में क्रांति की आग धधक उठी। एक से एक महान क्रांतिकारी युवक जान हथेली पर रखकर सामने आए और देश माता के चरणों में अपना शीश चढ़ाया। सन् 1906 से लगातार 1917 ई० तक डकैतियां होने लगीं। न केवल बंगाल में बल्कि सम्पूर्ण भारत में क्रांतिकारियों का बोलबाला हो गया। सन् 1912 में बारीसाल में श्री रमेशचन्द्र के नेतृत्व में इतनी डकैतियां हुई कि 'बारीसाल षड्यंत्र केस' के नाम से एक अर्से तक मुकदमा चलता रहा।

बंग भंग करने वाले दो लेफ्टिनेंट गर्वनर यानी पूर्वी बंगाल के फूलर तथा पश्चिमी बंगाल के सर एण्ड्रू, फ्रेजर को मारने का षड्यंत्र किया गया। लेकिन 'युगान्तर' समिति के सदस्यों को अपने कार्य में सफलता नहीं मिली। फ्रेजर को लोग इसलिए मारना चाहते थे कि वह बंग भंग योजना का प्रमुख पृष्ठ-पोषक था।

वन्दे मातरम दैनिक पत्र

बंग भंग आन्दोलन के बारे में मान्यता है कि भारत में राष्ट्रवाद की भावना जागृत करने के पीछे दार्शनिक व्याख्याकार थे—श्री विपिनचन्द्र पाल,[2] कार्यकर्ता थे—श्री अरविन्द घोष और कवि थे—श्री रवीन्द्रनाथ ठाकुर। रवि बाबू ने बंग भंग आन्दोलन के दौरान नेताओं को पंद्रह सूत्रीय कार्यक्रम तैयार करके दिया था।[3] अगर उसका पालन निष्ठा से किया जाता तो स्वराज्य पहले ही आ जाता।

'संध्या' और 'युगांतर' के बाद ही 'वन्दे मातरम्' का जन्म 6 अगस्त, 1906

---

1. भारत में सशस्त्र क्रांति की भूमिका, पृष्ठ 121
2. देखिए 'नारायण' पत्रिका, 1914 ई० की फाइल
3. देखिए मासिक बसुमती, फसली सन् 1348, श्रावण अंक

ई० में हुआ। उन दिनों श्री अरविन्द बड़ौदा में नौकरी कर रहे थे। ब्रह्मबांधव के प्रयत्न से ही 'वन्दे मातरम्' का प्रकाशन आरंभ हुआ था। इसके प्रकाशन के लिए कालीघाट क्रांतिकारी दल के नेता श्री हरिदास हालदार ने पांच सौ रुपये पहले-पहल दिया था। बाद में आगे चलकर राजा' सुबोधचन्द्र मल्लिक की सहायता से पत्र का प्रकाशन होता रहा।

अगस्त माह के अंत तक श्री अरविन्द बड़ौदा से कलकत्ता चले आए और सक्रिय रूप से राजनीति में भाग लेने लगे। 'वन्दे मातरम्' पत्र के प्राथमिक संपादक श्री विपिनचन्द्र पाल रहे। इस पत्र के लेखकों में सर्वश्री विपिनचन्द्र पाल, अरविन्द घोष, श्यामसुंदर चक्रवर्ती, हेमेन्द्रप्रसाद घोष और बी० सी० चटर्जी थे। आगे चलकर मतभेद होने के कारण 18 अक्तूबर के बाद विपिनचन्द पाल ने 'वन्दे मातरम्' से संबंध तोड़ लिया था। बाद में अलीपुर बम केस में जब अरन्दि गिरफ्तार हो गए तब विपिनचन्द्र पाल पुनः संपादक बने, पर यह पत्र अधिक दिनों तक नहीं चल सका।

लेकिन इतिहासकारों के मत से चंद दिनों में 'वन्दे मातरम्' ने यह प्रमाणित कर दिया कि लेखनी तलवार से तीखी होती है और उसकी ज्वाला में क्रूर शासन भी भस्मीभूत हो सकता है। श्री अरविन्द इतनी सावधानी से लेख लिखते कि सरकार का कोई भी कानून उन्हें सजा नहीं दे पाता था। इस संबंध में 'स्टेट्समैन' ने लिखा, 'अखबार में हर लाइन के बीच भरपूर राजद्रोह स्पष्ट दिखता है, पर वह इतनी दक्षता से लिखा होता है कि उसपर कानूनी कार्यवाही नहीं की जा सकती।'[1]

इस पत्र का मोटो था—'भारत भारतीयों के लिए।'

वास्तव में बंकिम बाबू तथा 'वन्दे मातरम्' गीत को संसार में प्रसिद्ध करने का एकमात्र श्रेय 'वन्दे मातरम्' पत्र तथा श्री अरविन्द को है। प्रारंभ से ही श्री अरविंद के जीवन पर बंकिम बाबू के साहित्य का गहरा प्रभाव था। भारत के समाचारपत्र के इतिहास में 'वन्दे मातरम्' पत्र ने जो इतिहास तैयार किया, वैसा किसी भी पत्र ने अब तक नहीं किया है।

दादाभाई नौरोजी ने 'स्वराज्य को राष्ट्रीय आदर्श माना, लेकिन कांग्रेस के अनुसार उस समय 'स्वराज्य' का मतलब औपनिवेशिक स्वायत्त शासन के अलावा कुछ नहीं था। दूसरी ओर श्री अरविन्द के अनुसार स्वराज्य पूर्ण स्वतंत्रता था और 'वन्दे मातरम्' के माध्यम से उन्होंने देशवासियों के सामने वही आदर्श रखा। देशवासी आदर्श की इस नवीनता के प्रति आकृष्ट ही नहीं हुए, बल्कि इस आदर्श ने

1. वन्दे मातरम् स्मारिका, पृष्ठ 118, प्रकाशक—वन्दे मातरम् शताब्दी समारोह समिति, वाराणसी-1

संजीवनी मंत्र के समान काम किया और राष्ट्र ने मानो नया जन्म लिया।'[1]

श्री प्रेमेन्द्र मित्र की राय में, 'श्री अरविन्द ने 'वन्दे मातरम् गीत की दार्शनिक व्याख्या बम्बई से प्रकाशित पत्रिका 'इन्दु प्रकाश' में की। वन्दे मातरम् के संबंध में यही प्रथम राजनीतिक व्याख्या थी।'[2]

श्री अरविन्द ने वन्दे मातरम् गीत के बारे में कहा है कि बंकिम ने ही स्वदेश को माता की संज्ञा दी है। वन्दे मातरम् संजीवनी मंत्र है। हमारी स्वाधीनता का हथियार वन्दे मातरम् है। उन्होंने लोगों को बताया कि वन्दे मातरम् सामान्य गीत नहीं है, बल्कि एक ऐसा मंत्र है जो हमें मातृभूमि की वंदना करने की सीख देता है। उनके इस वक्तव्य के कारण ही बंग भंग के आन्दोलनकारियों तथा क्रांतिकारियों के निकट यह नारा तथा गीत मंत्र बन गया था।

एक बार मातृभूमि के संबंध में स्वामी विवेकानंद ने कहा था, 'मुझमें तीन पागलपन हैं, जिनमें तीसरा यह है कि अन्य देश को पहाड़, मिट्टी, नदी, जंगल समझता हूं, पर भारत को अपनी मातृभूमि समझता हूं।' ठीक इसी प्रकार 30 अगस्त, 1908 ई० को अपनी पत्नी को श्री अरविन्द ने एक पत्र लिखा था, 'मेरा तीसरा पागलपन यह है कि जहां दूसरे लोग स्वदेश को जड़ पदार्थ, खेत, मैदान, पहाड़, जंगल और नदी के रूप में समझते हैं, वहां मैं अपनी मातृभूमि को अपनी मां समझता हूं, उसको अपनी भक्ति अर्पित करता हूं और उसकी पूजा करता हूं। मां की छाती पर बैठकर अगर एक राक्षस खून चूसने लगे तो बेटा क्या करता है? क्या वह चुपचाप बैठा भोजन करता है या स्त्री-पुत्र के साथ रंग-रलियां मनाता है या मां को बचाने दौड़ जाता है?'[3]

श्री अरविन्द की प्रतिभा के बारे में डाक्टर पट्टाभि सीतारमैया ने लिखा है, 'उनकी प्रतिभा टूटते हुए तारे के समान चमक उठी और उनके प्रकाश की आभा एक बाढ़ की तरह हिमालय से कन्याकुमारी तक फैल गई। भारत के राजनीतिक आकाश में बरसों तक उज्ज्वल सितारे की तरह वे चमकते रहे।'[4]

उन्हीं दिनों किसी सभा में बंकिम बाबू के वन्दे मातरम् गीत का उल्लेख करते हुए सर गुरुदास बनर्जी ने उन्हें 'ऋषि बंकिमचन्द्र' कहा। उक्त सभा में वन्दे मातरम् के सह-संपादक हेमेन्द्रप्रसाद घोष मौजूद थे। सर गुरुदास बनर्जी जैसे नेता ने बंकिम

1. भारत में सशस्त्र क्रांति की भूमिका, पृष्ठ 141
2. बंकिमचन्द्र जीवन और साहित्य।
3. भारत में सशस्त्र क्रांति की भूमिका, पृष्ठ 152
4. कांग्रेस का इतिहास, पहला भाग, पृष्ठ 70

बाबू को ऋषि कहा है, यह उनके लिए नई बात थी। उन्होंने तत्काल यह समाचार श्री अरविन्द को दिया। आगे चलकर जब कभी अपने लेख में अरविन्द बंकिम बाबू का उल्लेख करते रहे तब उन्हें 'ऋषि बंकिम' लिखते रहे।

जब श्री अरविन्द गिरफ्तार हुए तब सारे राष्ट्र में हलचल मच गई। सरकार का विश्वास था कि शायद इससे क्रांतिकारियों का जोश ठंडा पड़ जाएगा। पर इसका फल उल्टा हुआ। कवीन्द्र रवीन्द्र उनकी गिरफ्तारी से इतने दुखी हुए कि पचपन पंक्तियों की एक लम्बी कविता लिख डाली और कहा :

'अरविन्द रवीन्द्रेर लह नमस्कार।'

क्रांति की ज्वाला

श्री अरविन्द की गिरफ्तारी के बाद भारत के प्रत्येक कोने में 'वन्दे मातरम्' की ध्वनि गूंजने लगी। नवम्बर, 1906 में धुलिया (महाराष्ट्र) में जब सभा हो रही थी तब वन्दे मातरम् के नारों के कारण काफी देर के लिए भाषणों का सिलसिला रुक गया। नासिक में भी 'वन्दे मातरम्' पर लगे प्रतिबंध को तोड़ दिया गया। नारा लगानेवालों को पुलिस ने बड़ी बेरहमी से पीटा। काफी लोग गिरफ्तार हुए। इस कांड का नाम ही 'वन्दे मातरम् कांड' पड़ गया।

27 फरवरी, 1907 को तूतीकोरन (तमिलनाडु) की कोरल मिल्स के हजारों मजदूरों ने स्वदेशी स्टीम नेविगेशन कंपनी, जिसे ब्रिटिश जहाजों से व्यापार में गलाघोंटू प्रतिद्वन्द्विता का सामना करना पड़ा था, की सहानुभूति में और अधिकारियों द्वारा किए गए दमन के उपायों के विरोध में हड़ताल कर दी।

मजदूरों ने 'वन्दे मातरम्' का नारा लगाते हुए रात देर गए तक जुलूस निकाले। तिन्नदल्ली की सड़कों में क्रुद्ध भीड़ ने ब्रिटिश नागरिकों को घेर लिया और उन्हें 'वन्दे मातरम्' का नारा लगाने को बाध्य किया।

मई, 1907 को लाहौर में नवयुवकों का जुलूस रावलपिंडी में स्वदेशी आन्दोलन के नेताओं की गिरफ्तारी के विरोध में आदेश भंग कर वन्दे मातरम् का नारा लगाता निकला और पुलिस के निर्मम अत्याचार सहन किए।

26 अगस्त, 1907 को 'वन्दे मातरम्' दैनिक में प्रकाशित एक लेख के कारण विपिनचन्द्र पाल पर किंग्स फोर्ड साहब की इजलास में मुकदमा चला और उन्हें छ: महीने की सजा हुई। अदालत के बाहर कई हजार नागरिक उनका स्वागत करने के लिए खड़े थे। ज्योंही वे बाहर आए त्योंही 'वन्दे मातरम्' की ध्वनि से समस्त वातावरण प्रकंपित हो उठा। सरकारी आदेश से पुलिस बुरी तरह लाठी चार्ज करने लगी। यह दृश्य देखकर पन्द्रह वर्ष के एक बालक से नहीं रहा गया। पहले उसने उन्हें फटकारा और जब उसकी

बातों का प्रभाव नहीं पड़ा तो उसने आगे बढ़कर सार्जेण्ट के चेहरे पर मुक्का मारा।

इस अपराध के कारण उस बालक यानी श्री सुशीलचन्द्र सेन को 15 बेंत मारने की सजा दी गई। यह समाचार पूरे कलकत्ते में दावाग्नि की तरह फैल गया।

किंग्स फोर्ड ने अदालत के बाहर एक तिकोनी जमीन चुनी। हाथ-पैर बंधे पन्द्रह वर्षीय सुशील चन्द्र को कोड़े लगाए गए।

इस बर्बर दंडाज्ञा के बाद 'संध्या' पत्र किंग्सफोर्ड का उल्लेख 'कसाई काजी किंगफर्द' के नाम से करने लगा। सुशील की प्रशंसा करते हुए संध्या ने लिखा—सुशील ने कुदान भरी, फिरंगी की नानी मरी। ज्ञातव्य है कि सुशील और उसके बड़े भाई वीरेन सेन 'युगांतर' गोष्ठी के सदस्य थे।[1]

उसी दिन यह निश्चय किया गया कि इस बालक के सम्मान में 28 अगस्त को नगर के सभी महाविद्यालय बंद रखे जाएंगे। कालेज स्क्वायर में उसके सम्मान में एक विराट सभा हुई। यह समाचार देशनायक श्री सुरेन्द्रनाथ बनर्जी के पास पहुंच चुका था। उन्होंने इस वीर बालक के लिए अपनी ओर से सोने का एक तमगा भेजा। बाद में काफी लम्बा जुलूस निकालकर उसे सभा स्थलपर ले आया गया। उस दिन सम्पूर्ण कलकत्ता नगरी इस गीत से गूंज उठी थी :

जाय जाबे जीवन चले
जगत माझे तोमार काजे-वंदे मातरम् बले।
बेंत मेरे कि मा भोलाबि
आमरा कि मायेर सेई छेले ॥[2]

'मुकदमा समाप्त हो जाने के बाद 'युगांतर' गोष्ठी ने निश्चय किया कि किंग्सफोर्ड को यमालय भेज दिया जाए। ज्ञात रहे कि युगांतर गोष्ठी के सदस्यों में श्री अरविन्द भी थे। इस कार्य के लिए श्री प्रफुल्लचन्द्र चाकी और अमर शहीद खुदीराम बोस को भेजा गया था। षड्यंत्र असफल हो जाने के कारण चाकी ने आत्महत्या कर ली और खुदीराम पकड़े गए। मुकदमा चलने पर उन्हें फांसी की सजा दी गई। बीसवीं सदी में खुदीराम बोस ने पहले-पहल फांसी पर चढ़ते समय जीवन का जयगान करते हुए राष्ट्र को मृत्यु से भयहीन होना सिखाया।'[3]

इसी घटना के सिलसिले में श्री अरविन्द गिरफ्तार किए गए थे।

---

1. भारत में सशस्त्र क्रांति की भूमिका, पष्ठ 157
2. भारतेर सशस्त्र विप्लव, श्री हेमेन्द्रदास गुप्त
3. भारत में सशस्त्र क्रांति की भूमिका, पृष्ठ 162

विश्वविजयी तिरंगा प्यारा

सन् 1885 ई० में कांग्रेस की स्थापना हुई। तब से लेकर 1905 ई० तक उसका न तो अपना कोई राष्ट्रीय गीत था और न निजी झंडा। गुलाम प्रवृत्ति वालों द्वारा स्थापित संस्था कांग्रेस यूनियन जैक वाले झंडे के नीचे कार्य करती रही। आश्चर्य की बात तो यह है कि तत्कालीन अनेक महारथियों ने इस ओर ध्यान भी नहीं दिया। कांग्रेस का इतिहास डाक्टर पट्टाभि सीतारमैया की कृपा से हमें प्राप्त हो गया है, पर हमारे झंडे का कोई सटीक इतिहास प्राप्य नहीं है। अंग्रेजों ने भारत के बारे में इतिहास लिखा तो हमने उधर ध्यान दिया। उनकी गलतियों की आलोचना की और कहा कि उन लोगों ने सत्य को तोड़ा-मरोड़ा है, पर स्वयं किसी विषय में श्रेय प्राप्त नहीं करते।

'प्रथम स्वतंलता संग्राम के अवसर पर जिस झंडे का प्रयोग हुआ था, उसका रंग हरा था। उसपर रुपहला सूरज अंकित था। इसी झंडे के नीचे महारानी लक्ष्मीबाई तथा नाना घुंघ पंत ने सन् 1857 ई० के दिनों स्वतंलता की लड़ाई लड़ी थी। इसके बाद ही यूनियन जैक का बोलबाला हुआ।'[1]

14 अप्रैल, सन् 1906 ई० के दिन जब बंगाल के बारीसाल शहर में नौकरशाहियों द्वारा नग्न तांडव हुआ था तब जुलूस में लोग 'वन्दे मातरम्' अंकित झंडा लिए चलते रहे। इस बात का प्रमाण मुझे मराठी के प्रसिद्ध लेखक श्री अमरेन्द्र गाडगिल, श्री जगदीश भट्ट तथा प्रोफेसर हरिदास मुखर्जी की पुस्तक से प्राप्त हुआ।[2]

लेकिन इन लेखों से यह स्पष्ट नहीं होता कि उक्त झंडे का रंग-रूप कैसा था। केवल यह अंदाज लगाया जा सकता है कि नौकरशाही के दमन से नाराज

---

1. राष्ट्रीय झंडा और उसका प्रयोग, प्रथम संस्करण, श्री डी० एल० आनंद राव।
2. वन्दे मातरम् स्मारिका, वाराणसी, पृष्ठ 70, 83 तथा 112

होकर उन्हें चिढ़ाने के लिए सादे कपड़ों पर बंगला या अंग्रेजी लिपि में 'वन्द मातरम्' शब्द अंकित किए गए थे। इन्ही झंडों का प्रयोग उक्त जुलूस में हुआ था।

वज्रांकित झंडा

'1906 ई० में भारत में राष्ट्रीय झंडे की कल्पना सिस्टर निवेदिता ने की थी। यह तब की बात है, जब राष्ट्रीय कांग्रेस का अधिवेशन कलकत्ता में हुआ था। उनके द्वारा निर्मित राष्ट्रीय झंडे की जमीन गाढ़े रक्तवर्णवाली थी, जिसपर सुनहले धागों से निर्मित वज्र बनाया गया था। उसके ऊपर वन्दे मातरम् लिखा गया था।'[1]

इसी प्रकार का वर्णन हमें श्री अमरेन्द्र लक्ष्मण गाडगिल तथा श्री राणाप्रताप सिंह की पुस्तकों में मिलता है, पर इन विद्वानों के वर्णन में साम्य नहीं है। श्री अमरेन्द्र गाडगिल के कथनानुसार, उस झंडे का आकार लम्बा चौकोर था। गेरुआ वस्त्र के मध्य में गोलाकार घेरे में वज्राकृति बनाई गई थी। उस गोलाकार के बाहर 'वन्दे मातरम्', 'यतो धर्म स्ततो जयः' शब्द गोलाकार में बुने गए थे।

भगिनी निवेदिता ने अपनी बहन कुमारी मकलियाड के नाम 5 फरवरी, 1905 के एक पत्र में लिखा है, 'पहले चीन का ध्वज सामने रखकर मैंने एक वस्त्र पर काला चिह्न वाला ध्वज तैयार करने को सोचा था। लेकिन उससे भारतीय मन को प्रेरणा नहीं मिल सकती, जानकर गेरुए वस्त्र पर पीला चिह्न अंकित करने का तय किया।'

इस वज्रांकित ध्वज का अर्थ भगिनी निवेदिता की दृष्टि में, ऋषि दधिचि के आत्मबलिदान का प्रतीक था। सम्मान, पवित्रता, बुद्धिमानता, अधिकार और चेतना की झलक इस झंडे में थी।

लगभग इसी प्रकार का वर्णन मुझे श्री राणाप्रताप सिंह की पुस्तक में प्राप्त हुआ। वे लिखते हैं, 'भगवा रंग के ऊपर वज्र का चिह्न भगिनी निवेदिता निर्मित राष्ट्रीय पताका का प्रथम स्वरूप था। पहले वज्र का रंग काला सोचा गया था, परन्तु उसे भारतीय स्वभाव के प्रतिकूल समझकर उसका रंग पीला कर दिया गया। स्वदेशी आन्दोलन के समय इसी पताका का प्रथम प्रारूप उनकी शिष्याओं ने तैयार करके रखा था। यही राष्ट्रीय चिह्न उन्होंने अपनी पुस्तकों पर भी छपवाया था। इस संबंध में 'माडर्न रिव्यू' ने इन नवीन विचारों को प्रति-पादित करने वाला एक सचित्र

---

1. जातीयतार मंत्र गुरु जारां, बंगदेश पर्व, पृष्ठ 220

विचारोत्तेजक लेख भी प्रकाशित किया था।'[1]

'हिन्दी समाचार पत्र संग्रहालय' (हैदराबाद) के मंत्री श्री बंकटलाल ओझा के कथनानुसार 7 अगस्त, 1906 ई० को कलकत्ता में प्रथम राष्ट्रीय ध्वज बना था। वह भी तिरंगा था। सबसे ऊपर हिन्दुओं का लाल रंग था जिसमें आठ कमल थे। बीच में पीला रंग था जिसमें 'वन्दे मातरम्' शब्द थे और नीचे मुसलमानों का हरा रंग था जिसमें सूर्य, तारा, चांद थे।

18 अक्तूबर, 1907 को जर्मनी के स्टुटगार्ट नगर में जो अन्तर्राष्ट्रीय समाजवादी सम्मेलन हुआ था, उसमें भाग लेने के लिए मैडम भीकाबाई कामा और सरदार सिंह राणा सम्मिलित हुए थे। श्रीमती कामा ने 'वन्दे मातरम्' गीत गाने के बाद भाषण दिया और अंत में भारत का राष्ट्रीय झंडा वहां फहराया जो 1906 ई० में निर्मित राष्ट्रध्वज था। उसमें परिवर्तन व संशोधन इतना था कि पहली पट्टी में आठ कमल के स्थान पर 1 कमल और सप्तर्षि सूचक सात तारे थे।

ओझाजी का विवरण जरा विवादास्पद है। वह इसलिए कि जर्मनी के स्टुटगार्ट में जो सम्मेलन हुआ था, वह 18 अक्तूबर, 1906 को नहीं, 18 अगस्त, 1906 को हुआ था। कुछ देर के लिए इसे पढ़ने का भ्रम मान भी लें तो एक और शंका उत्पन्न होती है। मैडम कामा का झंडा लिए एक तैल चित्र, जिसे मूल चित्र माना जाता है, पूना स्थित 'केसरी' कार्यालय में सुरक्षित है। उसमें 8 कमल हैं, तारा नहीं। बीच की पट्टी में 'वन्दे मातरम्' नहीं, 'बन्दे मातरं' लिखा है। नीचे सूरज-चांद है, पर तारा नहीं। तीसरी बात जो है, वही सबसे उलझनवाली है। मूल झंडे में ऊपर हरा रंग है, बीच में केसरिया और नीचे लाल रंग है।

इस झंडे के मूल महत्व देनेवाले तथा मराठी साहित्य के 'चलते-फिरते विश्वकोष' श्रद्धेय श्री गजानन विश्वनाथ केतकर ने मुझे बताया है, 'स्वतंत्र भारत का आद्य राष्ट्रध्वज' जिसे मैडम कामा ने जर्मनी के स्टुटगार्ट के समाजवादी सम्मेलन में फहराया था, उक्त मूल ध्वज पेरिस स्थित पं० श्यामकृष्ण वर्मा के दफ्तर में श्री इन्दुलाल याज्ञिक को मिला था। उसे वे सन् 1930 में भारत ले आए और मुझे दिया। साथ में ध्वज लिए हुए मैडम कामा का एक रंगीन फोटो भी उन्होंने मुझे दिया। उक्त फोटो मैंने 'सह्याद्री' मासिक में 1938 ई० को छपवाया था। मूल चित्र केसरी कार्यालय पूना के ग्रन्थालय में फ्रेम में मढ़कर रखवा दिया है। मैडम कामा का राष्ट्रध्वज सहित बड़े साइज का तैल चित्र मैंने बनवाया था। यह बड़ा चित्र पूज्य श्री शिवाजी मंदिर के पास 'सावरकर सभागृह' में सम्मान सहित लगाया है। श्री इन्दुलाल लिखित पंडित श्यामकृष्ण वर्मा के जीवन चरित्र में आद्य झंडा फहराने का पूरा वर्णन है। मैडम कामा के ध्वज की मूल आकृति उस

1. भगिनी निवेदिता, पृष्ठ 121-122

वक्त पेरिस निवासी बंगाली क्रांतिकारी श्री हेमचन्द्र दास ने बनाई थी। इसी वजह से ध्वज पर वन्दे मातरम् का पहला अक्षर 'ब' जैसा है 'व' नहीं और 'रम्' के स्थान पर 'रं' है।

मैडम कामा के झंडे के संबंध में श्री नरेन्द्रनाथ भट्टाचार्य ने लिखा है :

'18 अगस्त, 1907 ई० को जर्मनी के स्टुटगार्ट शहर में एक समाजवादी अंतर्राष्ट्रीय सम्मेलन का आयोजन किया गया। इस सम्मेलन में भाग लेने के लिए। विश्व के प्रत्येक देश के प्रतिनिधि अपने देश का राष्ट्रीय झंडा लेकर आए। भारत का अपना कोई झंडा नहीं था। इस सम्मेलन में व्यवस्थित रूप से मैडम भीकाबाईजी कामा और सरदार सिंह राणा गए हुए थे। जब उस सम्मेलन में मैडम कामा को बोलने का अवसर दिया गया तो वन्दे मातरम् गीत गाने के बाद अत्यंत ओजस्वी भाषा में भाषण देते हुए उन्होंने भारत में अंग्रेजों द्वारा किए जाने वाले अत्याचारों का वर्णन किया। उनके भाषण को सुनकर उपस्थित देशों के प्रतिनिधि रोमांचित हो उठे।

मैडम कामा ने अपना भाषण समाप्त करने के बाद एक तिरंगा झंडा सम्मेलन में फहराया। इसे फ्रांस में रहने वाले प्रसिद्ध क्रांतिकारी श्री हेमचन्द्र कानूनगो ने बनाया था। झंडा फहराते समय वन्दे मातरम् का उन्होंने नारा लगाया था।[1]

अभी हाल ही में आकाशवाणी से राष्ट्रीय झंडे के संबंध में कोई वार्ता प्रसारित हुई थी। उस वार्ता के विरुद्ध आलोचना करते हुए 'हिन्दुस्तान टाइम्स' के दिसम्बर, 1976 के एक अंक में श्री आर० एन० सेनगुप्त (दिल्ली) ने राष्ट्रीय ध्वज के संबंध में संपादक के नाम पत्र में लिखा है, 'भारत का प्रथम राष्ट्रध्वज श्री कृष्णकुमार मित्र ने बनाया था। श्री सुरेन्द्रनाथ बनर्जी की अध्यक्षता में एक विशेष समारोह 7 अगस्त, 1906 ई० को कलकत्ता के ग्रीन पार्क में हुआ था। इस अवसर पर श्री नरेन्द्रनाथ सेन ने सर्वप्रथम एक गीत गाया और उसके बाद श्री सुरेन्द्रनाथ बोस ने समारोह के अध्यक्ष श्री सुरेन्द्रनाथ बनर्जी के हाथ उक्त ध्वज को दिया। इस अवसर पर 101 पटाखे छोड़े गए थे।'

26 दिसम्बर, 1906 ई० को कलकत्ता में जो कांग्रेस श्री दादाभाई नौरोजी की अध्यक्षता में हुई थी, उसमें इस झंडे को फहराया गया था। बड़ौदा के जनरल श्री मुघोराव के भाई प्रसिद्ध क्रांतिकारी श्री खासीराव इस झंडे की प्रतिकृति अपने साथ पेरिस ले गए थे। उन्होंने इसे श्री हेमचन्द्र दास कानूनगो को दिया था। मैडम कामा जो उस समय स्टुटगार्ट सम्मेलन में भाग लेने जा रही थीं, उन्हें कानूनगो ने दिया था।

इन दोनों झंडों में गजब का साम्य था। दोनों में ऊपर वाली पट्टी लाल रंग

1. भारतेर स्वाधीनता संग्रामेर इतिहास; श्री नरेन्द्रनाथ भट्टाचार्य, प्रथम संस्करण

की थी। आकार भी एक ही था। दोनों झंडे के बीचवाली पट्टी में देवनागरी लिपि में वन्दे मातरम् लिखा था और नीचे की पट्टी में सूरज और चांद की आकृति बनाई गई थी।

इन दोनों झंडों में अगर कोई अंतर था तो इतना था कि कलकत्ते वाले झंडे में बीच की पट्टी पीली और सबसे नीचे वाली पट्टी हरे रंग की थी जबकि पेरिस वाले झंडे में बीच की पट्टी केसरिया और नीचे की पट्टी नीले रंग की थी।'

ओझाजी तथा सेनगुप्तजी के आलेखों से एक बात साफ हो गई कि भारत में ही प्रथम तिरंगा झंडा बना और 7 अगस्त, 1906 को फहराया गया था। झंडे के संबंध में जितने लोगों ने चर्चा की है, सभी ऊपर वाली पट्टी को लाल और नीचे वाली को हरा या नीला बताते हैं जबकि पूना स्थित 'केसरी' कार्यालय में मैडम कामा का जो चित्र है, उसमें ऊपर हरा और नीचे लाल है। संभव है कि प्रतिलिपि बनाने में गलती हो गई हो। 7 अगस्त, 1906 ई० को जो झंडा बनाया गया था, उसके निर्माता थे—श्री कृष्णकुमार मित्र। आप श्री अरविन्द के छोटे मौसा तथा बारीसाल आन्दोलन के एक नेता थे। ऐसी हालत में यह स्वीकार करना पड़ेगा कि 14 अप्रैल, 1906 को बारीसाल में निकले जुलूस के झंडों को देखकर उक्त झंडा बनाने की कल्पना उनके मन में आई होगी।

किंतु इस झंडे को किसी ने अधिक महत्त्व नहीं दिया। अधिकांश विद्वान मैडम कामा वाले झंडे को ही प्रथम भारतीय तिरंगा झंडा मानते हैं। वीर सावरकर ने लिखा है, "अभिनव भारत' के सदस्यों ने मैडम कामा को अपना प्रतिनिधि एकमत से चुना। उस सम्मेलन में प्रत्येक राष्ट्र का झंडा था, पर उस समय अभागे भारत का कोई भी अपना राष्ट्रध्वज नहीं था। अंग्रेजों का यूनियन जैक कांग्रेस के अधिवेशनों में फहराया जाता था और उसकी जय-जयकार होती थी। मैडम कामा तथा हेमचन्द्र दास ने अपनी कल्पना के अनुसार अभिनव भारती की सभा में प्रस्ताव रखा जिसे स्वीकार कर लिया गया। उस कल्पना को चित्रकला में निपुण हेमचन्द्र दास ने पेरिस में तत्काल सुन्दर चित्र में परिणत किया। उसी चित्रित ध्वज को लेकर मैडम कामा जर्मनी गईं। वहां उद्दीप्त भाषण देने के बाद आवेश में झंडा फहराती हुई मैडम कामा बोलीं, देखिए, हमारे स्वतंत्र भारत का राष्ट्रध्वज।

इतना सुनते ही सब चौंक उठे। उस राष्ट्रीयध्वज का सम्मान उपस्थित लोगों ने किया। विश्व के प्रबल राष्ट्रों के सम्मेलन में प्रकट रूप से फहराया गया यही प्रथम राष्ट्रध्वज था।'[1]

मैडम कामा जेब से ध्वज निकालती हुई बोली थीं, 'यह है भारतीय राष्ट्र का

1. भारत में सशस्त्र क्रांतिकारियों का योग, पृष्ठ 38

स्वतंत्र झंडा। यह देखिए, फहरा रहा है। भारतीय देशभक्तों के रक्त से यह पवित्र हो चुका है। सदस्यगण, मैं आपसे अनुरोध करती हूं कि आप लोग खड़े होकर भारत की इस स्वतंत्र पताका का अभिवादन करें।'

मध्यप्रदेश शासन द्वारा प्रकाशित 'हमारा राष्ट्रध्वज' नामक पुस्तक में अनेक बेबुनियाद बातें हैं। जिस प्रकार संदेहास्पद समाचार पर 'कहा जाता है', 'सुना गया है' आम पत्रकार प्रयोग करते हैं, उसी प्रकार इस पुस्तक में झंडे का इतिहास लिखा गया है।

इस पुस्तक में लिखा गया है, 'हमारे राष्ट्रीयध्वज की कल्पना सर्वप्रथम फ्रांस और इंग्लैंड में बसे भारतीयों के मस्तिष्क में आई।'

यद्यपि इस प्रकरण में किसीके नाम का उल्लेख नहीं किया गया है, पर उनका मतलब पं० श्यामकृष्ण वर्मा और हेमचन्द्र दास कानूनगो से है। ये दोनों व्यक्ति उन दिनों इंग्लैंड तथा फ्रांस में रहते थे।

सरकारी सूत्रों के अनुसार, 'इस कल्पना को मूर्त रूप दिया श्रीमती भीकाबाई कामा ने। उन दिनों वे फ्रांस में अपना निर्वासन जीवन-यापन कर रही थीं। उनकी योजनानुसार ध्वज में तीन रंगों को स्थान दिया गया था। आरंभ में केसरिया, मध्य में श्वेत तथा अंत में हरे रंग की व्यवस्था की गई थी। केसरिया भाग में आठ तारे, श्वेत में नागरी लिपि में 'वन्दे मातरम्' और हरे भाग में चांद-सूरज अंकित थे। ये रंग हिन्दू, मुस्लिम तथा शेष वर्गों और जातियों के प्रतीक थे। यह ध्वज सर्वप्रथम स्टुटगार्ट में फहराया गया था। कुछ लोगों का विचार है कि तारे की जगह कमल थे।'

इन सभी आलेखों से साधारण पाठकों के मन में यह भ्रम उत्पन्न हो जाना स्वाभाविक है कि झंडे का वास्तविक रूप कैसा था। मेरे विचार से तिरंगे राष्ट्रीयध्वज की कल्पना निश्चित रूप से श्री कृष्णकुमार मित्र की रही। इसके संबंध में अन्य कई पुस्तकों में प्रसंगवश विवरण पढ़ चुका हूं, पर वन्दे मातरम् के संबंध में अनुसंधान करते रहने के कारण इस विषय पर ध्यान नहीं दियां।

श्री मित्र गरम दल के कांग्रेसी नेता रहे। सन् 1906 वाली कांग्रेस में गरम दल वालों की जिद पर उक्त झंडा फहराया गया होगा। नरम दल वालों ने इसे अपना झंडा नहीं माना होगा, क्योंकि होमरूल आन्दोलन तक अधिकांश कांग्रेसी सरकार-परस्त थे। सन् 1896 ई० से 1904 तक कांग्रेस मंच पर बराबर वन्दे मातरम् गीत मंगल गान के रूप में प्रस्तुत होने पर भी उसे स्वाभाविक मर्यादा प्राप्त नहीं हुई। इन्हीं दिनों कांग्रेस दो दलों में विभक्त हो गई थी।

श्री कृष्णकुमार मित्र द्वारा निर्मित झंडे की प्रतिलिपि हेमचन्द्र दास कानूनगो को प्राप्त हुई होगी। उन्हीं दिनों स्टुटगार्ट में समाजवादी सम्मेलन होनेवाला था। इसी झंडे की प्रतिकृति कानूनगो ने बनाई होगी जैसाकि वीर सावरकरजी के कथन से

स्पष्ट होता है। इस प्रकार मूल झंडे में परिवर्तन होना स्वाभाविक है। लेकिन इस बात को नकारा नहीं जा सकता कि मैडम कामा ने सर्वप्रथम तिरंगा झंडा संसार के विभिन्न राष्ट्रों के प्रतिनिधियों के सामने फहराया था जिसके प्रति हम सब गर्व कर सकते हैं। उसमें 'वन्दे मातरम्' शब्द अंकित था।

यहां संक्षेप में दो महारथियों का परिचय दे देना अप्रासंगिक न होगा। वह इसलिए कि 'वन्दे मातरम्' गीत के साथ इनका पवित्र जीवन जुड़ा हुआ है। पंडित श्यामकृष्ण वर्मा गुजरात में पैदा होनेवाले बहुप्रतिभाशाली व्यक्ति थे। इन्हें सशस्त्र क्रांति का आदि प्रचारक माना जाता है। भारत के बाहर भारत के लिए जितनी क्रांतियां हुई हैं, वे सब श्यामकृष्णजी की देन रहीं। आप भारतीय क्रांतिकारियों के गुरु रहे। भारत से जितने लोग बम बनाना सीखने के लिए आपके पास गए या भारत में क्रांति करने के लिए मदद मांगने गए, उन सभी-की सहायता आपने की। वीर सावरकर, लाला हरदयाल, सरदार सिंह राणा, मदनलाल धींगड़ा, भाई परमानन्द, सेनापति बापट, हेमचन्द्र कानूनगो, उल्लासकर दत्त आदि आपके शिष्य या साथी रहे। इंग्लैंड में इंडिया हाउस की स्थापना कर आप भारतीय छात्रों का क्रांति के लिए मार्गदर्शन करते रहे। बाद में ब्रिटिश सरकार का कोप-भाजन होने पर पेरिस भाग आए। यहां से पुनः भारतमाता की स्वतंत्रता के लिए प्रयत्न करते रहे। एक तरह से आपके लिए यह कहा जा सकता है कि आप भारत में सशस्त्र क्रांतिकारी आन्दोलन के पितामह थे।

तिरंगे झंडे के साथ जिन हेमचन्द्रजी का नाम आया है, उनका पूरा नाम था —हेमचन्द्र दास कानूनगो। कुछ लोगों ने हेमचन्द्र दास तो कुछ लोगों ने हेमचन्द्र कानूनगो का उल्लेख किया है। दोनों ही एक ही व्यक्ति के नाम हैं। आप मिदनापुर के एक गांव में जन्मे और शहर के कांजीहौसों के इंस्पेक्टर रहे। विनोदी प्रवृत्ति, मिलनसार, गायक, शिकारी, मशीनों के मरम्मत करनेवाले, फोटोग्राफर, रसायन शास्त्री के अलावा पाश्चात्य शैली के अच्छे चित्रकार रहे। आपको विप्लव मंत्र की दीक्षा श्री अरविन्द रो प्राप्त हुई थी।

अपनी जमीन-जायदाद स्वेच्छा से बेचकर पेरिस में बम बनाने का कार्य सीखने गए थे ताकि भारत के क्रांतिकारियों की सहायता कर सकें। आपको इस कार्य में श्यामकृष्ण वर्मा तथा सरदार सिंह राणा से भरपूर सहायता प्राप्त हुई थी। वहां से लौटकर भारत में आप क्रांतिकारियों के लिए बराबर बम बनाते रहे।

अधिकतर लोगों ने यह स्वीकार किया है कि हमारे राष्ट्रध्वज को प्रथम बार मैडम भीकाबाई कामा ने विश्व के राष्ट्रों के सामने फहराया था, इसीलिए सभी यह स्वीकार करते हैं कि हमारा आद्य राष्ट्रीय झंडा वही था। अब चाहे उसे श्री कृष्णकुमार मित्र ने बनाया हो या श्री हेमचन्द्र दास कानूनगो ने, कांग्रेस में पुनः

तिरंगा झंडा फहराने का उल्लेख कहीं प्राप्त नहीं होता। यह स्थिति सन् 1915 ई० तक रही। इसके बाद 23 अप्रैल, 1916 को लोकमान्य तिलक ने बम्बई में तथा इसके छः माह बाद श्रीमती एनी बेसेण्ट ने मद्रास में होमरूल (स्वराज्य) लीग की स्थापना की। होमरूल आन्दोलन ने एक नये झंडे को जन्म दिया था।

'भारत में राष्ट्रीय झंडा बनाने के प्रयत्न में श्रीमती एनी बेसेण्ट ने लाल और हरे रंग का बनाया था। लाल रंग हिन्दुओं तथा हरा रंग मुसलमानों के लिए था। इसके बीच कुछ लिखा नहीं गया था। होमरूल आन्दोलन के समय जब डाक्टर एनी बेसेण्ट, जार्ज अरण्डेल और बी० पी० वाडिया नजरबंद किए गए तब इन लोगों ने जेल में प्रथम बार इस झंडे को फहराया था। इस झंडे की कल्पना श्री द्विजेन्द्रनाथ ठाकुर ने की थी जो रवि बाबू के बड़े भाई थे। गांधीजी के अनुरोध पर आगे उसमें चरखा जोड़ दिया गया था।'[1]

लगभग इसी प्रकार की बातें डाक्टर पट्टाभि सीतारमैया की पुस्तक में प्राप्त होती हैं। आपने लिखा है :

'कलकत्ता कांग्रेस इसलिए स्मरणीय है कि उसमें पहली बार राष्ट्रीय झंडे का सवाल बाजाब्ता उठाया गया था। वास्तव में होमरूल लीग तो पहले ही तिरंगे झंडे को अपनाकर उसे लोकप्रिय बना चुकी थी। इस कार्य के लिए एक कमेटी नियुक्त की गई जिसके सुपुर्द यह काम किया गया कि वह झंडे का नमूना निश्चित करे। श्री अवनीन्द्र ठाकुर भी उस कमेटी में थे। लेकिन इस कमेटी की बैठक कभी नहीं हुई। अंत में होमरूल का झंडा ही कांग्रेस का झंडा बन गया। बाद में उसमें चरखा और जोड़ा गया। यह स्थिति सन् 1931 तक रही, फिर उसमें लाल रंग की जगह केसरिया रंग कर दिया गया।'[2]

सरकारी सूत्रों के अनुसार इस बाबत आगे कहा गया है, 'सन् 1916 में होमरूल आन्दोलन ने एक नये राष्ट्रध्वज को जन्म दिया। तीन रंग के स्थान पर दो रंग तथा चौड़ी पट्टियों के स्थान पर सकरी पट्टियां बनाई गईं। पांच लाल तथा चार हरी पट्टियां क्रम से रखी गईं। बाईं ओर ऊपर एक किनारे छोटा-सा यूनियन जैक तथा नीचे सप्तऋषि मंडल के सात तारे अंकित थे। यूनियन जैक सहित यह ध्वज ब्रिटिश राष्ट्रमंडल से भविष्य में संबंध बनाए रखने का द्योतक था। होमरूल आन्दोलन के साथ ही यह झंडा समाप्त हो गया।

1920 ई० में गांधीजी के नेतृत्व में कांग्रेस के सिद्धांतों और भावनाओं में क्रांतिकारी परिवर्तन हुए। उस समय राष्ट्रीय झंडे की आवश्यकता महसूस होने पर

1. राष्ट्रीय झंडा और उसका प्रयोग
2. कांग्रेस का इतिहास (हिन्दी), पहला भाग, द्वितीय संस्करण

अनेक डिजाइनें बनीं। पंजाब के वयोवृद्ध कांग्रेसी नेता रायजादा श्री हंसराज ने सुझाव दिया कि राष्ट्रीय ध्वज में चर्खा अंकित किया जाए। यह प्रस्ताव गांधीजी को प्रिय लगा। बेजवाड़ा कांग्रेस के अवसर पर बापू ने मछलीपट्टम के श्री वैंकय्या से एक डिजाइन बनाने को कहा जिसमें लाल-हरे के बगल में चर्खा अंकित हो। पर इस ध्वज में सफेद रंग न होने से वह कांग्रेस में मान्य नहीं हुआ। आगे चलकर सन् 1921 में सफेद रंग को झंडे में स्थान दिया गया जो अहमदाबाद कांग्रेस में फहराया गया। इस कांग्रेस में सिक्खों ने प्रस्तुत झंडे का विरोध किया। उनका कहना था कि झंडे में काला रंग भी होना चाहिए। महात्मा गांधी ने उन्हें समुचित उत्तर देकर शांत किया। सन् 1931 तक झंडे का यही रूप रहा।

सन् 1931 की कांग्रेस में सिक्खों ने पुनः अपनी मांग दुहराई। स्मरण रहे कि सन् 1931 का वर्ष राष्ट्रीय झंडे के इतिहास में विशेष महत्व रखता है। इस समय लाल रंग के स्थान पर केसरिया रंग को स्थान दिया गया। बीच में सफेद रखकर चर्खे का आकार छोटा कर दिया गया।

सन् 1933 में अखिल भारतीय कांग्रेस जो कि बम्बई में हुई थी, उसमें इस आशय का प्रस्ताव पास किया गया, 'राष्ट्रीयध्वज में पूर्व की भांति तीन रंग रहेंगे। आरंभ में केसरिया, मध्य में श्वेत और अंत में हरा। श्वेत रंग के मध्य में नीले रंग का चर्खा अंकित रहेगा। केसरिया साहस तथा त्याग, श्वेत रंग शांति और सत्य, हरा रंग विश्वास एवं शौर्य, चर्खा जनता की आशा का प्रतीक है। ध्वज का अनुपात 3:2 होगा।'

22 जुलाई, 1947 ई० के प्रस्ताव के अनुसार वर्तमान ध्वज में रंग क्रम सब वही रहेगा, पर चर्खे के स्थान पर चक्र रहेगा। चक्र की 24 तीलियां दिन रात के 24 घंटे का सक्रिय प्रतीक हैं। अब चर्खे वाला ध्वज मान्य नहीं होगा।[1]

---

1. हमारा राष्ट्रीयध्वज, प्रकाशक—मध्यप्रदेश शासन, प्रथम संस्करण

मंत्र का प्रभाव

वन्दे मातरम् गीत के इतिहास का अवलोकन करने पर यह स्पष्ट हो जाता है कि स्वदेशी-आन्दोलन काल से लेकर स्वतंत्रता-आन्दोलन तक इसने मंत्र जैसा प्रभाव डाला है। संसार में शायद ही ऐसा कोई गीत किसी कवि ने लिखा होगा जिसके पीछे इतनी घटनाएं हुई हों। न जाने कितने देशभक्त मां की गोद सूनी कर गए, न जाने कितनी सुहागिनों के सिन्दूर हमेशा के लिए धुल गए। शहीदों के रक्त से भारत की धरती लाल हो गई। ये सारी घटनाएं मंत्र-शक्ति के माध्यम से ही हो सकती हैं।

ज्ञातव्य है कि अपने जन्मकाल से ही इस गीत ने अपना प्रभाव डालना प्रारंभ किया था। इस गीत के पूर्व और बाद में भी बंकिम बाबू ने अनेक कविताएं लिखीं, पर उनमें से कोई लोकप्रिय नहीं हो सकीं और न अन्य किसी गीत को संगीतवद्ध करने के पीछे वे पागल थे। इस गीत के प्रति उन्हें दृढ़ आत्मविश्वास था जैसाकि प्रेस मैनेजर श्री रामचन्द्र बनर्जी और पुत्री से वे व्यक्त कर चुके हैं। मित्रों द्वारा कटु आलोचना होने पर भी वे निरुत्साहित नहीं हुए, बल्कि बराबर उसे संवारते रहे और वास्तविक राग में ढालने के लिए विभिन्न गायकों को परेशान करते रहे। श्री शचीन्द्रनाथ चटर्जी ने लिखा है, 'बंकिम की प्राथमिक और बाद की रचनाओं में वन्दे मातरम् जैसी काव्य-कुशलता नहीं है।'

प्रथम उपयोग

वन्दे मातरम् गीत के संबंध में धारावाहिक इतिहास किसी भाषा में प्राप्य नहीं है, जिससे यह ज्ञात हो सके कि कब, कहां इसका उपयोग हुआ है। सर्वप्रथम इस नारे का उपयोग हमें रवि बाबू की रचना स्वदेश गीत में प्राप्त होता है। ज्ञातव्य है कि 'हिन्दू मेला' तथा भारत सभा' के कारण उन दिनों स्वदेश प्रेम की एक लहर चल पड़ी थी। फलतः सभी कवि राष्ट्रीय कविताएं लिखते रहे। रवि

बाबू के स्वर-वितान के 46वें खंड में है :

एक सूत्रे बांधियाछी सहस्रटि मन।
एक कार्ये संपियाछि सहस्र जीवन॥
वन्दे मातरम्।

प्रस्तुत गीत आठ पंक्तियों का है और प्रत्येक दो पंक्ति के बाद वन्दे मातरम् शब्द का उल्लेख है। रचनाकाल 1877 ई० है।

'रवि बाबू के नाम से छपने पर भी यह कविता उनकी नहीं मालूम पड़ती, क्योंकि उन दिनों उनमें इतनी परिपक्वता नहीं आई थी। रवि बाबू ने आगे चलकर इसकी स्वरलिपि बनाई थी। ऐसी अनेक रचनाएं हैं जो रवि बाबू के नाम से प्रकाशित होने पर भी उनकी नहीं हैं। उन्होंने केवल स्वरलिपि तैयार की है ! लगता है, यह रचना श्री दीनेन्द्रनाथ ठाकुर की है।' इस रचना के बारे में यह बात रवि बाबू की वृहद् जीवनी लेखक श्रद्धेय प्रभातकुमार मुखर्जी ने मुझे शांति निकेतन स्थित अपने भवन में बताई।

बंकिम बाबू इस दौरान चुपचाप बैठे नहीं थे। संभवतः तिब्बत के संन्यासियों से मिले इस मंत्र के संबंध में इतने आश्वस्त थे कि इसे देश-गान के रूप में ढालने के लिए संगीतबद्ध करने लगे। सामान्य लोग उनके मंतव्य को आसानी से समझ सकें, इसीलिए उन्होंने वन्दे मातरम् गीत को आनंदमठ में स्थान दिया। उसके पात्रों से गीत के मर्म की व्याख्या कराई।

आनंदमठ में भवानंद गाता है :

'वन्दे मातरम् !
सुजलां सुफलां मलयजशीतलाम्
शस्यश्यामला मातरम्।'

महेंद्र गाना सुनकर कुछ आश्चर्यचकित हो गए। वह कुछ समझ न सके। सुजला, सुफला, मलयजशीतला, शस्यश्यामला माता कौन है? उन्होंने पूछा, 'माता कौन है?' कोई उत्तर न देकर भवानंद गाने लगे:

'शुभ्रज्योत्स्ना पुलकित यामिनीम्
फुल्लकुसुमित द्रुमदल शोभिनीम्
सुहासिनीं सुमधुरभाषिणीम्।
सुखदां वरदां मातरम् !!'

महेंद्र बोले, 'यह तो देश है, यह तो मां नहीं है।'

भवानंद ने कहा, 'हम लोग दूसरी मां को नहीं मानते।' 'जननी जन्मभूमिश्च स्वर्गादपि गरीयसी' हमारी माता, जन्मभूमि ही जननी है, हमारे न मां है न भाई है। कुछ नहीं है। स्त्री भी नहीं, घर भी नहीं, मकान भी नहीं। हमारी अगर कोई है, तो

वही सुजला, सुफला, मलयज शीतला, शस्यश्यामला—'

आगे एक प्रश्न के उत्तर में भवानंद कहता है, 'किसी देश के मनुष्य भोजन के अभाव में घास खा रहे हैं ! किसी देश की जनता कांटे खाती है, लता-पत्ता खाती है ! किसी देश के मनुष्य स्यार, कुत्ते और मुर्दे खाते हैं ! आदमी सन्दूक में धन रखकर निश्चिंत नहीं है ! सिंहासन पर शालिग्राम बैठाकर निश्चिंत नहीं है ! हर देश का राजा प्रजा की दशा का, भरण-पोषण का खयाल रखता है, हमारे देश का राजा क्या हमारी रक्षा कर रहा है? धर्म गया, जाति गई, मान गया, अब तो प्राण पर बाजी आ गई है। इन्हें बिना भगाए हम क्या रह जाएंगे?'

महेंद्र, 'कैसे भगाओगे?'

भवानंद, 'मारकर।'

महेंद्र, 'तुम अकेले भगाओगे? एक थप्पड़ मारकर क्या?'

भवानंद ने फिर गाया:

'सप्तकोटि कण्ठ कलकल—निनादकराले,
द्विसप्तकोटिभुजैर्धृत खरकरवाले,
अबला केनो मां एतो बले।'

यहां पर स्मरण रखना होगा कि वह युग देश के लिए संक्रमण काल था। प्रत्येक संक्रमण काल में हर देश के नागरिकों में चेतना जागरित करने के लिए कवि-लेखक अपना योगदान करते हैं। जननी जन्मभूमि बंकिम के निकट केवल आकाश, जल, मिट्टी और लोक समष्टि मात्र नहीं था। उन्होंने इसमें चिन्मय देवी रूप प्रत्यक्ष किया था। वन्दे मातरम् संगीत में इसी मां के चिन्मयरूप का ध्यान किया गया है। उनका स्वदेश-प्रेम ही भक्ति का अपर नाम है।

बंकिम के स्वदेश-यज्ञ के होमानल को प्रज्ज्वलित करने के लिए उनके सहयोगियों ने साथ दिया था। वे सभी एक से एक दिक्पाल थे। इन सभी लोगों ने स्वदेश-प्रेम की अग्नि प्रज्ज्वलित की थी। इनमें सर्वश्री दीनबन्धु मित्र, कवि हेमचन्द्र, नवीनचन्द्र सेन, रमेशचन्द्र दत्त, अक्षयचन्द्र सरकार, चन्द्रशेखर मुखर्जी, योगेन्द्रनाथ विद्याभूषण, रामकृष्ण मुखोपाध्याय, संजीवचन्द्र चटर्जी, चन्द्रनाथ बसु, रजनीकांत गुप्त, रामदास, हरप्रसाद शास्त्री आदि थे।[1]

बंकिम बाबू के स्वदेश-प्रेम की व्याख्या करते हुए श्री हरप्रसाद भट्टाचार्य ने

1. जातीय आन्दोलने रवीन्द्रनाथ, पृष्ठ 19-20

लिखा है, 'बंगाल की अवनति से बंकिम बाबू बहुत दुखी थे, वे चाहते थे कि बंगाल समृद्धशाली हो। उनके वन्दे मातरम् गीत का यह मूल उद्देश्य रहा। तभी तो वे कामना करते हैं—सुजला हो, सुफला हो और मलयज से शीतला हो। यही नहीं, वह शस्य श्यामला हो, ऐसी माता का वे जयगान करते हैं। जहां की भूमि शुभ्र ज्योत्सना से दमक रही हो, यामिनी पुलकित हो, फलों और द्रुमदलों से शोभित हो, वह सुख दे, वर दे, ऐसी माता को प्रणाम। कौन ऐसी माता को अबला कह सकता है जिसकी सात करोड़ संतानें हैं, चौदह करोड़ हाथ जिसकी सेवा के लिए तत्पर हैं। वह मां तो अतुल बलशालिनी है। अपने रिपुओं का अनायास संहार कर सकती है। ऐसी मां की प्रतिमा क्यों न प्रत्येक मंदिर में स्थापित की जाए? जिनके पास मां दुर्गा की तरह दस भुजाएं हैं, जो कमलदल में विहार करती हैं, वाणी और विद्या देती हैं, सरल और सुस्मिता हैं, ऐसी मां की कौन पूजा नहीं करेगा?'

कुछ लोगों का यह विश्वास है कि आनंदमठ के लिए ही वन्दे मातरम् गीत लिखा गया है, उसका अलग से कोई महत्व नहीं है। यह विचार गलत है। आनंदमठ में छपने से पूर्व वह प्रकाशित नहीं हुआ था। आनंदमठ तो वन्देमातरम् गीत लिखने के पांच साल बाद लिखा गया था। यह जरूर है कि उसके महत्व को बढ़ाने के लिए आनंदमठ में सम्मिलित किया गया था।

आनंदमठ के भवानंद ने इस गीत को नहीं लिखा था। सत्यानंद मठ के मात्र मंत्रदाता हैं, पर उन्होंने इस गीत को लिखा है इसका कोई प्रमाण नहीं है। अगर उन्होंने लिखा होता तो उसका उल्लेख रहता। सत्यानंद अपनी बुद्धि के अनुसार उसे काम में ला रहे थे। इसका लेखक और चाहे जो हो, भवानंद या सत्यानंद नहीं हैं। यह गीत मठ के बाहर से आया है।

इसके संगीत में देशमाता की जो कल्पना है, उसे आह्वान किया गया है—द्विसप्त कोटिभुजैर्धृत खरकरवाले का और वंदना की गई है—श्यामला, सुस्मिता भूषिताम् धरणीं भरणी मातृभूर्ति की। ये वास्तव में वैष्णव हैं, इसलिए उनकी (संन्यासियों) माता विष्णु के अंक पर स्थापित हैं, यही मातृभूर्ति दसभुजा गौरी हैं, द्विसप्त कोटिभुजैर्धृत खरकरवाला श्यामला, धरणी, भरणी नहीं। यह माता वन्दे मातरम् मंत्र की माता नहीं, सत्यानंद की कल्पना है।

वन्देमातरम् मंत्र की माता देश और देश की संतान से भिन्न हैं। वे शस्य श्यामला, मलयज शीतला और कोटि-कोटि कंठों के निनाद से भयंकरी हैं, पर सत्यानंद की माता देश तथा देश की संतानों से दूर रहती हैं। शत्रुमर्दिनी, जगद्धात्री हैं। सत्यानंद ने मां की गौरी-नारायणी के रूप में पूजा की है जबकि 'वन्दे मातरम्' में दुर्गा का उल्लेख है। दुर्गा के बाद ही कमला, सरस्वती का स्थान है। इससे स्पष्ट है

कि कोई विशेष देवता नहीं है। उनमें दुर्गा की शक्ति, कमला की ऋद्धि और सरस्वती के ज्ञान का ऐश्वर्य समाहित है।'[1]

साहित्य में नारा

आनंदमठ में वन्दे मातरम् गीत के प्रकाशन के बाद से ही इसकी ख्याति भारत में ही नहीं, इंग्लैण्ड तक फैल गई। वह इसलिए कि आनंदमठ अंग्रेजों के विरुद्ध लिखा गया था। 'यहां एक बात को स्मरण रखना होगा कि राजरोष से बचने के लिए वे (बंकिम) प्रायः उद्विग्न हो उठते थे। उन दिनों अंग्रेजों को प्रसन्न रखने के लिए राष्ट्रीयता के संबंध में अपनी दृष्टि भंगिमा का परिचय देते थे। इस प्रंसग में उल्लेखनीय है कि आनंदमठ के प्रथम संस्करण के 'अंग्रेजों' के बदले 'नेड़े' (मुसलमान) का रूप अन्य संस्करणों में दिया गया है।'[2]

17 जनवरी, 1883 ई० में अदन जेल की काल कोठरी में प्राण छोड़ते समय क्रांति के अग्रदूत बासुदेव बलवंत फड़के ने वन्दे मातरम् का नारा लगाया था।

कहा जाता है कि रणघोष के रूप में 7 अगस्त, 1905 ई० को बंग भंग की सभा में वन्दे मातरम् का नारा लगाया गया था। इसके पूर्व साहित्य में बंकिम बाबू के मित्र श्री योगेन्द्रनाथ विद्याभूषण ने सर्वप्रथम नारे का प्रयोग किया था। सन् 1890 ई० में उन्होंने 'गैरिबल्डी' की जीवनी लिखते हुए लिखा था, 'आओ, अब देर मत करो। समय आ गया है। गगन विदारते हुए गाओ वन्दे मातरम्।'[3]

सन् 1905 में तो वन्दे मातरम् ने पूरे देश में विस्फोटक स्थिति पदा कर दी। इन्हीं दिनों वन्दे मातरम् संबंधी अनेक पुस्तकें तथा लेख प्रकाशित हुए।

अक्तूबर, 1905 में 'वसुधा' में जितेन्द्र मोहन बनर्जी ने लेख लिखा। 1906 के चैत मास में बम्बई के 'बिहारी' अखबार में वीर सावरकर ने वन्दे मातरम् पर लेख लिखा। 'मराठा' में 'शाउटिंग अफ वन्दे मातरम्' शीर्षक से 22 अप्रैल के अंक में लोकमान्य का लेख प्रकाशित हुआ था।

ठीक इन्हीं दिनों यानी 12 सितम्बर, 1906 के 'दि टाइम्स' में डाक्टर जी० ए० ग्रियर्सन ने लिखा, 'वन्दे मातरम् गीत में जिस माता की वंदना की गई है, वह हिन्दुओं की मां काली हैं, जो मत्यु और संहार की देवी हैं। आगे ग्रियर्सन ने यह भी लिखा है कि मामृभूमि की कल्पना ही हिन्दू विचारधारा के प्रतिकूल है, अतः बहुत संभव है कि बंकिमचन्द्र ने इसे यूरोपियन संस्कृति से प्राप्त विचारधारा से लिखा हो।'

1. बंकिमचन्द्र, श्री सुबोधचन्द्र सेनगुप्त, पृष्ठ 155
2. स्वदेशी आन्दोलन ओ बांगला साहित्य, प्रथम संस्करण, श्री सोमेन्द्रनाथ गंगोपाध्याय (1367) पृष्ठ 6
3. जातीय आन्दोलने, रवीन्द्रनाथ, पृष्ठ 20

श्री ग्रियर्सन हिन्दू धर्मग्रंथों का अगर अध्याय कर लेते तो ऐसा न लिखते। हम भारतीय तो समग्र पृथ्वी को ही माता मानते हैं।

उनकी इस विचारधारा के विपरीत सर हेनरी काटन ने उसी पत्र के 14 सितम्बर, 1906 के अंक में लिखा। वे इसे केवल बंगालियों की मातृभूमि की वंदना मानते हैं। ग्रियर्सन के विचारों को 24 सितम्बर, 1906 के अंक में खंडित करते हुए श्री जे० डी० एंडरसन ने लिखा है कि आनंदमठ के पहले खण्ड के 11वें अध्याय में संन्यासी-विद्रोह 'काली माताजी हो चुकी हैं' की प्रतिमा के साथ ही एक श्वेत संगमरमर की प्रतिमा 'माता जो होगी' की स्थापना करते हैं और यह मातृभूमि का स्पष्ट प्रतीक है तथा वन्दे मातरम् गीत स्पष्टतः इन दोनों प्रतिमाओं को संबोधित है। मेरा विचार है कि स्पष्टतः यह कविता हिन्दू आदर्शवाद की रचना है जिनसे बंगाल को मूर्तिमयी पवित्र आध्यात्मिक काली का रूप माना है। काव्य की छब्बीस पंक्तियों में, जिनमें कुछ संस्कृत और कुछ बंगाली भाषा में हैं, अधिकतर हानि रहित हैं। यदि कवि मां का जयगान कर रहा हो तो ठीक है। जल में विकसित कमलदल पर बैठी लक्ष्मीरूपिणी के साथ ही वह उसकी दुर्गा दस शस्त्रधारिणी के रूप में भी प्रशंसा करता है और 10, 11 तथा 12वीं पंक्ति तो बहुत खतरनाक सिद्ध हो सकती है। इसका अनुवाद यों होगा—उसका जयगान करने के लिए उसके पास सात करोड़ कंठ हैं, उसके लिए लड़ने वाले सात करोड़ के दूने हाथ हैं तब बंगाली शक्तिहीन कैसे?[1]

ईसाई मिशनरियों ने कहा कि यह राजनीतिक डकैतों का गीत है।

मुस्लिम लीग की स्थापना

संन्यासी-आन्दोलन से लेकर सन् 1905 ई० तक मुसलमानों ने स्वतंत्रता के लिए लड़नेवाले साथियों का साथ दिया। बंग भंग आन्दोलन के दौरान कुछ शिक्षित और सम्पन्न मुसलमानों ने, जिनमें सर सैयद अहमद खां प्रमुख रहे, अपने निजी स्वार्थ के लिए अल्पसंख्यकों की सुरक्षा के नाम पर 1 अक्तूबर, 1906 को एक चाल चलने का निश्चय किया। मुसलमान कांग्रेस का साथ न दें, इसके लिए वे जी-जान से प्रयत्न करने लगे। शिमला में तत्कालीन वाइसराय से मिलने के बाद दिसम्बर, 1906 को मुस्लिम लीग की स्थापना की गई, जिसकी वजह से देश का बंटवारा हुआ।

चाटुकारों की चाटुकारिता

भारत में हमेशा से कुछ ऐसे महानुभाव पैदा होते आए हैं जो चाटुकारिता के

---

1. बंकिम साहित्य पाठ, श्री हरप्रसाद मित्र, पृष्ठ 473-474

पीछे स्वदेश को हानि पहुंचाते रहते हैं। किसी भी युग में उनकी कमी नहीं रही है। श्री कन्हैयालाल मिश्र प्रभाकर ने अपने एक लेख में ऐसे राय बहादुरों और खान बहादुरों की धज्जियां उड़ाई हैं। आज भी कुछ ऐसे लोग हैं जो मुगल शासन द्वारा प्रदत्त उपाधियों का प्रयोग बड़े गर्व से करते हैं जबकि वंश परंपरा के अनुसार उनकी उपाधि कुछ और ही है।

यहां तक कि इतिहास को गलत तथ्य देनेवालों की भरमार है। बंग भंग आन्दोलन के कारण वन्दे मातरम् तथा आनंदमठ की लोकप्रियता काफी बढ़ गई थी। सन् 1907 ई० के दौरान श्री सिद्धमोहन मित्र ने जो कि हैदराबाद से प्रकाशित होने वाले 'दक्कन पोस्ट' के संपादक थे, लंदन के टाइम्स अखबार में वन्दे मातरम् और आनंदमठ के बारे में लिखा, 'सन् 1882 में इलवर्ट बिल आंदोलन के समय बहुचर्चित उपन्यास बंकिम बाबू ने लिखा था। (ज्ञातव्य है कि उपन्यास सन् 1880 के पूर्व लिखा जा चुका था।—लेखक) बहुचर्चित वन्दे मातरम् गीत फ्रांसीसी राष्ट्रीय गीत मार्सेलज का बंगला संस्करण है। (फ्रांसीसी राष्ट्रीय गीत के लेखक प्रसिद्ध कवि रूजेत दे लाइन थे।—लेखक) इसमें कुछ उत्तेजनात्मक शब्द जोड़कर लोगों को उत्तेजित करने का प्रयास किया गया है।[1]

टाइम्स में प्रकाशित इस लेख का विरोध तत्कालीन अंग्रेजों द्वारा संचालित पायनियर ने जोरदार शब्दों में किया, 'कविता की दृष्टि से तथा रचना के सौष्ठव से वन्दे मातरम् गीत फ्रांसीसी राष्ट्रीय गीत से कहीं अधिक ऊंचा है। मार्सेलज में कवि का हृदय नहीं है, पर वन्दे मातरम् में कवि ने आत्मा को इस कदर ढाल दिया है कि प्रत्येक व्यक्ति की हृदयतंत्री झनझना उठती है। फ्रांसीसी और भारत के राष्ट्रीय गीतों में यही सबसे बड़ा अंतर है। वन्दे मातरम् प्रार्थना है। आद्याशक्ति को स्वदेश के आधार में प्रतिष्ठित कर उसे मां कहा गया है। अपनी जन्मभूमि को न केवल मां कहा गया है बल्कि मां की तरह प्यार और श्रद्धा करने का निर्देश दिया गया है। जो गीत किसी भी देशवासी को अपनी जन्मभूमि के प्रति मां की तरह प्रेम करना सिखाए, उस गीत की तुलना भला मार्सेलज से कैसे की जा सकती है?'[2]

श्री से महर्षि अरविन्द

बंग भंग आन्दोलन ने बारूद के ढेर में वन्दे मातरम् की चिनगारी फेंकी और उसका विस्फोट बारीसाल में हुआ। इसी बीच भारत को अपना निजी नारा मिला—वन्दे मातरम्। देश को अपना झंडा मिला। वन्दे मातरम् ने हजारों वर्षों से पीड़ित

1. इस संबंध में 'ए बुक आफ इंडिया' में लिखा है :
   'शीघ्र ही यह सारे हिन्दुस्तान का मार्सेलिस बन गया।'
2. बंकिमचन्द्र, श्री हेमचन्द्र घोष, पृष्ठ 225

मानवों को मुक्ति का मार्ग दिखाया। फलतः देश के अनेक नवयुवक मातृभूमि की आजादी के लिए क्रांतिकारी पार्टी में शामिल हुए। इस गीत ने अगर बंकिम बाबू को ऋषि बनाया तो उसके भाष्यकार और वन्दे मातरम् के संपादक को महर्षि बनाया। बंग भंग के बाद भारतीय जनता में स्वतंत्रता का बिगुल बजाने का जो अविस्मरणीय कार्य अरविन्द ने किया है, उसे हजारों वर्ष तक स्मरण रखा जाएगा।

आखिर 2 मई, 1908 को महर्षि अरविन्द राजद्रोह लेख लिखने के अपराध में गिरफ्तार कर लिए गए।

जून, 1908 में जब लोकमान्य तिलक पर मुकदमा चल रहा था तो हजारों लोग बम्बई में पुलिस अदालत के सामने आ जुटे और उन्होंने वन्दे मातरम् गाया। बेलगाम में जिस दिन लोकमान्य तिलक का वर्मा स्थित मांडले की ओर निर्वासन हो रहा था, उस दिन वन्दे मातरम् मौखिक पुकारने के अपराध में अनेक लड़कों को पीटा और गिरफ्तार किया गया।

जुलाई, 1909 में मदन लाल ढींगरा को एक ब्रिटिश को गोली मारने के अपराध में फांसी दी गई, ढींगरा के शब्दों में यह, 'भारतीय युवकों के अमानवीय प्राण दंडों और निर्वासनों के विरुद्ध विनम्र विरोध मात्र था।' अपने दंड से पूर्व ढींगरा के अंतिम शब्द थे, 'ईश्वर से मेरी प्रार्थना है कि मैं इसी माता के अंक में पुनः जन्म लूं और इसी पवित्र कार्य के लिए पुनः मरूं जब तक कि कार्य सफल न हो जाए और मानवता के कल्याण एवं ईश्वर की कीर्ति के लिए वह मुक्त न हो जाए।' फांसी चढ़ाते समय उसके अंतिम शब्द थे—वन्दे मातरम्।

सन् 1909 में पेरिस में भारतीय देशभक्तों के जिनेवा से एक पत्रिका 'वन्दे मातरम्' का प्रकाशन आरंभ किया। अपने प्रथम अंक में पत्रिका ने कहा, 'विदेशी अत्याचार के विरुद्ध हमारे बहादुर और बुद्धि मान नेताओं ने बंगाल में जो यशस्वी अभियान आरंभ किया है, वन्दे मातरम् के माध्यम से हम उसे पूर्ण शक्ति और दृढ़ता से चलाएंगे।'

1914 आते-आते वन्दे मातरम् गीत कनाडा की भूमि तक जा पहुंचा। 'कोमागातामारू' जहाज के झंडे में वन्दे मातरम्, सत श्री अकाल और अल्ला हो अकबर के नारे अंकित थे। यह जहाज सिंगापुर, हांगकांग, जापान से कनाडा तक गया था। सन् 1976 ई० में इस जहाज के एक जीवित सरदार अपनी प्राचीन प्रतिज्ञा पूरी करने के लिए पुनः कनाडा गए। इस समय (1976 ई०) उनकी 94 वर्ष वय रही।

गदर पार्टी

कुछ लोगों का आज भी विश्वास है, लाला हरदयाल गदर पार्टी के संस्थापक

थे, यह धारणा गलत हैं। इस संबंध में सही तथ्य अब प्रकाश में आया है।

'सन् 1906 ई० में श्री पांडुरंग खानखोजे अमेरिका गए। वहां अपने स्थानीय भारतीयों में स्वदेश-प्रेम जागरित करने के लिए उन्होंने 'भारतीय स्वाधीनता संघ' नामक संस्था की स्थापना की। इस कार्य में डाक्टर तारकनाथ दास और खगेन्द्रचन्द्र दास आपके प्रमुख सहायक रहे। यह संघ अमेरिका स्थित भारतीयों तथा भारत के नागरिकों में प्रचार पत्रों के माध्यम से क्रांति उत्पन्न करता रहा।

सन् 1913 ई० में लाला हरदयाल का आगमन अमेरिका में हुआ। उन्होंने इन लयी से कहा कि अगर आप मेरा सहयोग पाना चाहते हैं तो अपनी इस संस्था का नाम बदलकर गदर पार्टी रखिए तभी मैं सहयोग दे सकूंगा। संघ के संस्थापकों ने बिना किसी द्विविधा के इस शर्त को मान लिया। यह कार्य कब किस तारीख को हुआ, इसका विवरण मुझे पांडुरंगजी ठीक से बता नहीं सके। यहां यह स्मरण रखना होगा कि जिन लोगों का विचार है कि गदर पार्टी के संस्थापक लाला हरदयालजी थे, गलत है।'[1]

'गदर पार्टी स्थापना करने के बाद पार्टी की ओर से 'गदर' नामक पत्रिका का प्रकाशन कई भाषाओं में प्रारंभ किया गया जिनमें मुख्यतः हिन्दी, उर्दू, गुरुमुखी, पंजाबी, मराठी, गुजराती और अंग्रेजी थी। पार्टी की ओर से सैनिक शिक्षा भी दी जाने लगी। पिस्तौल, रिवाल्वर, राइफल, तलवार, बर्छा, कृपाण आदि चलाने की शिक्षा के साथ-साथ कसरत करना सिखाया जाता था। इन कार्यों के लिए खानखोजेजी कप्तान बनाए गए थे।'[2]

1857 ई० के स्वतंत्रतासंग्राम को अंग्रेजों ने 'गदर' कहा था, इसीलिए अमेरिका से जो पत्र लाला हरदयाल ने प्रकाशित किया, उसका नाम 'गदर' रखा। उसका शीर्षक यों था:

दि एडिटर हिन्दुस्तान गदर
सानफ्रांसिसको कैलिफोर्निया, यू० एस० ए०।
(मोटो था) इसलिए ले लो प्यारो कसम अपनी जान से
दूर कर देंगे गुलामी जल्दी हिन्दोस्तान से
(शीर्षक) अंग्रेजी राज का कच्चा चिट्ठा
(14 कारण प्रकाशित थे)
हिन्दोस्तान में प्रजा के दूख की दास्तान
हिन्दसो की गवाही—[3]

---

1. बहिर्भारते मुक्तिर प्रयास, डा0 अविनाशचन्द्र भट्टाचार्य, प्रथम संस्करण (1962), पृष्ठ 2-3
2. वही, पृष्ठ 4
3. एक पुरानी प्रति की नकल

इन सब कारणों से चिढ़कर अमेरिका ने भारतीयों के लिए एक नया इमिग्रेशन कानून जारी किया। प्रवासी भारतीयों के लिए यह काला कानून था। इस कानून का लाला हरदयाल ने कड़े शब्दों में विरोध किया। फलतः वे गिरफ्तार हो गए।

सजा समाप्त करने के बाद वे 25 मार्च, 1914 ई० में स्विट्जरलैंड चले आए। यहां से वे अंग्रेजी में 'वन्दे मातरम्' पत्र प्रकाशित करने लगे।[1]

घरे बाहिरे

रवि बाबू बचपन से ही स्वदेश प्रेम का परिचय देते आए हैं। बंकिम बाबू के प्रति उनकी असीम श्रद्धा थी। अपने प्रथम राजनीतिक उपन्यास में उन्होंने वन्दे मातरम् की पंक्तियों का उपयोग किया है:

इसका नायक कहता है, 'यह शक्ति पृथ्वी जय करने की शक्ति है, अन्य कोई उपाय नहीं है, उपकरण नहीं। यही सम्मोहन है। कौन कहता है सत्यमेव जयते। जय होगा मोह का। बंगाली इस बात को समझ गए थे, इसीलिए बंगालियों ने दस भुजा की पूजा शुरू की, बंगालियों ने सिंहवाहिनी की मूर्ति बनाई। वही बंगाली आज पुनः मूर्ति बनाएंगे, विश्वविजयी बनेंगे, वन्दे मातरम् के सम्मोहन से।'

'भगवत गीता और वन्दे मातरम् दोनों की हमें जरूरत है।'

'जनसमुद्र की लहरों पर नौका नाचती रहेगी, जिसपर वन्दे मातरम् की पताका उड़ती रहेगी।'

'...वन्दे मातरम्-वन्दे मातरम् के मंत्र से आज लोहे के संदूक खुलेंगे, भंडार घर के प्राचीर खुलेंगे। और जो लोग धर्म के नाम पर उस महाशक्ति को नहीं मानते, उनका हृदय विदीर्ण हो जाएगा। बोलो—वन्दे मातरम्।'

'तौमारी प्रतिमा गड़ी मंदिरे-मंदिरे।'

1915 ई० में लोकमान्य तिलक को जेल से छोड़ दिया गया। भारत की जनता ने उनका अपूर्व स्वागत किया। इसी समय महात्मा गांधी भारत आए और उन्होंने वन्दे मातरम् गीत की प्रशंसा की। उनका यह वक्तव्य 'हरिजन' के 1 जुलाई, 1939 में प्रकाशित हुआ है।[2]

---

1. बहिर्भारते मुक्तिर प्रयास, पृष्ठ 4; भारतेर स्वतंत्रता संग्रामेर इतिहास, श्री नरेन्द्र भट्टाचार्य।
2. वन्दे मातरम् स्मारिका; वाराणसी, 1976

स्वतंत्र भारत की सरकार

1 दिसम्बर, 1915 ई० को भारत में एक अस्थायी सरकार की स्थापना की गई। इस सरकार के राष्ट्रपति राजा महेन्द्रप्रताप बनाए गए और यह निश्चय किया गया कि जब तक देश में राष्ट्रीय कांग्रेस अपनी सरकार नहीं बना लेती तब तक राजा साहब राष्ट्रपति बने रहेंगे।

मौलाना बरकतउल्ला प्रधानमंत्री और मौलाना ओबेइदुल्ला को स्वराष्ट्र सचिव बनाया गया। इसके अलावा मुहम्मद अली और अल्लानवाज खां को भी सरकार में महत्वपूर्ण पद दिए गए।

राष्ट्रपति की हैसियत से राजा महेन्द्रप्रताप ने तत्कालीन रूस के सम्राट जार को एक पत्र भेजा जिसमें लिखा कि आप भारत पर हमला करें।

यह पत्र सोने के पत्तर पर खोदकर लिखा गया था। पत्र लेकर मुहम्मद अली और शमशेरसिंह रूस गए थे।[1]

भारत के प्रत्येक क्षेत्र में लोगों ने मुसलमानों का सहयोग पाने के लिए बराबर महत्वपूर्ण पद दिया और कार्यभार सौंपा, पर एक वर्ग ऐसा भी रहा जो इस उदारता को सन्देह की दृष्टि से देखता रहा। हिन्दुओं ने यह मान लिया था कि मुसलमान हमारे हैं और वे इस देश के नागरिक हैं। अंग्रेजों की तरह विदेशी नहीं हैं। कारण उनका निर्माण यहीं हुआ है। पर कुछ लोग बराबर हमेशा अरब देश को अपना मुल्क मानते रहे। फलतः उन्हींके असहयोग के कारण भारत प्रगति नहीं कर सका और परिणाम यह हुआ कि देश के बंटवारे के बाद भी वह समस्या स्थायी रूप से बनी हुई है। यह क्रम सन् 1908 से प्रारंभ हो गया था। इन दिनों से ही वन्दे मातरम् गीत के प्रति असहयोग मुस्लिम लीग ने करना प्रारंभ कर दिया था। अमृतसर में हुए अपने द्वितीय वार्षिक सम्मेलन में उसके अध्यक्ष श्री सैयद अली इमाम ने अपना विरोध प्रकट किया था।[2]

सन् 1920 में दिल्ली के लाला लाजपतराय ने दैनिक 'वन्दे मातरम्' का प्रकाशन प्रारंभ किया। सन् 1922 ई० में जब श्री बालकृष्ण गोखले अफ्रीका गए तब बन्दरगाह पर हजारों व्यक्तियों ने उनका स्वागत वन्दे मातरम् के नारे से किया।

भारत में 1920 ई० में जो सत्याग्रह प्रारंभ हुआ, उसमें सत्याग्रही तिरंगा झंडा फहराते हुए वन्दे मातरम् का नारा लगाते थे।

---

1. बहिर्भारते मुक्तिर प्रयास, प्रथम संस्करण, पृष्ठ 23
2. वन्दे मातरम् शतवर्ष पूर्ति समारोह, 1977, स्मारिका, कलकत्ता, श्री श्रीपति शास्त्री, पृष्ठ 37

प्रथम महायुद्ध में तुर्की का सुलतान यानी मुसलमानों के खलीफा ने अंग्रेजों के विरुद्ध जर्मनी का साथ दिया था। तुर्की मुसलमानों का धार्मिक साम्राज्य है। भारत के मुसलमान विश्व के अन्य मुसलमानों की अपेक्षा तुर्की के खलीफा के प्रति अधिक निष्ठा रखते थे। जबकि तुर्की का सुलतान भ्रष्ट और स्त्रीलम्पट था। यह सब जानते हुए यहां के मुसलमानों पर उसका असर नहीं पड़ा। पराजित तुर्की की रक्षा के लिए भारत में खिलाफत आन्दोलन शुरू हुआ। जिस सुलतान को उसकी प्रजा ने लात मारकर बाहर निकाल दिया, उसके सड़े हुए साम्राज्य को तिलांजलि दी, उसके लिए भारत के मुसलमान तड़प रहे थे। अब तक उनकी निष्ठा अंग्रेजों को आर्पित थी, अब वही निष्ठा खलीफा के प्रति धार्मिक निष्ठा के रूप में उत्पन्न हुआ। अंग्रेजों के विरुद्ध आवाज उठाई गई और अकेले लड़ना संभव नहीं है, जानकार वे कांग्रेस के साथ हो गए।

कांग्रेस प्रारंभ से ही उनका साथ चाहती थी, पर वे ठुकराते रहे। तुर्की के सुलतान का कष्ट देखकर उन्होंने कांग्रेस के साथ समझौता किया। खिलाफत-आन्दोलन इनका बाह्य प्रदर्शन है, इसे न समझकर उनसे कांग्रेस ने मैत्री की। फलतः स्वतंत्रता-आन्दोलन में उनसे सहयोग लिया गया। इस दुरभिसंधि का पहला शिकार वन्दे मातरम् गीत हुआ।[1]

काकोरी कांड के अमर शहीद रामप्रसाद बिस्मिल ने 16 दिसम्बर, 1927 को वन्दे मातरम् का जयघोष करते हुए फांसी की रस्सी को गले से लगा लिया।

इसी बीच अंग्रेजों ने एक चाल चली। उन्होंने राजबंदियों को कम्युनिस्ट साहित्य पढ़ने के लिए देना प्रारंभ किया और 1928 ई० से भारत में वन्दे मातरम् के स्थान पर 'इनक्लाब जिन्दाबाद' का नारा लगने लगा। गोकि तब तक लोग राम-राम, जयगोपाल, नमस्कार आदि के स्थान पर वन्दे मातरम् शब्द अपने पत्रों में लिखते रहे।[2]

सन् 1930 ई० को अमर शहीद चन्द्रशेखर आजाद ने अपने पिता के नाम पत्र देते हुए वन्दे मातरम् शब्द लिखा था। 1930 ई० में कांग्रेस द्वारा नमक सत्याग्रह में भी वन्दे मातरम् का बोलबाला रहा।

चटगांव शस्त्रागार की घटना क्रांति के इतिहास के अत्यंत लोमहर्षक प्रसंग है। इसमें पन्द्रह से बीस वर्ष के नवयुवक देशभक्तों और ब्रिटिश सरकार की शस्त्रास्त्र सज्जित सेना में एक छोटा-सा युद्ध हुआ था। इस घटना के बाद बड़े पैमाने पर धर-पकड़ हुई और कितने ही क्रांतिकारियों से जेल भर गई। चटगांव शस्त्रागार

1. वन्दे मातरम् शतवर्ष पूर्ति समारोह, 1977, पृष्ठ 37-38

2. श्री जमनालाल बजाज, श्रीमती महादेवी वर्मा, श्री काका कालेलकर आदि लोग अपने पत्रों में वन्दे मातरम् शब्द का प्रयोग करते रहे।

पर हमले का नेतृत्व सूर्यसेन और अनन्तसिंह ने किया था। सूर्यसेन का नेतृत्व अलौकिक था। उन्होंने जिस प्रकार ब्रिटिश सेना का मुकाबला किया, वह भारतीय क्रांति के इतिहास में बेजोड़ है। चटगांव शस्त्रागार लूटने के अभियोग में कल्पना दत्त, तारकेश्वर और सूर्य सेन को फांसी की सजा मिली, पर बाद में कल्पना दत्त की सजा आजीवन कारावास में बदल दी गई।

1934 की 12 फरवरी को चटगांव कारागार ने एक अपूर्व दृश्य देखा। आधी रात गोरे सिपाही और पुलिस सूर्यसेन को उसकी कोठरी से निकालकर वध-स्थल की ओर ले जा रहे थे। जाते हुए एकाएक सूर्य सेन ने गगनभेदी गर्जना की—वन्दे मातरम्। यह रण-गर्जना भारतमाता की जयजयकार कान में पड़ते ही कारागार के समस्त राजबंदियों ने एकस्वर से उनका साथ दिया। 'वन्दे मातरम्' से आकाश गूंज उठा। पुलिस का क्रोध भड़का। फांसी के तख्ते की ओर जाते मरण की सीमा तक पहुंचने से पूर्व वीर पुरुष पर पुलिस की लाठियां बरसने लगीं। सूर्य सेन को इतनी मार पड़ी, पर उसके मुख से 'वन्दे मातरम्' का उद्‌घोष रुका नहीं। उधर कारागार में 'वन्दे मातरम्' का नारा लगाने वाले राजबंदियों की भी अच्छी तरह पिटाई हुई। किंतु हर प्रहार के जवाब में वन्दे मातरम् की गर्जना और तेज होती गई। अगली सुबह सूर्यसेन को अचेतावस्था में ही फांसी दे दी गई।[1]

श्री बंकटलाल ओझा (मंत्री हिन्दी समाचारपत्र संग्रहालय, हैदराबाद) के कथनानुसार विदेशों में भी चाहे अमेरिका की गदर पार्टी हो या लंदन की अभिनव भारत समिति, सभी वन्दे मातरम् से प्रभावित होकर अपने कर्तव्य के प्रति सजग हुए हैं। विश्वयात्री श्री रामनाथ विश्वास के कथनानुसार, विदेशों में बसे देशभक्तों को जब भारत आने की भावना तीव्र हो जाती तो वे वन्दे मातरम् को बोलकर ही अपने आवेग को शांत करते थे। तेहरान, बगदाद आदि नगरों में उन्हें ऐसा ही अनुभव हुआ। 1937 में तुर्की के अदान नामक नगर में भारतीय मस्जिद के बाहर तुर्की लिपि में वन्दे मातरम् लिखा हुआ था, जिसे छोटे-छोटे तुर्की बालक वन्दे मातरम् जोर-जोर से पढ़कर चिल्लाते थे। मस्जिद की चोटी पर भारत की राष्ट्रीय पताका फहराती है और हर शुक्रवार को सुबह उस पताका की सफाई की जाती है और जुम्मे की नमाज के समय वन्दे मातरम् के साथ फहराई जाती है तब कहीं नमाज पढ़ते हैं। अंत में वे लिखते हैं, 'भारतीय सीमा लांघते ही प्रत्येक के मन में कुछ राष्ट्रीयता के भाव आपसे-आप जगने लगता है। उस वक्त केवल तब वन्दे मातरम् की आवश्यकता अनुभव होने लगती है।' जो यह सिद्ध करती है कि वन्दे मातरम् का प्रभाव देश से बढ़कर विदेशों में भारतीय अधिक अनुभव करते हैं। उस समय

1. वन्दे मातरम् (मराठी), श्री अमरेन्द्र लक्ष्मण गाडगिल, पूना, प्रथम संस्करण

उनका यह संबल बन सकता है।

जब 1937 में कांग्रेस ने प्रांतीय सत्ता ग्रहण की तब शपथ-विधि वन्दे मातरम् के बाद ही हुई। विधानसभाओं में भी कांग्रेसी सदस्यों ने वन्दे मातरम् ही सामूहिक रूप से गाया था। मद्रास विधानसभा के अध्यक्ष श्री साम्बमूर्ति ने तो नित्य ही वन्दे मातरम् गान के बाद ही विधानसभा की कार्यवाही आरंभ करने का निर्णय दिया, तब इसका विरोध अंग्रेज समर्थक कुछ विधायकों ने किया था। फिर भी यह काफी समय तक चालू रहा।

वन्दे मातरम् में बुतपरस्ती

सन् 1937 में कांग्रेस जब विभिन्न प्रांतों में स्वायत्त शासन ग्रहण करने जा रही थी तब राष्ट्रगीत के प्रश्न पर अल्पसंख्यकों की ओर से आपत्ति प्रकट की गई। एक तो वे आनंदमठ के प्रति प्रारंभ से ही असंतुष्ट रहे; दूसरे, कुछ अवसरवादी नेताओं ने राष्ट्रगीत में बुतपरस्ती का हौवा खड़ा कर दिया। काफी लोग इस पक्ष में नहीं थे कि वन्दे मातरम् गीत को राष्ट्रगीत के रूप में स्वीकार किया जाए। अल्पसंख्यकों के विरोध की उपेक्षा करना कांग्रेस के लिए कठिन समस्या थी। इसका सीधा अर्थ होता—स्वायत्त शासन जोकि इतने दिनों बाद प्राप्त हो रहा था, सामने परोसी हुई थाली हटा देने के बराबर होती। अल्पसंख्यकों के अनेक गण्यमान्य नेता जोकि इस गीत को अब तक पूर्ण राष्ट्रीय मर्यादा दे रहे थे, वे भी इस मौके पर विरोध दबी जबान से करने लगे थे। सभीको इस गीत में बुतपरस्ती दिखाई देने लगी थी।

जिस प्रकार अल्पसंख्यक अपना विरोध प्रकट कर रहे थे, ठीक उसी प्रकार बहुसंख्यक अपनी हठवादिता पर अड़े हुए थे। वह इसलिए कि अगले वर्ष सन् 1938 ई० में सम्पूर्ण भारत में बंकिमचन्द्र चटर्जी की जन्मशताब्दी मनाने का आयोजन हो रहा था, ऐसे नाजुक मसले पर कांग्रेस को संभलकर चलना था ताकि सांप भी मर जाए और लाठी भी न टूटे। इस अवसर पर बंगाल के समाचारपत्र मौन नहीं रहे। वे इस गीत की व्याख्या अपनी दृष्टि से करते हुए अल्पसंख्यकों को समझाते रहे।

प्रवासी मासिक के संपादक श्रद्धेय श्री रामानंद चटर्जी ने अपने संपादकीय में लिखा, 'रिपुदलवारिणीम् पद में रिपुदल का अर्थ मुसलमान नहीं समझना चाहिए, क्योंकि त्रिशंकोटि बनाने पर उसमें मुसलमान भी आ जाते हैं। आनंदमठ में यह गीत प्रकाशित है, इसलिए ऐसा मानना गलत होगा। वास्तव में लेखक ने अंग्रेजों को रिपु कहा है।'[1]

---

1. प्रवासी मासिक, 1344, पृष्ठ 292-293

इस संपादकीय से यह स्पष्ट हो जाता है कि अल्पसंख्यक अपने बारे में क्या सोचते रहे। दूसरे, इसके पूर्व सप्तकोटि एवं द्विसप्तकोटि शब्दों को श्रीमती सरला देवी चौधुरानी ने जो बनाया था, उसे कांग्रेस ने मान लिया था। उन दिनों भारत की आबादी तीस करोड़ के लगभग थी। अगर बंकिम बाबू मुसलमानों को अपना शत्रु समझते तो वन्दे मातरम् गीत लिखने के पहले बंग दर्शन में यह न लिखते, 'बंगाल हिन्दू-मुसलमानों का प्रदेश है, अकेले हिन्दुओं का नहीं। पर आजकल हिन्दू-मुसलमान अलग हैं, आपस में सहृदयता नहीं है। बंगाल की भलाई के लिए यह जरूरी है कि हिन्दू-मुसलमान में एकता हो। जब तक उच्च वर्ग के मुसलमानों में यह भावना रहेगी कि वे दूसरे मुल्क के हैं, बंगला उनकी भाषा नहीं है, वे न तो बंगला सीखेंगे और न लिखेंगे, सिर्फ उर्दू-फारसी से काम चलाएंगे तब तक एकता स्थापित नहीं हो सकेगी, क्योंकि राष्ट्रीयता एवं एकता की जड़ में भाषा की एकता होती है।'[1]

यह लेख वन्दे मातरम् गीत लिखने के एक वर्ष पूर्व तथा आनंदमठ उपन्यास लिखने के कई वर्ष पूर्व लिखा गया था। दरअसल उच्च वर्ग के मुसलमानों के एक दल ने लोगों में यह भ्रम फैलाया था कि बंकिम बाबू मुसलमानों को रिपु या शत्रु मानते हैं। 'इंडियन प्राब्लेम्स', लन्दन में 1908 में श्री एस० एस० मिल ने लिखा था, 'यह भाषा विशेष ध्यान देने योग्य है, क्योंकि उपन्यास में वन्दे मातरम् वह आराधना है जिसे गाकर संन्यासी ब्रिटिश सत्ता पर आक्रमण करने की शक्ति प्राप्त करते थे। क्या इससे यह स्पष्ट नहीं होता कि बंकिम बाबू ने किसे रिपु के रूप में स्वीकार किया है?

खिलाफत आन्दोलन के कार्यकर्ताओं का सहयोग लेने का परिणाम सन् 1923 ई० में ही स्पष्ट हो गया था। काकीनाड़ा कांग्रेस के अध्यक्ष श्री मौलाना मुहम्मद अली बनाए गए थे। उन्होंने अध्यक्ष पद से कहा कि वन्दे मातरम् गाया नहीं जा सकता जबकि कांग्रेस के अब तक के प्रत्येक अधिवेशन में यह गीत अवश्य गाया जाता था। मुहम्मद अली ने यह भी कहा कि यह इस्लाम-धर्म के विरुद्ध है। श्री अली के इस कथन का मंच पर बैठे किसी नेता ने विरोध नहीं किया। प्रति वर्ष उस गीत को कांग्रेस-मंच पर गानेवाले संगीतज्ञ पंडित विष्णु दिगंबर पलुस्कर ने इस बात को अस्वीकार करते हुए कहा, 'कांग्रेस का अधिवेशन कोई खिलाफत की कांग्रेस या मुसलमानों की मस्जिद नहीं है, इसे अध्यक्ष को समझना चाहिए। अध्यक्ष के स्वागत में गीत धार्मिक कल्पना के विरुद्ध कैसे कहा जा सकता है?'

श्री अली के प्रतिवाद करने पर भी पंडितजी ने गंभीर कंठ से पूरा गीत गाया।

1. बंग दर्शन, पौष, 1280 (1873)

इस घटना का विवरण पूना के मराठा में 'एन० आई० विटनेस' शीर्षक से उन दिनों प्रकाशित हुआ था। खेद की बात यह है कि मुसलमानों की तुष्टिकरण के लिए उनकी देशभक्ति की परीक्षा लेने के बदले वन्दे मातरम् गीत की ली गई।

चूंकि मुसलमान इसे पसंद नहीं करते थे, इसलिए उन लोगों ने वन्दे मातरम् गीत के स्थान पर 'सारे जहां से अच्छा हिन्दुस्तां हमारा' (स्कूलों में 'मुझको है तेरी जुस्तजू, मुझको तेरी तलाश है') गीत चालू किया ताकि वन्दे मातरम् गीत को उखाड़ फेंका जाए।

सन् 1937 के कलकत्ता मुस्लिम लीग के अधिवेशन में बंगाल के अखेराम खां ने एक प्रस्ताव रखा कि वन्दे मातरम् गीत को राष्ट्रीय गीत बनाने की कांग्रेस की साजिश स्पष्ट रूप से मुसलमानों के विरोध तथा देश के विकास में बाधा लाने वाली है। फलतः 1938 ई० के जून माह में मुस्लिम लीग ने कांग्रेस के सामने जो 11-सूत्रीय मांग रखी, उसमें प्रथम मांग थी—वन्दे मातरम् बंद करो। बिहार के 'पीरयूर रिपोर्ट' में वन्दे मातरम् के विरोध में अधिकृत घोषणा की। मद्रास विधानसभा में वन्दे मातरम् गाए जाने पर मुसलमान सदस्यों ने सभा का बहिष्कार किया।[1]

'29-31 अक्तूबर, 1937 को अखिल भारतीय कांग्रेस कमेटी में सर्वप्रथम राष्ट्रीय गीत के बारे में तीव्र मतभेद उत्पन्न हुआ। आज तक कांग्रेस के प्रत्येक अधिवेशन में वन्दे मातरम् गीत गाया जाता था लेकिन राष्ट्रीय मुसलमान भी इसे अंतर् से स्वीकार नहीं करते थे। पूर्वी बंगाल के स्कूली छात्रों को तो घोर आपत्ति थी और कभी-कभी अप्रीतिकर घटना हो जाती थी। इस बार कांग्रेस में केवल कुछ पंक्तियों को राष्ट्रीय गीत के रूप में स्वीकार किया गया। कहने की आवश्यकता नहीं कि पिछले 30-32 वर्षों से भारत के राष्ट्रीय-आन्दोलन में वन्दे मातरम् ध्वनि का मुख्य स्थान रहा है। फलतः अनेक लोग इस निर्णय से असंतुष्ट हुए। हिन्दू महासभा तथा अन्य ऐसी पार्टियां जिन्हें कांग्रेस से चिढ़ थी, बहुत ही असंतुष्ट हुईं। स्वयं रवीन्द्रनाथ ने भी कांग्रेस का पक्ष लिया। इस वजह से आम जनता उनसे बेहद नाराज हो गई और श्रद्धाहीन उक्ति प्रकट करने लगी।'[2]

सन 1937 में कांग्रेस कार्यकारिणी समिति ने मौलाना अब्दुल कलाम आजाद, जवाहरलाल नेहरू, सुभाषचन्द्र बोस और आचार्य नरेन्द्रदेव की उप-समिति गठित

---

1. वन्दे मातरम् शतवर्ष पूर्ति समारोह, 1977, पृष्ठ 38-40 (कलकत्ता)
2. भारते जातीय आन्दोलन, श्री प्रभातकुमार मुखर्जी, संशोधित संस्करण, 1962; पृ० 201

की जिसे रवीन्द्रनाथ ठाकुर से परामर्श कर राष्ट्रीय गीत के रूप में इसकी उपयुक्तता पर निर्णय देना था। गोकि इसके पूर्व यह प्रस्ताव पारित हुआ था, 'अतः सभी बातों पर ध्यान देते हुए समिति की सिफारिश है कि जब भी राष्ट्रीय सार्वजनिक सभाओं में वन्दे मातरम् गाया जाए तो उसके पहले के दो ही पद गाए जाएं और संयोजकों को दूसरा कोई गीत जो आपत्तिजनक न हो, इसके साथ या स्थान पर गाने की पूर्ण स्वतंत्रता होगी।'

सन् 1938 के हरिजन के एक अंक में गांधीजी ने लिखा, 'आनंदमठ के माध्यम से मुझे बंकिमचन्द्र का परिचय मिला, किन्तु यह गीत पहले भी सुनकर मैं पुलकित हो चुका था। इस गीत ने करोड़ों लोगों के हृदय को आनंदित किया है। जब तक राष्ट्र है, तब तक यह गीत रहेगा।'

अपने एक भाषण में जवाहरलाल नेहरू ने कहा, 'वन्दे मातरम् गीत विगत तीस से अधिक वर्षों से भारतीय राष्ट्रवाद से गहराई से संबंधित रहा है और असंख्य भावनाओं की स्मृतियां और बलिदान इसमें शामिल हो गए हैं। लोग गीत न तो आदेश देकर बनाए जा सकते हैं और न इन्हें लादा जा सकता है। वे जन-भावना में विकसित होते हैं।'

जवाहरलाल नेहरू के अलावा इसी दौरान में सबसे जोरदार लेख वन्दे मातरम् के बारे में मौलाना रेजाउल करीम का प्रकाशित हुआ था। इनकी तरह तर्क किसीने नहीं दिया था। आपने लिखा है:

'वन्दे मातरम् जैसे निर्दोष और सर्वांग सुन्दर गीत को भी साम्प्रदायिक कहते हैं, पर जिनके पास उदार दृष्टि है, उन्हें वन्दे मातरम् गीत को समग्र दृष्टि से देखना चाहिए। वे देखेंगे कि उसमें बुतपरस्ती का दोष कहीं नहीं है। हमें यह देखना है कि इस्लाम किसको बुतपरस्ती कहता है और उसकी सीमा कहां है।'

इतिहास

प्रथम युग में अरब के कोरेश घोर बुतपरस्त थे। उनकी बुतपरस्ती को दूर करने के लिए अनेक प्रकार के कठोर कानून या नियम बनाने की आवश्यकता हुई थी। वह यों था—कोई मूर्ति या प्रतीक बनाकर उसे ईश्वर या ख़ुदा मानकर पूजा करने की प्रथा उन लोगों ने स्वीकार नहीं की। सिर्फ यही नहीं, किसी सृष्ट जीव को ईश्वर या खुदा के रूप में विशिष्ट मानने की मनाही हो गई। खुदा के सामने जैसी प्रार्थना की जाती है, सृष्ट जीव के निकट वैसा नहीं किया जा सकता। वर्तमान स्थिति में यही है इस्लाम की दृष्टि में बुतपरस्ती। खुदा सर्वशक्तिमय है—इस विश्वास को चोट न पहुंचे तो ऐसा कोई भी काम बुतपरस्ती के अंतर्गत नहीं है।

मां

इसके बाद एक प्रश्न और उठता है, देश को 'मां' कहकर संबोधन किया जा सकता है या नहीं? माननीय मौलाना अकरम खां साहब ने वन्दे मातरम् गीत का विरोध किया है, लेकिन उनकी मुख्य कृति 'मोस्तापाचरित' में पृष्ठ 1575 पर जहां अरब देश का भौगोलिक वर्णन है, वहां पहले ही लिखा है :

धरियाछे वक्षे मा गो कार पद लेखा
हे अरब मानवेर आदि भूमि।

(अर्थात् कवि ने अरब को 'मां' कहकर संबोधन किया है।)

उक्त कविता के लेखक मुसलमान हैं और जिन्होंने उद्धृत किया है, वे भी एक विख्यात मौलाना हैं। देश को मां कहना अगर आपत्तिजनक होता तो वे लोग ऐसा कभी नहीं लिखते या मौलाना साहब उद्धत न करते।

देश को 'मां' कहकर संबोधन करने की प्रथा अरबी-फारसी के अनेक कवि तथा लेखकों की रचनाओं में प्राप्य है। अगर इन सभी शब्दों का प्रयोग आपत्तिजनक होता तो बंगला ही क्यों, विश्व की किसी भी भाषा की काव्यकला अचल हो जाती। अरबी और फारसी साहित्य के अनेक मुसलमान लेखकों ने बुतपरस्ती के भाव वाली अनेक कविताएं लिखी हैं। इकबाल, हाफिज, रूमी, उमरखैयाम भी बाकी नहीं बचे हैं। उम्मकोरा (ग्राम्य जननी), उम्मुल मोमेनीन (विश्वासियों जी जननी) और उम्मुल केताब (ग्रंथ जननी) आदि शब्द उल्लेखनीय हैं। वन्दे मातरम् भी वैसा ही शब्द है।

बुतपरस्ती समझकर जो वन्दे मातरम् जैसे सर्वांग सुन्दर संगीत को नापसंद करते हैं, मेरे विचार से उनका उद्देश्य पवित्र नहीं है। वन्दे मातरम् की भाषा तो बहानामात्र है। असली कारण राजनीतिक है। प्रकृतिस्थ होकर किसीने भी इस मामले पर गौर नहीं किया है, क्योंकि इसके लिए उदार दृष्टि, संस्कार मुक्त-हृदय और अन्य के प्रभाव से मुक्त स्वाधीन चिंतन की आवश्यकता है।

इस्लाम के किसी आदर्श की दोहाई देकर वे कहते हैं कि वन्दे मातरम् बुतपरस्ती के अभाव से परिपूर्ण है। मैं यह पहले ही कह चुका हूं कि इस देश में रहते हुए इस देश की भाषा में कहने पर शब्दों को साधारण देशी अर्थों में ग्रहण करना पड़ेगा। प्रचलित अर्थ स्वीकार करने पर वन्दे मातरम् गीत किसी भी एकेश्वरवादी की दृष्टि में आपत्तिजनक नहीं हो सकता।

विश्लेषण

सबसे पहले वन्दे मातरम् ध्वनि पर विचार किया जाए। इसका अर्थ स्पष्ट है—

हे देश माता, मैं तुम्हारी वंदना करता हूं। उर्दू के लोगों ने इसका अनुवाद यों किया है—'ऐ मादर, तुझे सलाम करता हूं।' अर्थात् हे माता, तुझे सलाम करता हूं। इसमें आपत्ति करने लायक तो कुछ भी नहीं है। मुल्क को आजाद करना हमारा लक्ष्य है। इस लक्ष्य के लिए पहला काम है कि देश के प्रति आम लोगों के मन में प्यार उत्पन्न किया जाए। देश को प्यार करने पर उसका सौंदर्य, महिमा और श्रेष्ठता क्या-क्या है, इसे ध्यान में लाना होगा। बार-बार देश की वंदना करना, उसका अभिवादन करना या सलाम करने को खुद ही मन करेगा। वन्दे मातरम् इबादत या ईश-पूजा का गीत नहीं है। इसमें यह नहीं कहा गया है कि देश, तुम्हें साष्टांग प्रणिपात (सिजदा) करता हूं अथवा ईश्वर के निकट जो प्रार्थना की जाती है, देश-माता के निकट उस प्रकार की कोई प्रार्थना भी नहीं की गई है। वन्दे मातरम् हृदय में ऐसी भावना का उद्रेक करता है जो सभी सम्प्रदायों के हृदय में गहराई तक स्पर्श करती है।

'सुजलां सुफलां से प्रारंभ कर परवर्ती कई छंदों के प्रति दृष्टिपात करने पर क्या ज्ञात होता है? वन्दे मातरम् कहते हुए जिस देश का अभिवादन किया गया है, जिस देश की वंदना की गई है, जिस देश को याद किया गया है, इन शब्दों में उसके बाह्य रूपों का वर्णन किया गया है। यही है मेरा देश, जो देश सुजलां-सुफलां है, जिस देश का प्रत्येक प्रांतर मलयानिल से सुशीतल है जिसका आकाश मधुर है, बाताश मधुर है, जिस देश की भूमि द्रुमदलों से सुशोभित है, हम अपनी उसी भूमि को सलाम करते हैं, अभिवादन करते हैं, उसकी वंदना करते हैं। हमारा यह पुण्य देश इस तरह सुरक्षित है कि वह दुश्मनों का मुकाबला कर सकता है। वह इस देश की स्वाधीनता को हमेशा अक्षुण्ण रखेगा।

इस प्रकार देश की शक्ति, सौंदर्य और महिमा के वर्णन में कौन-सा दोष देखा जा सकता है, यह मेरी समझ में अभी तक नहीं आया। नदी, पानी, पेड़ों के फल, जमीन में उगी घास, चिड़ियों के कलरव आदि में कहां बुतपरस्ती की गंध है? वस्तुतः वन्दे मातरम् गीत के प्रथम दो छंदों में केवल मातृभूमि की वंदना है। प्रत्येक पंक्ति स्वदेश प्रेम, उद्दीपन और जीवनीशक्ति वृद्धि करने लायक उपयोगी शब्दों द्वारा ग्रंथित हुई है। इसकी झंकार, अपूर्व शब्द निर्वाचन और अनबद्ध सुर किसी भी श्रोता को मुग्ध करेंगे, धमनियों में उत्साह और प्रेरणा की अनल उत्पन्न करेंगे।

अगला छंद

अब हम अंतिम छंदों पर विचार करें। 'त्वं हि दुर्गा दश प्रहरणधारिणी' को भ्रमवश हिंदू देवियों—दुर्गा, लक्ष्मी, सरस्वती—की स्तुति समझ लिया गया है, पर उसमें ऐसी बात नहीं है। यह हिंदू देवी-देवताओं की स्तुति नहीं है बल्कि प्रकारांतर से बुतपरस्ती के प्रति वक्रोक्ति हैं—हिंदू देवी-देवताओं के प्रति व्यंग्य है। इस गीत

में देश-माता को देवी-देवता से ऊंचा स्थान दिया गया है। हिंदू जिन देवी-देवताओं दुर्गा, कमला, सरस्वती आदि की पूजा करते हैं, इस गीत में कहा गया है कि इन सबसे कहीं अधिक बड़ी है—देश-माता। देवी-देवताओं की अपेक्षा हमारे निकट देश-माता बड़ी हैं। देश ही मेरी दुर्गा है। देश ही मेरी लक्ष्मी है, देश ही मेरी सरस्वती है। साफ-साफ शब्दों में सप्तकोटि कंठ से घोषणा की गई है कि यह देवी-देवता मेरे निकट कुछ भी नहीं हैं, देश ही मेरे निकट सब कुछ है, सम्पूर्ण साधना का श्रेष्ठ धन है।

वन्दे मातरम् के प्रति आपत्ति पूर्णतः अयोक्तिक। बुतपरस्ती में विश्वास रखने वाले, तैंतीस करोड़ देवी-देवताओं की पूजा करने वाले हिंदू अगर इस गीत के प्रति आपत्ति करते तो एक बात होती। वे कह सकते थे कि क्या हमारे देवी-देवता कुछ नहीं हैं? दुर्गा कुछ नहीं है? देश ही सब कुछ है? नहीं, ऐसा नहीं हो सकता। देश दुर्गा, लक्ष्मी, सरस्वती से बड़ा नहीं हो सकता। लेकिन हिंदुओं ने कोई आपत्ति नहीं की। इस गीत में वे देश-माता को दुर्गा, लक्ष्मी, सरस्वती से ऊंचे सिंहासन पर बैठाकर उसकी वंदना करते हैं। यह बात आनंदमठ के नायक महेन्द्र के आचरण से समझ में आ जाती है। महेन्द्र के सामने जब इस मां का वर्णन किया गया तब वह चकित रह गया। कहा, 'यह तो देश है, मां नहीं।'

हिंदुओं के ज्ञान, विश्वास, संस्कार और धार्मिक मतानुसार महेन्द्र ने ठीक प्रश्न किया था। उत्तर में भवानंद ने कहा, 'हां, यही मेरी मां है, जन्मभूमि ही मेरी मां है, अन्य देव-देवी, अन्य मां को हम नहीं मानते, हम लोगों का अन्य धर्म नहीं है, जाति नहीं है, एकमात्र जननी जन्मभूमि ही हम लोगों के लिए सब कुछ है।' वास्तव में जो लोग आजादी के लिए सर्वस्व निछावर करते हैं, उनके निकट देश ही सब कुछ है। देश के लिए वे मौत को भी चुनौती दे सकते हैं।

वन्दे मातरम् का मूल उद्देश्य बुतपरस्ती की जय कहना नहीं है, बल्कि बुतपरस्तों की देवियों दुर्गा, लक्ष्मी और सरस्वती की अपेक्षा देश-माता बड़ी है, इस गीत में यही बताया है।

दुर्गा, कमला और सरस्वती शब्दों से चौंकने से कहीं काम चलता है? हमें यह देखना होगा कि ये शब्द-समूह पूजा के आस्पद भाव में वर्णित है या नहीं? शब्द-प्रयोग इतिहास का अध्ययन करने पर ज्ञात होगा कि संसार की प्रत्येक भाषा में इस तरह के बुतपरस्ती वाले शब्दों का प्रयोग होता है। यहां तक कि मुसलमान साहित्यिकों ने भी ऐसा किया है। क्यूपिड को प्रेम का देवता, जौहरा को संगीत की देवी, अजराइल को मौत के फरिश्ते तथा मिकाइल को वर्षा के फरिश्ते के रूप में मुसलमानों ने स्वीकार किया है। क्यूपिड, जौहरा, अजराइल, मिकाइल शब्दों के प्रयोग से अगर कोई बुतपरस्त नहीं होता तो दुर्गा,

कमला, वाणी शब्दों को उपमा के रूप में प्रयोग करने से बुतपरस्ती नहीं हो सकती।

वन्दे मातरम् गीत को समग्र रूप में पढ़ने पर साफ समझ में आ जाता है कि देश-धर्म की श्रेष्ठता को प्रतिपन्न करने के लिए ही उसकी रचना हुई थी। उसका मुख्य उद्देश्य है—आम लोगों में देश-प्रेम जाग्रत् करना। वन्दे मातरम् का यह उद्देश्य काफी हद तक सफल हुआ है, यह बात हम अनायास कह सकते हैं। भवानंद की तरह आज भारत के हिन्दू, मुसलमान, करोड़ों नर-नारी दहाड़कर कहना सीख गए हैं, हम लोग अन्य मां को नहीं मानते हैं, हम मानते हैं देश-माता को, देश-माता ही हमारे लिए सब हैं, इनसे बढ़कर अन्य कोई देवता हमारे निकट नहीं है। जब तक मुल्क आजाद नहीं होगा तब तक देश ही मेरा धर्म, देश सेवा ही मेरी सबसे बड़ी साधना होगी। इसके अलावा अन्य किसी साधना को हम नहीं जानते, नहीं समझते और न मानते हैं।' वन्दे मातरम् गीत यही कहता है, यही कहा हैं और वह भी स्पष्ट तथा द्विबिधाहीन भाषा में।

इसके पूर्व भारत की प्रत्येक सभा में यह गीत गाया जाता था और वन्दे मातरम् ध्वनि भी सर्वत्र की जाती थी। मगर यह गीत इस्लाम विरोधी होता तो खिलाफत-युग में मौलाना आजाद, मौलाना मुहम्मद अली, शौकतअली, जाफर अली, हसरत मोहानी आदि नेता इसके विपरीत जरूर बोलते। जिन सभाओं में ये लोग मौजूद रहते थे और भाषण देते थे, तब बिना किसी प्रकार का प्रतिवाद किए उक्त संगीत के सम्मानार्थ खड़े होते थे। मुसलमान परिपूर्ण ईमान लेकर अल्लाह ताला में प्रगाढ़ विश्वास रखते हुए वन्दे मातरम् संगीत गाते थे। ऐसा करने से उनके ईमान में जरा भी ठेस नहीं पहुंचती थी।[1]

श्री रेजाउल करीम के इस क्षोभ का कोई असर लोगों पर नहीं पड़ा। उन्होंने अपनी देशभक्ति का परिचय जिस शानदार शब्दों में व्यक्त किया है, वह कम साहस की बात नहीं है। अगर इनकी सलाह मान ली जाती तो दोनों सम्प्रदायों में खाई न बढ़ती और न भविष्य में देश का बंटवारा ही होता। हमें यह स्वीकार करना चाहिए कि ब्रिटिश कूटनीतिज्ञों के आगे भारतीय कुटनीतिज्ञ कमजोर साबित हुए।

सबसे खेद की बात है कि बंगाल के कुछ हीन प्रवृत्ति वालों के कारण सारे भारत में रवीन्द्रनाथजी के चरित्र पर कलंक का टीका लगा। उन्हें यह विश्वास हो गया कि रवि बाबू की सलाह पर ही कांग्रेस ने वन्दे मातरम् का अंग-भंग किया है। जब इस आक्षेप का पता उन्हें लगा तो उन्होंने लिखा:

'वन्दे मातरम् संगीत हमारे देश के लिए राष्ट्रीय संगीत के रूप में गृहीत होने

1. बंकिमचन्द्र ओ मुसलमान समाज, श्री मौलाना रेजाउल करीम, प्रथम संस्करण, पृष्ठ 9 से 102 तक; पुस्तकाकार रूप में प्रकाशित 18 मई, 1944

लायक है या नहीं, इस बारे में काफी विवाद उत्पन्न हुआ है, यह बड़े खेद का विषय है। इस बारे में अपने विचार प्रकट करते समय मुझे एक बात याद आ रही है कि गीत के लेखक के जीवन काल में पहले-पहल सुर देने का सौभाग्य मुझे प्राप्त हुआ था और कलकत्ता में हुए कांग्रेस के एक अधिवेशन में मैंने गाया था। इस गीत के प्रथमांश में कोमल भावना और श्रद्धा का विश्वास है तथा हमारी मातृभूमि के सौन्दर्य का प्राचुर्य परिचय है, इन सबने मुझे बुरी तरह से प्रभावित किया था। फलतः उक्त कविता जिस पुस्तक में प्रकाशित हुई थी, उसमें से अलग कर लेने में मुझे कोई कष्ट नहीं हुआ। अपने पिता के एकेश्वरवादी आदर्श में लालित-पालित होने पर भी उसके सभी अंशों के प्रति मेरी सहानुभूति है।

शासकों ने हम लोगों की इच्छा के विरुद्ध जब बंगाल का विभाजन करना चाहा था, तब उस संग्राम की संकटपूर्ण स्थिति में राष्ट्रीय गीत के रूप में इसका प्रचलन हुआ था। बाद में जिन घटनाओं में वन्दे मातरम् जय ध्वनि के रूप में स्वीकृत हुआ, उसमें हमारे अनेक युवकों के त्याग निहित हैं। आज उन सभी विवरणों का उल्लेख करने का अवसर आया है, ऐसा मेरा व्यक्तिगत विश्वास है।

मैं निस्संकोच रूप से यह स्वीकार करता हूं कि बंकिम को वन्दे मातरम् संगीत का समग्र अंश जिस पुस्तक में है, अगर उसके साथ पढ़ा जाए तो मुसलमानों के मन में चोट पहुंच सकती है। लेकिन उक्त संगीत का प्रथमांश जो राष्ट्रीय संगीत के रूप में परिणत हुआ है, उसके साथ हमेशा हम लोगों को उसका अवशिष्ट अंश जिस उपन्यास में, घटनाक्रम से सम्मिलित हुआ है, उसका भी स्मरण करना पड़ेगा, ऐसी बात नहीं है। यह गीत स्वतंत्र सत्ता और प्रेरणाप्रदायी भाव प्राप्त कर चुका है। इसमें किसी सम्प्रदाय या धर्मावलंबी को आपत्ति नहीं करनी चाहिए।'[1]

रवि बाबू ने अपना यह वक्तव्य 2 नवम्बर, 1937 को विभिन्न पत्रों में प्रकाशनार्थ भेजा था। कहते हैं कि प्रतिष्ठा शनैः-शनैः प्राप्त होती है और अप्रतिष्ठा की हवा तेजी से फैलती है। रवि बाबू के विरोधियों ने यह प्रचार करना प्रारंभ किया कि वे ब्राह्म हैं, इसलिए कमला, लक्ष्मी, सरस्वती आदि देवियों को वे नहीं मानते। अपने 'जन गण मन' गीत को राष्ट्रीय गीत बनाने के लिए ही वे वन्दे मातरम् को हटाना चाहते हैं। इसके अलावा सबसे गंदी बात यह कही गई कि जिस 'जन गण मन' गीत को वे राष्ट्रीय बनाने को उत्सुक हैं, उसे तो उन्होंने सम्राट पंचम जार्ज की प्रशस्ति के लिए लिखा था। भारत भाग्य विधाता, चिर साथी, राज राजेश्वर आदि शब्द किसके लिए लिखे गए हैं? हम इतने मूढ़

1. बसुमती, 16वां वर्ष, अगहन, 1344 बंगाब्द, पृष्ठ 286 (नवम्बर, 1937)

नहीं हैं। प्रच्छन्न रूप से वे ब्रिटिश शासन के भक्त हैं। उनकी देशभक्ति नकली चेहरा है।

इस अफवाह का प्रचार न केवल बंगाल में बल्कि सम्पूर्ण भारत में किया गया। आज भी इस गीत के बारे में यही धारणा लोगों में बनी हुई है। पूरे चालीस वर्ष बाद भी वह कलंक दूर नहीं हो पाया है। इस बारे में बंगाल साहित्य के ख्याति-प्राप्त लेखक श्री नन्दगोपाल सेनगुप्त का वक्तव्य पर्याप्त है:

'मेरे बचपन में ही वन्दे मातरम् गीत के विरुद्ध आवाजें उठने लगीं। कोई कहता कि गीत के मध्य में बंगला भाषा है, इसलिए इसे सम्पूर्ण भारतवासी नहीं अपना सकते। कोई यह कहता कि हिन्दू देवी-देवता का उल्लेख रहने की वजह से मुसलमान इसे स्वीकार नहीं करेंगे। मुसलमानों की आपत्ति के कारण कांग्रेस ने इसके कुछ अंशों को निकाल दिया है। रवीन्द्रनाथ ने इस प्रस्ताव को स्वीकार कर लिया है। यह उन दिनों की बात है, जब मैं रवि बाबू का साहित्यिक सचिव था। मुझे अच्छी तरह याद है कि उन्होंने कहा था—वन्दे मातरम् ध्वनि इतिहास की सामग्री है, पूरा गीत नहीं। सम्पूर्ण भारत की आवश्यकता के लिए अगर कुछ काट-छांट कर लिया गया तो कोई हर्ज नहीं।

पर इसका परिणाम सुनकर आप सभी चकित रह जाएंगे। रवीन्द्रनाथ के विरुद्ध सारा देश उठ खड़ा हुआ। उनके बारे में यह कहा गया कि चूंकि वे ब्राह्म हैं, इसलिए दुर्गा, सरस्वती, लक्ष्मी आदि देवी-देवता का उल्लेख उन्हें सह्य नहीं हुआ। उनकी इच्छा है कि वन्दे मातरम् गीत को हटाकर उनके गीत को मान्यता दी जाए। साथ ही यह भी प्रचारित किया गया कि उनका 'जन गण मन' तो सम्राट पंचम जार्ज के अभिषेक के अवसर पर दिल्ली-दरबार के उपलक्ष्य में लिखा गया था। रवि बाबू इस अफवाह के कारण बड़े क्षुब्ध हुए और उन्हें इसके विरुद्ध कलम उठानी पड़ी।'[1]

श्री नन्दगोपाल सेनगुप्त के इस बयान से काफी हद तक बात साफ हो जाती है। गोकि इन्हीं बातों को सरकारी परिपत्र में भी कहा गया है, क्योंकि विश्व कवि के कलंक के लिए कांग्रेस समान दोषी है। सरकारी परिपत्र में कहा गया है:

'महात्मा गांधी 'जन गण मन' को मात्र एक गीत नहीं बल्कि भक्ति स्तवन बताते हैं। यह गीत एक राजनीतिक बैठक में पहली बार 27 दिसम्बर, 1911 को गाया गया, कांग्रेस अधिवेशन के दूसरे दिन। पहले दिन परंपरानुसार वन्दे मातरम् का गायन हुआ था। आरंभिक विवाद कि भारत भाग्य विधाता राजेश्वर चिर सारथी आदि का संकेत

1. वन्दे मातरम् शत वार्षिकी, 1976; प्रकाशक—चुंचड़ा सांस्कृतिक संघ हुगली; संपादक—श्री गौरचन्द आढया।

किस ओर है और गीत किसको संबोधित है, दुर्भाग्यपूर्ण था, यद्यपि निरर्थक था। यहां तक कहा गया कि ये सब विशेषण सम्राट पंचम जार्ज के लिए थे जो उस समय भारत-यात्रा पर आए थे। कवि ने स्वयं लोगों को ऐसा अपमानजनक अर्थ लगाने के विरुद्ध चेतावनी दी। उनके अपने शब्दों में, 'जो लोग मुझे इतना बड़ा मूर्ख समझते हैं कि मैं जार्ज चतुर्थ या पंचम की युग-युग धावित यात्री के चिरसारथी के रूप में स्तुति करूंगा, यदि मैं उन लोगों को उत्तर देने की चिंता करूं तो यह मेरा अपमान होगा।'

'तत्वबोधिनी' पत्रिका में, जिसके संपादक रवीन्द्र नाथ ठाकुर थे, 'भारत भाग्य विधाता' शीर्षक यह गीत पहली बार छपा था। कवि ने स्वयं सन् 1919 में 'दी मार्निंग सांग आफ इंडिया' शीर्षक से इसका अंग्रेजी अनुवाद किया था। सन् 1936 में कवि के अनुवाद की अनुलिपि मद्रास की मदनापल्ली कालेज की पत्रिका में छपी थी।

श्री सुभाषचन्द्र बोस की आजाद हिन्द फौज ने इस गीत का हिन्दी रूपांतर कर उसे अपना राष्ट्रीय गीत बनाया था।

मैं बचपन से यही अफवाह सुनता आया हूं। लेकिन वन्दे मातरम् की खोज में जब बंगाल में अनेक बहुमूल्य सामग्रियों तथा पांडुलिपियों यहां तक कि रवि बाबू के विरोधियों से भी मिला तो ज्ञात हुआ कि रवि बाबू के विरुद्ध यह एक आक्रोश का परिणाम था। मुसलमानों का विरोध और वन्दे मातरम् गीत-प्रेमियों का आक्रोश का शीत-युद्ध था, जिसके शिकार रवि बाबू हुए थे। जिस प्रकार एक बार शरत् बाबू की प्रमुख कृति 'पथेर दाबी' को सरकार ने जब्त कर लिया तो शरत् बाबू ने रवि बाबू से अनुरोध किया कि इसके विरुद्ध वे पत्रों में अपना वक्तव्य दें। बदले में रवि बाबू ने लिखा कि खैर मनाओ कि ब्रिटिश शासन के अंतर्गत हो, अगर दूसरी जाति का शासन होता तो अब तक जेल चले गए होते। इसपर शरत् बाबू बेहद नाराज हुए। उनके विरुद्ध इसी प्रकार का लांछन लगाया था। बाद में शरत् बाबू अपनी कमजोरी समझ गए थे। ठीक इसी प्रकार की घटना वन्दे मातरम् गीत को लेकर हुई थी। कांग्रेस का पक्ष लेने के कारण रवि बाबू की यह दुर्गति हुई।

जिस व्यक्ति ने हिन्दू मेला के अवसर पर तत्कालीन रजवाड़ों के प्रति व्यंग्य करते हुए विद्रोही स्वर में लिखा :

ब्रिटिश विजय करिया घोषणा, जे गाय गाक आमरा गाब ना,
आमरा गाब ना हरष गान, ऐसो गो आमरा जे कजन आछी
आमरा धरिबो आर एक तान॥
तुमि सुनितेछ ओगो हिमालय, भारत गाइछे ब्रिटिशेर जय
ब्रिटिश राजेर महिमा गाहिया, भूप गण ओइ आसिछे धाइया

रतने रतने मुकुट छाइये, ब्रिटिश चरणे लोटाते शिर
अइ आसितेछे जयपुर राज, अइ जोधपुर आसितेछे आज
ब्रिटिश विजय करिया घोषणा, जे गाय गाक आमरा गाब ना।
आमरा गाब ना हरष गान॥[1]

(हे हिमालय, तुम सुन रहे हो, आज का भारत ब्रिटिश सरकार का जय-गान कर रहा है। ब्रिटिश राज की जय-जयकार करते हुए रजवाड़ों के राजा आ रहे हैं, ब्रिटिश सरकार के चरणों में अपना मुकुट रखने के लिए। वह देखो, जयपुर नरेश आ रहे हैं, जोधपुर नरेश ब्रिटिश सरकार की जय-जयकार करते हुए आ रहे हैं। वे लोग जय-जयकार करें, हम नहीं करेंगे। हम लोग हर्ष के गीत नहीं गाएंगे। आओ, हम लोग एक तान छेड़ें।)

यह गीत सन् 1877 में पढ़ा गया था। उन दिनों रवि बाबू किशोर थे। ज्ञात रहे, यह वही गीत है जिसमें ब्रिटिश के स्थान पर मुगल शब्द जोड़कर श्री ज्योतिरिन्द्रनाथ ठाकुर ने अपने 'स्वप्नमयी' नाटक में प्रयोग किया है।

जो व्यक्ति बचपन से ही ब्रिटिश शासन का विरोधी रहा है, जो व्यक्ति बंकिम के प्रति अपार श्रद्धा रखता है, जिसके साहित्य पर बंकिम की छाप है, जिसने अपने द्वारा संचालित पत्रिका में वन्दे मातरम् गीत की स्वरलिपि छापी, जिसने अपनी समझ से प्रथम बार वन्दे मातरम् की स्वर लिपि बनाकर बंकिम को दिखाया ही नहीं बल्कि कांग्रेस मंच पर पहले-पहल गाया, जिसके घर में सन् 1876 में क्रांतिकारी पार्टी की स्थापना हुई, (इसका विस्तृत विवरण श्री ज्योतिरिन्द्रनाथ ठाकुर की जीवनस्मृति में है) आगे चलकर 1901 में जिसके भवन में क्रांतिकारी गुप्त समिति बनाई गई, जिसने 1902 ई० में अपना नाम 'अनुशीलन समिति' रखा था, जिस व्यक्ति के घर से ही स्वदेशी आन्दोलन का ताना-बाना बना था, जिस व्यक्ति के बारे में शंका करने वालों ने कहा है—'स्वदेशी आन्दोलन के समय रवि बाबू ने भंडार नामक पत्रिका में इतने लेख लिखे कि उनकी स्वदेशभक्ति में संदेह नहीं किया जा सकता। स्वदेशी शिक्षा देने के लिए ही उन्होंने शांति निकेतन की स्थापना 1901 में की।[2] जलियां वाला बाग हत्याकाण्ड के समय जिसने अकेले सम्पूर्ण भारत में सर की उपाधि का त्याग किया, बाद में पंडित पंचानन तर्करत्न ने महामहोपाध्याय की उपाधि को त्याग दिया था। इनके अलावा भारत में ऐसे अनेक सर, रायबहादुर और खान बहादुर थे, जिन्होंने यह त्याग किया था? क्या यह भी रवि बाबू का नाटक रहा?

---

1. स्वदेशी आन्दोलन ओ बांगला साहित्य, श्री सोमेन्द्रनाथ गंगोपाध्याय, पृष्ठ 8
2. वही, पृष्ठ 190

शायद यह भी उनकी राजभक्ति का परिचय था?

आश्चर्य का विषय यह है कि सन् 1911 से 1936 ई० तक के दरम्यान यह शिकायत नहीं हुई। यह गंदा प्रचार उस समय किया गया जब उन्होंने कांग्रेस का साथ दिया। अगर वे जनता के उन लोगों का साथ देते जो उग्रवादी थे, तो ऐसा गंदा प्रचार उनके बारे में नहीं किया जाता।

31 अगस्त, 1927 को रवि बाबू ने जावा से एक पत्र भेजा, '...कई वर्ष पूर्व भारत विधाता की स्तुति मैंने की है जिसमें भारत के सभी प्रदेशों के नाम हैं। विंध्य, हिमाचल, गंगा, यमुना के नाम हैं। मेरे विचार से भारत के सभी पर्वत, समुद्रों के नामों का संयोजन कर इसे राष्ट्रीय गीत का रूप दे दूं ताकि देशात्मज्ञान जन-जन में हो।'[1]

अगर 31 अगस्त तक रवि बाबू के बारे में ऐसा प्रचार हो गया हो तो क्या यह बात वे लिखते? इससे साफ जाहिर है कि यह प्रचार सन् 1937 में किया गया। जब प्रचार किया जाने लगा तब उन्होंने अपने विशेष व्यक्ति को एक पत्र 20 नवम्बर, 1937 को लिखा:

'राज्य सरकार के प्रतिष्ठित मेरे किसी मित्र ने सम्राट का जयगान करने के लिए मुझसे विशेष अनुरोध किया था। यह सुनकर मैं विस्मित हो उठा। विस्मय के साथ मन में उत्ताप का संचार हुआ था। फलतः उक्त प्रतिक्रिया के धक्के से मैंने 'जन गण मन अधिनायक' गीत में भारत भाग्य विधाता की जय घोषणा की। पतन अभ्युदय बंधु के पंथा में युग-युग-धावित यात्रियों के जो चिरसारथी हैं, जो जन गण के अन्तर्यामी हैं, पथ परिचायक हैं, उसी युग-युगान्तर के मानव-भाग्य-रथ-चालक जो पंचम जार्ज या षष्ठ या कोई भी जार्ज किसी भी हालत में नहीं हो सकता, यह बात राजभक्त मित्र भी अनुभव कर चुके हैं, क्योंकि उनमें भक्ति चाहे जितनी रही हो, पर बुद्धि की कमी नहीं थी।'[2]

रवि बाबू के बारे में यह प्रचार 1978 तक होता आ रहा है। श्री पी० राजेश्वर राय ने प्रोफेसर हीरेन मुखर्जी के पत्र का हवाला देते हुए लिखा है, 'सन् 1912 में जब पंचम जार्ज भारत आए थे तब इस गीत ने दिल्ली में खूब ख्याति अर्जित की थी और इसके एक साल बाद सन् 1913 में सर की उपाधि उन्हें दी गई।'[3]

'दि हिस्टोरिकल रेकर्ड आफ दि इम्पीरियल विजिट टु इंडिया' नामक वृहद् सरकारी पुस्तक में दिल्ली अभिषेक के बारे में विस्तृत रूप से समारोह की चर्चा है, पर इस गीत का कहीं उल्लेख नहीं है।

---

1. भारतवर्षेर जातीय संगीत, प्रोफेसर प्रबोधचन्द्र सेन, प्रथम संस्करण, पृष्ठ 32
2. वही, पृष्ठ 3
3. 'आज', हिन्दी दैनिक, वाराणसी, 31 जनवरी, 1978

सन् 1911 ई० के कलकत्ता कांग्रेस में हुए तीन दिन के अधिवेशन में प्रथम दिन वन्दे मातरम्, दूसरे दिन जन गण मन गाया गया था। गायक थे—श्री अमल होम।[1]

जन गण मन की उत्पत्ति

अब इस गीत के बारे में कुछ कहना अनिवार्य हो गया है। अभी तक कुछ लोग पंचम जार्ज और कुछ रानी विक्टोरिया की प्रशस्ति मानते हैं। इस गीत की प्रेरणा रवि बाबू को श्रीमती सरला देवी चौधुरानी की कविता से प्राप्त हुई थी। जावा से लिखे पत्र की भाषा से यह भी स्पष्ट हो जाता है कि उनके मन में इस गीत को राष्ट्रीय गीत बनाने की इच्छा थी। यह भी मान लिया जा सकता है कि 'वन्दे मातरम्' के विपक्ष में उन्होंने मत इसीलिए दिया था कि बदले में 'जन गण मन' को लिया जाए, पर इस बात को किसी भी हालत में स्वीकार नहीं किया जा सकता कि यह पंचम जार्ज की प्रशस्ति में लिखा गया था।

सन् 1911 के दिसम्बर का एक सुनहला सवेरा। कवि पूर्व दिशा के आकाश पर फैले बादलों को देख रहे थे। एक के बाद एक सुनहले बादल हटते जा रहे थे और प्रभात का सूरज धीरे-धीरे बड़ा होता जा रहा था। बगीचे में चारों ओर बेला, चमेली, चम्पा आदि महक रहे थे। कवि का मन मुग्ध हो उठा। जमीन और आसमान के इस संधि-बेला पर प्रकृति की शोभा को वे देखने लगे। अपने खोएपन के माहौल में उनका ध्यान भारत भूमि पर आया। हिमालय से कन्या कुमारी तक के भू-भाग का नक्शा उनकी आंखों के सामने तैर गया। मानसरोवर कैलास, केदार, बदरीनाथ, गंगा, यमुना, काशी, प्रयाग, ब्रह्मपुत्र, विंध्याचल, नर्मदा, गोदावरी, कृष्णा, कावेरी, पुरी, पंचवटी, रामेश्वर, मातृभूमि का एक-एक अंग अपनी सुन्दरता, पवित्रता और महिमा लिए उनके सामने आ गए। मातृभूमि का यह चित्र उन्हें सुन्दर लगा। कितनी महिमामय है मेरी जननी ! उन्होंने इस विशाल देश को नमस्कार किया और उसकी जय-जयकार करते हुए लिखा:

'जन गण मन अधिनायक जय हे भारत भाग्य विधाता'

भारत भाग्य विधाता शीर्षक से यह गीत जनवरी, 1912 ई० की 'तत्व-बोधिनी' पत्रिका में प्रकाशित हुआ था। उसके साथ ही उपर्युक्त प्रातःकाल का वर्णन भी। ऐसी हालत में यह कैसे स्वीकार किया जाए कि यह गीत पंचम जार्ज के सम्मान में लिखा गया था? जिन लोगों को इन उदाहरणों से संतोष नहीं है, उन्हें ब्रह्मा

1. भारतवर्षेर जातीय संगीत, पृष्ठ 4-6

भी नहीं समझा सकते।

हां, यह जरूर स्वीकार किया जा सकता है कि भगवान के उद्देश्य से यह गीत लिखने पर भी वन्दे मातरम् में जो उत्तेजना, सौन्दर्य और मातृभक्ति की भावना है, वह 'जन गण मन' में नहीं है। संगीत में जो उतार-चढ़ाव होना चाहिए, वह बात भी इसमें नहीं है। बेजान-सी लगती है।

बुतपरस्ती का झंझट हटाने के लिए ही कांग्रेस ने इसे राष्ट्रीय गीत के रूप में स्वीकार किया ताकि अल्पसंख्यक प्रसन्न हो जाएं, पर वे आज तक प्रसन्न नहीं हुए। वन्दे मातरम् के सौन्दर्य के बारे में इस अवसर पर राय बहादुर रमाप्रसाद चन्द की राय मुझे बेहद पसंद आई। आपने लिखा है, 'वन्दे मातरम् गीत में जन्मभूमि का जो चित्रण है, वह देवी या मानवी आदर्शों में अंकित नहीं है, वह तो जन्मभूमि की नैसर्गिक आकृति का आंशिक प्रतिबिंब है। देवी और मानवी की तुलना में जन्मभूमि सप्तकोटि आनन और द्विसप्तकोटि भुजावाली है। संतानों के लिए जन्मभूमि ही सर्वस्व है। फलतः उनकी प्रतिमा बनाकर मंदिर-मंदिर में प्रतिष्ठित कर पूजा करनी होगी, किन्तु सप्तकोटि आनन, द्विसप्तकोटि भुजावाली सुजलासुफला शस्य श्यामला मां की प्रतिमा बनवाकर मंदिर में प्रतिष्ठित करना किसी के लिए संभव नहीं है, अतएव यह प्रतिमा बुतपरस्ती की प्रतिमा नहीं है और न यह मंदिर बुतपरस्तों का है।'[1]

बुतपरस्ती का हौवा खड़ा करने वाले अगर शांत भाव से इन आलेखों को गौर करें तो उन्हें सत्य का ज्ञान हो जाएगा। जिस प्रकार हिन्दी और बंगला में मन की बात व्यक्त करने लायक अनेक शब्द नहीं हैं, उसके लिए इन भाषाओं ने उर्दू तथा अन्य विदेशी भाषाओं से शब्द लेकर अपना लिया है, ठीक उसी प्रकार हमें चाहिए कि हम उदारता का परिचय देते हुए इसे अपनाएं ताकि यह ज्ञात हो सके कि जिस भूमि में हम पैदा हुए और जहां का अन्न-जल ग्रहण कर रहे हैं, वही मेरी मातृभूमि है।

चूंकि कांग्रेस को स्वराज्य प्राप्त करना था, इसलिए राजनीतिक स्वार्थ के के लिए इस गीत की दुर्दशा की गई। इसके बदले अल्पसंख्यक या इस गीत के विरोधी यह शिकायत करते कि इसे अखिल भारतीय मर्यादा नहीं दी जा सकती, क्योंकि इसकी रचना केवल बंगाल के लिए की गई है तो यह तर्क मान लिया जाता।

बंकिम बाबू ने गीत में 'सप्त कोटि' शब्द का प्रयोग तत्कालीन बंगाल की आबादी को लेकर किया है।

---

1. मासिक बसुमती, फसली सन् 1345 (1939 ई०), माघ अंक

सकीर्णता का प्रभाव

'आमार दुर्गोत्सव' और 'एकटी गीत' में बंगभूमि ही का जिक्र है। दोनों ही लेखों में छः करोड़ संतान और बारह करोड़ हाथ का उल्लेख है जो कि वन्दे मातरम् गीत में सात करोड़ संतान और चौदह करोड़ हाथ हो गया है। स्वयं बंकिम बाबू ने बंगदेश का मतलब बंगभूमि से लगाया है। उन्होंने लिखा है, 'एक ही लेफ्टिनेंट गवर्नर के अधीन शासित बंगाल, बिहार, असम, उड़ीसा और छोटा नागपुर का इलाका बंग प्रदेश है जिसकी कुल आबादी 6,68,56,856 थी।

डाक्टर सत्यनारायण दास ने लिखा है, 'वन्दे मातरम् गीत में सप्तकोटि का जिक्र आया है, वह केवल बंगालियों से संबंधित है, संपूर्ण भारत के लिए नहीं। सन् 1876 की एक रिपोर्ट से ज्ञात होता है कि उन दिनों इस प्रांत की आबादी सात करोड़ थी। बंकिम बाबू के लोक रहस्य, कमलाकांत, बंग देशेर कृषक और हरप्रसाद शास्त्री के लेखों में भी सप्तकोटि की चर्चा है, अतएव हमें यह मान लेना चाहिए कि वन्दे मातरम् में सप्तकोटि की चर्चा बंगदेश और बंग-संतान के लिए की गई है। स्वयं रवि बाबू ने एक स्थान पर लिखा है, 'सात कोटि संतानेर हे मुग्धा जननी, रेखे छो बांगाली करे मानुष करोनी।'[1]

श्री प्रेमेन्द्र मित्र ने भी यही विचार प्रकट किया है, 'आमार दुर्गोत्सव में छः करोड़ मुंड हैं और आनंदमठ तथा वन्दे मातरम् गीत में सात करोड़ हो गया है। यह निश्चित है कि इस बीच बंगाल की जनसंख्या एक करोड़ नहीं बढ़ी होगी। इन दिनों इसकी जनसंख्या छः करोड़ थी, सात करोड़ कैसे हो गई? क्या छंद मिलाने के लिए या और कोई बात थी?'[2]

श्री अक्षयकुमार दत्त गुप्त ने लिखा है 'बंकिम बाबू के वन्दे मातरम्, कमलाकांत के ध्यान, सत्यानंद ठाकुर की साधना में जहां कहीं स्वदेश की कल्पना है, वहां बंगदेश की ही मूर्ति है।'[3]

श्री अक्षयचन्द्र सरकार जो कि बंकिम बाबू के घनिष्ठ मित्र थे, सन् 1905 में बंकिम बाबू के पैतृक निवासस्थान में होने वाले उत्सव में भाग लेने के लिए गए थे। उस दिन के अपने संस्मरण में उन्होंने लिखा है, 'मेरी नाव जब कांटालपाड़ा घाट के किनारे लगी तब मैंने देखा, पास ही गर्दन भर पानी में खड़े होकर ब्रह्म बांधव स्नान कर रहे हैं। उन्हें देखते ही मैंने पूछा—आप लोग बंगमाता-बंगमाता

---

1. बंग-दर्शन ओ बांगालीर मनन साधना, डा० सत्यनारायण दास, प्रथम संस्करण
2. बंकिमचन्द्र जीवन ओ साहित्य, श्री प्रेमेन्द्र मित्र, प्रथम संस्करण
3. बंकिमचन्द्र, श्री अक्षयकुमार दत्त गुप्त, प्रथम संस्करण, पृष्ठ 325

का नाम लेकर इतना उपद्रव कर रहे हैं और जगत्-जननी भारत माता को भूलते जा रहे हैं, आखिर ऐसा क्यों? क्या हम लोग काशी, मथुरा, कांची की माया भूल जाएंगे? वेद, स्मृति, पुराण आदि भूल जाएंगे? राम, लक्ष्मण, द्रोण, भीष्म को याद नहीं करेंगे? आखिर यह कैसी देशभक्ति?

मेरे प्रश्न को सुनकर उपाध्यायजी भौचक्के रह गए। सिर पोंछते हुए बोले, आप यहां बंकिम बाबू के निवासस्थान पर बंकिमोत्सव में आए हैं। बंकिम बाबू जब स्वयं ही सप्तकोटि कंठ निनाद कराले कह गए हैं तब तो केवल बंगाल ही हुआ न?

मैंने कहा—संन्यासियों ने समझा था कि भारतमाता के लिए (फाइटिंग फोर्स) तलवार पकड़ने के उपयुक्त सात करोड़ संतान हैं।

उपाध्याय—वन्दे मातरम् तो बंगालियों को लेकर लिखा गया है।'

मैंने कहा—यह आपसे किसने कहा? वन्दे मातरम् संगीत समग्र भारत के लिए सुबोध सहज संस्कृत भाषा में रचित है। इससे क्या यह स्पष्ट नहीं होता कि इसका संगीत भारतमाता से संबंधित है?

मेरे इस प्रश्न का उत्तर उन्होंने नहीं दिया।'

बंकिम युग में बंगाल कहने का मतलब बंगाल, बिहार उड़ीसा, असम और छोटा नागपुर था। इतने बड़े इलाके की जनसंख्या साढ़े छः करोड़ थी। जो लोग इस गीत को बंगाल के लिए मानते हैं, वे यह कह सकते हैं कि साढ़े छ: करोड़ की राउण्ड फिगर सप्तकोटि हो सकती है। संख्या गणित पर विश्वास करते हुए जो लोग साहित्य का विचार करते हैं, उन्हें स्मरण रखना चाहिए कि उस पद्धति से निर्णय नहीं होता। बंकिम बाबू ने खास बंगाल की आबादी एक करोड़ अस्सी लाख बताई है। राजनीतिक बंगाल की सप्तकोटि नहीं हो सकती। ऐसी हालत में क्या यह मान लिया जाए कि बंगाल के मुसलमान भी तलवार लेकर मुस्लिम राज्य के विरुद्ध लड़ने को तैयार हुए थे? अगर इस बात को स्वीकार कर लिया जाए तो उसमें हिन्दू गंध का अपवाद क्यों है? दरअसल सप्तकोटि एक परिकल्पना है। भारतमाता के लिए तलवार लेकर लड़ने वाले सात करोड़ व्यक्ति।

वन्दे मातरम् गीत की भाषा संस्कृतमयी है। सिर्फ इसीसे यह समझ लेना चाहिए कि यह गीत सम्पूर्ण भारत के लिए लिखा गया था। अगर बंगाल के लिए लिखा जाता तो बीच में सिर्फ 9 पंक्तियां बंगला में क्यों हैं? मेरे खयाल में इस गीत की रचना दो विभिन्न अवसरों पर हुई है। आगे चलकर आनंदमठ में सम्मिलित करने के लिए और आदर्श को पूर्णता प्रदान करने के उद्देश्य से इसे समन्वित किया गया।[1]

---

1. बंकिम सरणी, पृष्ठ 233-34

राजसिंहासन पर प्रतिष्ठित

सन् 1941 ई० में बम्बई सेगुजराती में वन्दे मातरम् दैनिक पत्न का प्रकाशन प्रारंभ किया गया। 1942 में भारत छोड़ो आन्दोलन के समय युवकों के पास केवल यही एक नारा था।

चौथी मद्रास पोस्टल डिफेन्स बैटरी के एक सेक्शन ब्रिटिश शासित हिन्दी सेना की एक टुकड़ी ब्रिटिश के विरुद्ध आक्रमण करने की योजना बना रही थी, पर इस गुप्त योजना की सूचना वरिष्ठ अधिकारियों को मिल गई। उस समय दूसरा महायुद्ध चालू था। सेना की पुलिस ने दस-बारह विद्रोहियों को 18 अप्रैल, सन् 1943 ई० को गिरफ्तार किया और उन्हें सैनिक अदालत के सामने पेश किया। छः जुलाई और पांच अगस्त, 1943 ई० को बंगलौर के सेंट एंड्रूज चर्च में इन तरुण बंगाली अभियुक्तों को मृत्युदंड की सजा सुनाई गई। फांसी के तख्ते पर इन तरुणों ने 'वन्दे मातरम्' का नारा लगाया था।

जय हिन्द

इन्हीं दिनों नेताजी श्री सुभाषचन्द्र बोस के आजाद हिन्द फौज का नारा बर्मा की सीमा लांघकर भारत आया—'जय हिन्द'। मजेदार बात यह रही कि मुसलमानों ने इस नारे का भी विरोध किया। 'डान' दैनिक ने वन्दे मातरम् को लेकर इस गीत की आलोचना की जिसके कारण महात्मा गांधी को कहना पड़ा, ' 'वन्दे मातरम्' कोई धार्मिक नारा नहीं था। यह विशुद्ध राजनीतिक नारा था। कांग्रेस को इसका परीक्षण करना पड़ा था। इसकी बाबत गुरुदेव से राय मांगी गई थी और कांग्रेस की कार्यकारणी के सभी हिन्दू तथा मुसलमान सदस्यों को इस निष्कर्ष पर आना पड़ा था कि इसकी प्रारंभिक पंक्तियां किसी प्रकार की आपत्ति से मुक्त हैं। सभी उचित अवसरों पर सबको मिलकर इसे गाना चाहिए। यह कभी भी मुसलमानों को अपमानित करने या नाराज करने वाला गीत नहीं होना चाहिए। याद रखना चाहिए कि इसी नारे ने

राजनीतिक बंगाल को प्रज्ज्वलित किया था। बहुत-से बंगालियों ने इस नारे को लगाते हुए राजनीतिक स्वतंत्रता के लिए अपने प्राण अर्पित कर दिए। भारत माता की वंदना के रूप में वन्दे मातरम् के प्रति मेरी भावना गहरी है। राष्ट्रगान वन्दे मातरम् और बंगाल का राष्ट्रीय नारा, जिसने उस समय जब सारा भारत लगभग सुसुप्त था, उसे जीवित रखा और जहां तक मुझे ज्ञात है कि बंगाल के हिन्दू और मुसलमान दोनों ही ने इसे स्वीकार किया था।'

उपर्युक्त भाषण महात्मा गांधी ने कलकत्ता के देशबन्धु पार्क में 22 अगस्त, सन् 1947 को दिया था।

14 अगस्त, सन् 1947 की मध्य रात्रि में जब भारत आजाद हो रहा था तब इस मंत्र का गायन श्रीमती सुचेता कृपलानी ने किया था और सभी लोगों ने खड़े होकर सुना था। दूसरे दिन प्रातःकाल आकाशवाणी से भारत के महान गायक पंडित ओंकारनाथ ठाकुर ने इसे गाया था। इस संबंध में प्रसिद्ध संगीतज्ञ श्री बलवंतराय भावरंग ने कहा है, 'स्व० पंडित ओंकारनाथ सिद्धांतों के बारे में हठी स्वभाव के थे। सन् 1935 में अब्दुल गफ्फार नगर में हुए कांग्रेस अधिवेशन में उन्होंने वन्दे मातरम् गाया था, पर जब सन् 1937 में कांग्रेस ने गीत के कुछ अंश निकाल देने का निर्णय किया तो सन् 1937 की हरिपुरा कांग्रेस में आमंत्रण के बावजूद वे वन्दे मातरम् गाने नहीं गए। उनका निर्णय था, गाऊंगा तो पूरा गीत गाऊंगा, वरना नहीं गाऊंगा।

सन् 1945 में गुजराती 'वन्दे मातरम्' के संचालक श्री श्यामलदास गांधी ने एक भविष्यवाणी की थी कि आज चर्चिल का भारत है, पर कल श्री जवाहरलाल का भारत होगा और उस दिन का शुभारंभ पंडित ओंकारनाथ ठाकुर के वन्दे मातरम् गायन से होगा। श्री श्यामलदास गांधी की भविष्यवाणी खरी सिद्ध हुई।

सन् 1947 में भारत स्वतंत्र हुआ। 15 अगस्त को स्वतंत्रता की घोषणा होनी थी। उस समय पंडित ओंकारनाथ ठाकुर मद्रास में थे। वुडलैंड होटल में रेडियो निदेशक भागे हुए पंडितजी के पास आए और बोले, 'आपको सरदार पटेल ने दिल्ली रेडियो पर बुलाया है, 15 अगस्त को सवेरे 'वन्दे मातरम्' गाना है।' पंडितजी ने कहा, 'मैं तैयार हूं, पर पूरा गीत गाने की अनुमति होगी तभी गाऊंगा।' भारत के उपप्रधानमंत्री सरदार पटेल ने तत्काल ही संदेश भेजा कि आप पूरा गीत गाएं। 15 अगस्त, 1947 की भोर में जब स्वतंत्रता का सूर्योदय हो रहा था तब आकाशवाणी पर पडित ओंकारनाथ ठाकुर अपने हृदयद्रावी रोमांचक ढंग से वन्दे मातरम गा रहे थे। उनके साथ मैं और श्री लक्ष्मणाचार्य पुराणिक थे। पंडितजी ने खड़े रहकर पूरा गीत उस भारतीय स्वतंत्रता के स्वर्णिम बिहान में मुक्त विहग की भांति पूरे उल्लास के साथ गाया था।'

24 अगस्त, सन् 1948 को जन गण मन के साथ इस गीत को भी राष्ट्रीय सिंहासन पर प्रतिष्ठित किया गया था। वह भी पूर्ण रूप से नहीं। देश के विभाजन की तरह काट-छांटकर। इन्हीं दिनों त्रिशंकोटि के स्थान पर कोटि-कोटि शब्द बनाया गया था।

बैण्ड पर

संगीत कला निधि मास्टर कृष्णराव सम्पूर्ण भारत में एक ऐसे व्यक्ति थे जिन्होंने इस गीत को बैण्ड पर बजाकर तत्कालीन राजनीतिज्ञों को सुनाया था। सन 1949 ई० को उन्होंने इस बारे में एक ऐतिहासिक पत्र संसद सदस्यों के नाम भेजा था:

'महोदय,

राष्ट्रगान और उसकी तर्ज का निर्णय करने की बाबत मैं अपने विचार प्रकट करना चाहता हूं। एक अर्से तक यानी लगभग आधी शताब्दी तक कांग्रेस के प्लीनरी सेशनों, ए० आई० सी० सी० की बैठकों, राष्ट्रीय समारोहों और सम्मेलनों में राष्ट्रगान के रूप में गाए जाने वाला वन्दे मातरम् को अनूठा सम्मान प्राप्त होता रहा है। केवल 'वन्दे' और 'मातरम' इन दो शब्दों के कहने के कारण लोगों ने कोड़े खाए और जेल गए।

अब मुख्य बात पर आऊं, कृपा कर मुझे अपना परिचय देने की अनुमति प्रदान करें। मैं एक संगीत शास्त्री और गायक हूं। विगत 32 वर्षों से मैंने यथाशक्ति भारतीय संगीत की सेवा की है। शास्त्रीय संगीतज्ञ होने के साथ ही मैंने लगभग एक हजार नई तर्जों की संरचना की है। नई तर्ज को लोकप्रिय बनाना बड़ा ही दुरुह कार्य है और प्रभात, राजकमल आदि प्रसिद्ध फिल्म कम्पनियों में मेरा संगीत-निर्देशन और संगीत-रचना की लोकप्रियता के कारण फिल्मों का कई सप्ताह तक चलना, इस कला में मेरी योग्यता के साक्षी हैं। इस अपार अनुभव और ज्ञान तथा लोकमत की जानकारी से लैस होकर मैंने हमारे राष्ट्रगान वन्दे मातरम् की एक नई तर्ज का आविष्कार किया है। इस तर्ज का आविष्कार नौ वर्ष पूर्व हुआ था और यह इतनी लोकप्रिय हो चुकी है कि सार्वजनिक सभाओं, स्कूलों, कालेजों, सिनेमाघरों, थियेटरों तथा विभिन्न अवसरों पर जहां भारी भीड़ जमा होती है, इसे जनसमूह द्वारा गाया जा रहा है। एक लाख लोगों के समूह के साथ प्रयोग किए गए हैं और वे तर्ज का अनुसरण करने में समर्थ हुए हैं। राष्ट्रगान के लिए आवश्यक गरिमा के वातावरण का यह सृजन करता है। इस तर्ज की सरल और मधुर शैली ने इसे बहुत लोकप्रिय बनाया है। कांग्रेस के अनेक अधिवेशनों में अपनी तर्ज सुनाने का सौभाग्य मुझे प्राप्त हुआ है।

स्वतंत्रता के पूर्व ब्रिटिश सरकार ने आकाशवाणी पर वन्दे मातरम् गाने पर

प्रतिबंध लगा दिया था। सन् 1938 में मैंने आकाशवाणी के बम्बई केन्द्र पर वन्दे मातरम् गाने का प्रयत्न किया, पर मुझे रोक दिया गया। तुरत स्टेशन आफ कर दिया गया। इसके विरोध में मैंने यह संकल्प किया कि आकाशवाणी का भविष्य में कोई भी कार्यक्रम स्वीकार नहीं करूंगा, भले ही इसके लिए मुझे हजारों रुपयों की आर्थिक हानि क्यों न सहनी पड़े।

23 मार्च, सन् 1947 को बम्बई के प्रधानमंत्री श्री बी० जी० खेर, केन्द्रीय धारा सभा के स्पीकर माननीय श्री दादा साहेब मावलंकर और भारत के उपप्रधानमंत्री सरदार वल्लभ भाई पटेल की कृपा से मुझे आकाशवाणी के बम्बई केन्द्र पर वन्दे मातरम् गाने के लिए बुलाया गया। आकाशवाणी पर वन्दे मातरम् गाए जाने का यह पहला अवसर था।

कुछ लोग कहते हैं कि वन्दे मातरम् बैण्ड पर नहीं बजाया जा सकता, किन्तु मेरा विश्वास है कि यह संभव है और वह भी बड़े सुन्दर ढंग से। मैं अपनी तर्ज में इसे 'गाड सेव द किंग' से अधिक प्रभावोत्पादक बना सका हूं।

मैं हूं आपका विश्वासपात्र

—कृष्णराव'[1]

मास्टर कृष्णराव प्रभात फिल्म कंपनी में रहते हुए इस प्रयास में लगे थे कि इसके वादन पर पुलिस बराबर मार्च कर सके। दिल्ली में जिन दिनों राष्ट्रीय गीत के बारे में चर्चा चल रही थी, उस समय यह निश्चय किया गया कि राष्ट्रीय गीत के बाबत एक संगीतज्ञ के भी विचार सुने जाएं। मास्टर कृष्णराव को दिल्ली बुलाया गया। उनकी बनाई धुन को लोगों ने सुना और सराहा। इसके बाद सेनापति करियप्पा के सहयोग से इसे बैण्ड पर बैठाने का उपक्रम किया गया। बैण्ड मास्टर गणपति सिंह ने राय दी कि बैण्ड पर बहुत अच्छी तरह बैठता है। इंग्लैण्ड के प्रसिद्ध संगीत निदेशक ने स्वीकार किया कि वन्दे मातरम् गीत में बहुत गहराई (डेप्थ) है।

सन् 1949 में पुनः मास्टर कृष्णराव दिल्ली गए और संसद भवन में एक मिनट पांच सेकेंड के भीतर बैण्ड पर बजाकर दिखाया। लोगों ने उनकी प्रशंसा की 'वन्दे मातरम्' गीत को 'जन गण मन' के समकक्ष राष्ट्रगान का सम्मान मिला और मास्टर कृष्णराय 'वन्दे मातरम् कृष्णराव' के नाम से प्रसिद्ध हुए। मास्टर कृष्णराव चाहते थे कि आम आदमी भी आसानी से इसे गा सके, यह उन्होंने सिद्ध कर दिखाया।

सुप्रसिद्ध गायक दिलीपकुमार राय ने भी वन्दे मातरम् गीत की तर्ज बनाई थी और जिसे महात्मा गांधी के सामने गाकर सुनाया था। एक दिन प्रार्थना-

1. वन्दे मातरम् स्मारिका, वाराणसी, 1976

सभा में महात्मा गांधी ने कहा, 'आज सवेरे श्री राय ने मेरे समक्ष प्रसिद्ध राष्ट्रगीत 'वन्दे मातरम्' और 'हिन्दोस्तां' हमारा अपनी स्वयं तैयार की हुई तर्ज में गाकर सुनाया। वे हमें अच्छे लगे, पर इनमें पहले गीत (वन्दे मातरम्) की धुन अच्छी बनी है।'[1]

वन्दे मातरम् गीत के बारे में सन् 1948 में, श्री जवाहरलाल नेहरू ने लोकसभा में भाषण देते हुए कहा था, 'वन्दे मातरम् स्पष्टतः और निर्विवाद रूप से भारत का प्रमुख राष्ट्रीय गीत है और महान ऐतिहासिक परंपरा है, हमारे स्वतंत्रता संग्राम से इसका निकट का संबंध रहा है। इसका स्थान सदा बना रहेगा और दूसरा कोई गीत इसे विस्थापित नहीं कर सकता।'

24 जनवरी, सन् 1950 के अधिवेशन में वन्दे मातरम् गीत को प्रार्थना-. गीत के रूप में स्वीकार किया गया। अध्यक्ष डा० राजेन्द्रप्रसाद के आदेश पर श्री लक्ष्मीकांत मैत्र ने इसे गाया था। इन्हीं दिनों वन्दे मातरम् को लेकर एक विवाद उठा था। श्री अनंतस्वामी आयंकर आदि 'जन गण मन' के पक्ष में थे और पूर्णिमा बनर्जी आदि अनेक लोग 'वन्दे मातरम्' को राष्ट्रगान बनाना चाहते थे। सदन ने जब 'वन्दे मातरम्' गीत को राष्ट्रगान के रूप में स्वीकार नहीं किया तब राजर्षि पुरुषोत्तमदास टंडन ने कांग्रेस के अध्यक्ष पद से त्यागपत्र दे दिया।

सन् 1961 में पुनः एक बार 'वन्दे मातरम्' के बारे में विवाद उठा था; तब डा० सम्पूर्णानंद की अध्यक्षता में एक कमेटी बनाई गई, जिसने अपनी राय दी कि विद्यार्थियों को राष्ट्रगीत वन्दे मातरम् याद होना चाहिए। इसके बाद ही इस गीत को आकाशवाणी में स्थान दिया गया। आजकल आकाशवाणी में पन्नालाल घोष द्वारा निर्मित सारंग राग में गाया जाता है।

सन् 1976 का वर्ष भारत के इतिहास में सुनहले अक्षरों में लिखा जाना चाहिए कि पूरे भारत में सर्वप्रथम वाराणसी में डाक्टर भानुशंकर मेहता के प्रयत्नों से पहली बार इस गीत की जन्म शताब्दी मनाई गई। भले ही सरकारी सहयोग से हुआ, भले ही वक्ताओं का वन्दे मातरम् गीत से दूर का सम्पर्क नहीं रहा, पर वाराणसी के नागरिकों ने भारतमाता मंदिर जैसे पवित्र मंदिर में देशमाता के प्रति अपनी श्रद्धा प्रकट की। इसके बाद ही देश के अन्य भागों में इस गीत की जन्म-शताब्दी मनाई गई।

जहां एक ओर इस समारोह की लोग आलोचना करते रहे, यहां तक कि एक पत्रकार ने यह भी कहा कि आपने वन्दे मातरम् गीत का इतिहास खोजा है तो क्या हुआ और उत्सव मना रहे हैं तो क्या हुआ? वहीं राष्ट्ररत्न बाबू शिवप्रसाद गुप्त के

1. वन्दे मातरम्, श्री अमरेन्द्र गाडगिल

वंशधरों ने भारतमाता मंदिर को राष्ट्र के नाम अर्पित कर दिया। सिर्फ यही नहीं, वन्दे मातरम् गीत को सम्पूर्ण रूप से शिला लेख में उत्कीर्ण करवाकर मुख्य दरवाजे के दोनों ओर लगवाया। इस समारोह से यही एक लाभ हुआ कि देशमाता के मंदिर में स्वदेश गान अंकित हुआ।

अंत में श्री प्रमथनाथ बिशी के शब्दों में कहना चाहूंगा, 'यह समझना भूल होगी कि मंत्र की सभी संभावनाएं समाप्त हो गई हैं। आप किसी भी चिनगारी के प्रति ठीक उसी प्रकार आश्वस्त नहीं हो सकते जिस प्रकार किसी ज्वालामुखी के बारे में निश्चिंत नहीं हुआ जा सकता।'

आनंदमठ और वन्दे मातरम्

आनंदमठ ही वह उपन्यास है जिसके अंतर्गत प्रथम बार वन्दे मातरम् गीत प्रकाशित होते ही विस्फोट की स्थिति उत्पन्न हो गई थी। 'बंग दर्शन' के 'प्रकाशन काल में इस पवित्र मंत्र ने अपना प्रभाव दिखाना प्रारंभ किया था, इसलिए यह आवश्यक है कि इस ऐतिहासिक उपन्यास के बारे में जानकारी प्राप्त कर ली जाए।[1]

श्री क्षेत्रनाथ गुप्त के एक लेख से यह पता चलता है कि बंकिम बाबू ने अपने मित्र श्री नवीनचन्द्र सेन के नाम 15 जुलाई, 1880 ई० को एक पत्र लिखा था जिसमें आनंदमठ समाप्त करने की चर्चा है।[2] जाहिर है कि तब तक यह उपन्यास लिखा जा चुका था।

बंग दर्शन पत्रिका के संपादक उन दिनों बंकिम बाबू के बड़े भाई श्री संजीवचन्द्र चटर्जी थे (इसीलिए कमलाकान्तेर दफ्तर नामक लेखों में श्रद्धेय संपादक संबोधन हैं।) बंग दर्शन में छपने के बाद पुस्तकाकार रूप में आनंदमठ का 15 दिसम्बर, 1882 ई० को प्रथम संस्करण प्रकाशित हुआ था। उन दिनों उसमें 191 पृष्ठ थे और मूल्य था एक रुपया दो आने। इस पुस्तक को बंकिम बाबू ने अपने अनन्य मित्र, नीलदर्पण नाटक के लेखक स्वनामधन्य श्री दीनबन्धु मित्र को समर्पित्त किया था। शायद इसीलिए कि मित्र महोदय ने सर्वप्रथम राजनीतिक क्रांतिकारी नाटक लिखा था और बंकिम बाबू का यह प्रथम राजनीतिक उपन्यास था। इसके बाद दूसरा संस्करण 20 जुलाई, 1883 ई० को; तीसरा 15 अप्रैल, 1886 ई० को; चौथा 20 दिसम्बर, 1886 को और पांचवां संस्करण सन् 1892 ई० को प्रकाशित हुआ था। ये सभी संस्करण बंकिम बाबू के जीवनकाल

---

1. यह गीत पहली बार मार्च, 1881 के बंग दर्शन के वर्ष 7, संख्या 2, फसली सन् 1287 चैत; पृष्ठ संख्या 555-56

2. बंकिमचन्द्रेर चिठी पत्तर, श्री क्षेत्रनाथ गुप्त, प्रथम संस्करण

में प्रकाशित हुए थे। हिन्दी में जितने अनुवाद प्राप्य हैं, वे सभी छठवां या इसके बाद के संस्करणों के हैं। प्रथम संस्करण से लेकर पांचवें संस्करण तक बंकिम बाबू आनंदमठ का संशोधन बराबर करते रहे।

'बंकिम बाबू अपने उपन्यासों में कितना परिवर्तन करते थे, इसका प्रत्यक्ष प्रमाण जितना आनंदमठ में प्राप्य है, उतना अन्यत्र नहीं। प्रथम संस्करण से पांचवें संस्करण तक काफी अंतर है।'[1]

भारतीय साहित्य में यह प्रथम राजनीतिक उपन्यास था जो परंपरा से हटकर लिखकर आया था। इसका स्वाद और रस इतना आकर्षक था कि पाठकों में हलचल मच गई बुद्धिवादियों के लिए चर्चा का विषय बन गया। पुस्तक प्रकाशित होने के कुछ ही दिनों बाद लिबरल ने लिखा, 'इस पुस्तक की कथा-वस्तु का मुख्य विचार बिन्दु यह है कि क्या राष्ट्रीय-मानस को ब्रिटिश सरकार के विरुद्ध हिंसात्मक विचारों को प्रश्रय देना न्यायोचित है? अगर इस प्रश्न को दूसरे रूप में कहें तो क्या अंग्रेजी प्रभुत्व की स्थापना किसी भी अर्थ में दैवी घटना है? या इसे और अंतिम निर्णयात्मक रूप में रखें कि भगवान ने किस उद्देश्य और किस तात्कालिक आवश्यकता को ध्यान में रखते हुए इस देश में ब्रिटिश सत्ता को भेजा? तात्कालिक उद्देश्य का संक्षेप में वर्णन भूमिका में दिया है और वह यह कि बंगाल में मुस्लिम अत्याचार तथा अराजकता का अंत करना। इसी उद्देश्य को बड़े प्रभावशाली ढंग से पुस्तक के अंत में चित्रण किया गया है।[2]

लिबरल ने पहले ही यह अन्दाज लगा लिया था कि यह पुस्तक ब्रिटिश शासन के खिलाफ हिंसात्मक कार्यवाही करने के उद्देश्य से लिखी गई है, पर प्रत्यक्ष रूप कुछ और होने की वजह से अंत में वक्तव्य बदलने के लिए मजबूर होना पड़ा। कहा जाता है कि यह पुस्तक पहले अंग्रेजों के विरुद्ध लिखी गई थी बाद में मुसलमान पात्रों के नाम डाल दिए गए। इस उपन्यास के अंत से इनसाइक्लोपीडिया ब्रिटानिका के लेखक को भी भ्रम हो गया था:

'उनकी सभी कृतियों में से, आश्चर्यजनक राजनीतिक परिणामों की दृष्टि से, सबसे अधिक महत्वपूर्ण था आनंदमठ जो सन् 1882 में प्रकाशित हुआ, जिस समय इलवर्ट बिल के कारण उत्पन्न आन्दोलन चल रहा था। इसकी कहानी पूर्णिया, तिरहुत और दीनापुर के क्षेत्र में सन् 1772 के संन्यासी-विद्रोह और विद्रोहियों द्वारा ब्रिटिश तथा मुसलमान सेनाओं की संयुक्त कमान के विरुद्ध कमर तोड़ विजय के चरमोत्कर्ष वृत्तांत से संबंधित है, यद्यपि इस सफलता का अनुसरण एक रहस्यमय चिकित्सक की सलाह के कारण नहीं किया गया है। इन्होंने दिव्य प्रेरणायुक्त प्रवक्ता

1. बंकिम साहित्येर भूमिका, प्रोफेसर प्रियरंजन सेन, प्रथम संस्करण, पृष्ठ 157
2. 4 अप्रैल, सन् 1883 का अंक।

के रूप में माता की संतानों के नेता सत्यानंद की सलाह दी कि अब विद्रोह त्याग दें क्योंकि अस्थायी रूप से ब्रिटिश शासन की अधीनता स्वीकार करना आवश्यक है, क्योंकि हिन्दुत्व बहुत अटकलबाज और अव्यावहारिक हो गया है और भारत में अंग्रेजों का जो मिशन है, हिन्दुओं को सिद्धांत और अटकल का विज्ञान के तथ्यों के परिप्रेक्ष्य में समन्वय करना सिखाना है। अत: आनंदमठ की यही बड़ी सीख है कि ब्रिटिश शिक्षा को मुस्लिम प्रताड़ना के एक मात्र विकल्प के रूप में स्वीकार करना और इस नीति वाक्य का बंकिमचन्द्र ने अपने धर्मतत्व में विस्तार से विकास किया। धर्मतत्व उनका वृहद् धार्मिक ग्रंथ है जिसमें उन्होंने अपने देशवासियों के लिए धार्मिक और नैतिक परिस्थितियों में परिवर्तन की आवश्यकता के बारे में अपने दृष्टिकोण की व्याख्या की है, क्योंकि तभी वे समान स्तर पर ब्रिटिश और मुसलमानों में प्रतिद्वन्द्विता करने की आशा कर सकते हैं। यद्यपि आनंदमठ राजभक्ति सहित ब्रिटिश शासन स्वीकार करने के लिए क्षमा-याचना के रूप में है, पर उसके पीछे शीघ्र या कुछ विलंब से भारत में हिन्दू राज्य की पुनः स्थापना के आदर्श की प्रेरणा वर्तमान है। यह बात विशेष रूप से पुस्तक में यत्र-तत्र दिए गए काव्यांशों से स्वतः सिद्ध हो जाता है और इनमें वन्दे मातरम् सबसे अधिक प्रसिद्ध है।[1]

यह कहना सत्य को नकारना है कि आनंदमठ राजभक्ति सहित ब्रिटिश शासन स्वीकार करने के लिए क्षमा-याचना रूप में है। अगर वे सरकारी कर्मचारी न होते तो शायद मूल रूप में पुस्तक प्रकाशित करवाते। राज-रोष से बचने के लिए ही बंकिम बाबू को ऐसा करना पड़ा।

ज्ञातव्य है कि आनंदमठ की तरह बंकिम बाबू 'झांसी की रानी' नामक उपन्यास लिखना चाहते थे, पर आनंदमठ की दुर्गति देखकर उन्होंने अपना यह विचार त्याग दिया। अगर उस उपन्यास को वे लिखते तो क्या वह मुस्लिम विरोधी होता, जैसाकि अल्पसंख्यकों की राय में आनंदमठ है? अथवा उसे भी आनंदमठ की तरह ब्रिटिश शासन को स्वीकार करने के लिए लिखते? बंकिम पर यह आरोप पूर्णतः निराधार है कि वे मुस्लिम विरोधी थे। अगर ऐसी बात होती तो वे यह न लिखते, 'हिन्दू होने पर ही कोई अच्छा नहीं होता है, मुसलमान होने पर कोई बुरा नहीं होता या हिन्दू होने पर कोई बुरा नहीं होता और न मुसलमान होने पर कोई अच्छा होता है। अच्छे-बुरे दोनों जातियों में हैं। जब मुसलमानों ने इतने दिनों तक भारत पर शासन किया तब यह मानना पड़ेगा कि वे समसामयिक हिन्दुओं से राजकीय गुणों में अवश्य अच्छे रहे होंगे, पर यह सत्य नहीं है कि सभी मुसलमान बादशाह हिन्दू राजाओं की

1. इनसाइक्लोपीडिया ब्रिटानिका, 11वां खंड, दूसरा संस्करण

अपेक्षा श्रेष्ठ रहे। अधिकतर राजकीय गुणों में मुसलमान हिन्दुओं से और कहीं हिन्दू मुसलमानों से श्रेष्ठ रहे।'

जो व्यक्ति इतना साफ बयान दे सकता है, कैसे उसकी नीयत पर सन्देह किया जा सकता है! बंग दर्शन में अपना यह विचार वन्दे मातरम् और आनंदमठ उपन्यास लिखने के पूर्व व्यक्त कर चुके हैं। इसी प्रकार के विचार स्वामी विवेकानंदजी ने बंकिम के काफी बाद व्यक्त किया था।[1]

'जो लोग खोज करते हैं, उन्हें ज्ञात हो गया होगा कि आनंदमठ जब्त न होने पाए और साधारण जनता में स्वतंत्रता के प्रति आस्था उत्पन्न हो, इसलिए 'ब्रिटिश' के बदले 'मुस्लिम' शब्द का प्रयोग उन्होंने किया था।'[2]

'जब आनंदमठ उपन्यास लिखा गया उस समय बंकिमचन्द्र सरकारी नौकरी करते थे। सरकार में उनके काम का आदर था। आनंदमठ का प्रकाशन सरकार को रुचा नहीं। अतः बंकिमचन्द्र की सरकारी नौकरी के संदर्भ में यह काम सरकार को पसंद नहीं है, ऐसी सूचना देने का गुप्त निर्णय लिया गया, परन्तु बंकिमचन्द्र की कार्यकुशलता देखते हुए उन्हें ऐसी चेतावनी देना ठीक होगा क्या? प्रस्तुत ग्रंथ में उन्होंने संतानों का जो उल्लेख किया है, वह बहुत अंशों में ऐतिहासिक कागज-पत्रों से लिया गया है। वह केवल इतिहास का कथन मात्र है। उनसे कहा गया कि वे ऐसा सिद्ध करें। इसकी उन्हें सुविधा दी गई। बंकिम ने इसे सिद्ध कर दिया। इंडियन मिरर तथा सरकारी अंग्रेजी दैनिकों ने इस उपन्यास का अभिप्रायः स्पष्ट करने के लिए बहुत कुछ लिखा। अंत में आनंदमठ संन्यासी विद्रोही का इतिहास मात्र है, ऐसा मानकर सरकार ने उनके विरुद्ध कार्यवाही नहीं की।'[3]

'कुछ लोगों को यह भ्रम है कि बंकिम बाबू मुसलमानों के प्रति विद्वेष रखते थे, इसलिए आनंदमठ उपन्यास लिखा। जिन लोगों ने उन्हें इस उपन्यास में परिवर्तन करते देखा है, उनकी जबानी मुझे पता चला है कि यह उपन्यास अंग्रेज विरोधी रहा। इसके अधिकांश पात्र अंग्रेज या संन्यासी रहे। मुसलमानों के नाम संयोगवश आए हैं। मुस्लिम विरोधी प्रचार तो अंग्रेजों द्वारा किया गया है। जिन मदारी संन्यासियों को लेकर लिखा गया है क्या वे मुगल शासन के खिलाफ थे? केवल इसी बात से यह बात समझ में आ जानी चहिए। बंग भंग आन्दोलन के समय मुसलमानों को हिन्दुओं के विरुद्ध भड़काने के

---

1. देखिए स्वामी विवेकानन्द, शतवार्षिकी प्रकाशन, वाराणसी, स्वामी अपूर्वानंद तथा चित्र-चरित्र, श्री प्रमथनाथ बिशी

2. वन्दे मातरम् शतवार्षिकी, चुंचड़ा, श्री कामरेड तुषार चट्टोपाध्याय, भूतपूर्व एम० पी०

3. वन्देमातरम (मराठी), अनु० डॉ० भानुशंकर मेहता

लिए अंग्रेजों ने हथकंडा अपनाया। कभी मुसलमानों का एक दल बहाविया आजादी की लड़ाई में हिन्दुओं के साथ था, आगे वे ही अंग्रेजों के चक्कर में आ गए।'[1]

इतने विवादों को देखकर सर यदुनाथ सरकार ने लिखा, 'इतिहास के अलावा आनंदमठ की प्रसिद्धि के कई कारण हैं। इस उपन्यास के अंतर्गत वन्दे मातरम् संगीत के बारे में स्वदेश तथा विदेशों में जितनी चर्चाएं हुई हैं, उतनी अन्य किसी उपन्यास के बारे में नहीं हुई हैं। पहले बंगाल में, फिर सम्पूर्ण भारत के राष्ट्रीय आन्दोलन में आम जनता को चंचल तथा शासक सम्प्रदाय को व्यतिव्यस्त बनाया था। फलस्वरूप सरकारी-गैरसरकारी समालोचकों ने संतान-विद्रोह के योग सूल को खोज निकाला था। यही वजह थी कि आनंदमठ और वन्दे मातरम् की काफी दुर्गति हुई।'

आनंदमठ का जनक

आनंदमठ की कथावस्तु भले ही ऐतिहसिक हो, पर यह तो निश्चित है कि ऐसा उपन्यास किसी विशेष परिस्थिति में लिखा गया होगा। इस बारे में बंगला साहित्य के दो विद्वान एकमत हैं। श्री प्रथमनाथ बिशी और प्रेमेन्द्रनाथ मित्न का कहना है, 'आमार दुर्गोत्सव नामक लेख ही आनंदमठ का पूर्व रूप है। इस लेख में कमलाकांत कहता है, देश ही देवीमूर्ति है। वर्तमान में वह देवी कालसागर गर्भ में निहित है। देवी के संतान जब भातृवत्सल होंगे, अधर्म-आलस, इन्द्रिय-भक्ति त्याग देंगे तभी वे प्रत्यक्ष होकर दर्शन देंगी।'

इस तर्क का आधार सही है। वन्दे मातरम् गीत लिखने के पूर्व से लेकर आनंदमठ की समाप्ति तक बंकिम बाबू के स्वदेश का चिंतन उनके प्रत्येक लेख में है। कमलाकांतेर दफ्तर, बंगदर्शन में प्रकाशित अन्य रचनाएं इस बात के उदाहरण हैं। दुर्गोत्सव में कमलाकांत कहता है, 'एक दिन देखूंगा—दिग्‌भुजा नानाप्रहरण प्रहारिणी, शत्रुमर्दिनी वीरेन्द्रपृष्ठ विहारिणी, दक्षिण में लक्ष्मी भाग्यरूपिणी, बाम में विद्या विज्ञान-मूर्त्तिमयी, साथ में बल रूगी कार्त्तिकेय कार्यसिद्धि रूपी गणेश। मैंने उसी काल-स्रोत में देखा—इस सुवर्णमयी बंग प्रतिमा को।'

इसी बात को आनंदमठ में सत्यानंद गद्‌गद भाव से कहता है, 'दिक्‌भुजा नाना प्रहरणधारिणी, शत्रु विमर्दिनी,वीरेन्द्रपृष्ठ विहारिणी, दाहिने लक्ष्मी भाग्यरूपिणी, बायें वाणी विद्या विज्ञानदायिनी, साथ में शक्ति के आधार कार्त्तिकेय, कार्यसिद्धिरूपी गणेश। आओ, हम दोनों मां को प्रणाम करें।'

इससे यह स्पष्ट हो जाता है कि 'आमार दुर्गोत्सव' नामक लेख ही आनंदमठ उपन्यास का जनक है। इसी मूल तथ्य को उपन्यास में फैलाया गया है, शक्ति की

1. बंकिमचन्द्र, प्रथम संस्करण, श्री हाराणचन्द्र रक्षित, पृष्ठ 38

आराधना। उपर्युक्त भावभूमि का चित्रण दोनों रचनाओं में है। देश की जनता में मातृभूमि के प्रति चेतना जागरित करने के उद्देश्य से इन रचनाओं को जन्म दिया गया है। श्री शिवप्रसाद मिश्र रुद्र ने बंकिम बाबू की प्रतिभा और साहस की प्रशंसा करते हुए लिखा है, 'हमारी सुप्त चेतना को सर्वाधिक धक्का दिया ऋषि बंकिम के वन्दे मातरम् गान ने जिसका प्रथम उद्घोष उन्होंने अपने आनंदमठ नामक विशुद्ध राजनीतिक उपन्यास में किया है। बंकिम के इंदिरा और विषवृक्ष जैसे उपन्यास सामाजिक हैं तो दुर्गेशनंदिनी, चन्द्रशेखर और सीता-राम ऐतिहासिक। आनंदमठ ही एक मात्र राजनीतिक उपन्यास है। आज हम कल्पना नहीं कर सकते कि उस युग में ऐसा जोरदार अंग्रेज विरोधी राजनीतिक उपन्यास लिखने का साहस उसी शासन तंत्र का एक सामान्य डिप्टी कलक्टर कैसे कर सका? आज हमारे पौत्र भी पुलिस पर पथराव कर सकते हैं, उस समय हमारे पितामह तक लाल पगड़ी देखकर पीले पड़ जाते थे।'[1]

ब्रिटिश शासनकाल के भुक्तभोगी जो लोग आज मौजूद हैं, उन्हें ज्ञात होगा कि आजादी की लड़ाई में वन्दे मातरम् नारे का क्या मूल्य था जो आज के इनक्लाब जिन्दाबाद नारे में नहीं है। वन्दे मातरम् के नारे में जो शक्ति है, वह संसार के अन्य किसी नारे में नहीं है, इस शक्ति का जन्मदाता आनंदमठ ही है।

वन्दे मातरम् नारे का कितने तरह से प्रयोग होता रहा और उससे कितनी स्फूर्ति प्राप्त होती रही, इस बारे में गांधीयुग के गौरव श्रद्धेय सीताराम सेकसरिया ने मुझे एक भेंट में बताया, 'बंकिम बाबू का आनंदमठ हमारे निकट गीता की तरह पवित्र पुस्तक थी। उसके अध्ययन से हमें बल मिलता था। यद्यपि हम अहिंसा पर विश्वास करते थे, पर शक्ति उससे प्राप्त करते थे। वन्दे मातरम् गीत तो संजीवनी मंत्र था। वन्दे मातरम् कहने का अर्थ यह था कि ब्रिटिश सरकार जो कुछ कर रही है, उसका हम इस नारे से विरोध कर रहे हैं। कलकत्ता स्थित इलिसियम रोड कभी देशभक्तों के लिए मौत का घर था। यहां उनपर भयानक अत्याचार किए जाते थे। नाखूनों से लेकर तमाम बदन में पिन चुभाना, बर्फ की सिल्ली के नीचे दबाना आदि नृशंस अत्याचार किए जाते थे। मगर वे वीर आत्माएं इन तमाम अत्याचारों को सहते हुए वन्दे मातरम् के नारों से भवन को गूंजित करती थीं।

जेलों में राजनीतिक कैदी बंद होते और उनकी गणना होने लगती तब आनंदमठ लेने के लिए 'थाली बाटा' (थाली पर कटोरी बजाना) करते हुए हम समवेत स्वर में वन्दे मातरम् गाते थे। चाहे लाठी चार्ज हो या बैरक के भीतर जाना

1. दैनिक आज, वाराणसी, 31 अक्तूबर, 1976

हो, किसी भी कार्य का विरोध करना हुआ तो वन्दे मातरम् का नारा लगाया करते थे। बैरक का दरवाजा बंद करने के बाद भी हम वन्दे मातरम् का मंत्र जपते थे।

कांग्रेस के प्रत्येक अधिवेशन में पहले वन्दे मातरम् का गायन होता था। जुलूसों में वन्दे मातरम् का नारा लगाया जाता था। कांग्रेस का प्रत्येक कार्यक्रम वन्दे मातरम् गायन से प्रारंभ होता था और समाप्ति वन्दे मातरम् नारे से होती थी। जेल से जब राजनीतिक कैदियों को मोटर में लादकर सिपाही अदालत तक ले जाते थे तब सड़कों पर खड़ी जनता को देखकर वे वन्दे मातरम् का नारा जोरों से लगाया करते थे। अदालत के भीतर प्रवेश करते समय और सजा पाने के बाद बाहर निकलते समय भी वन्दे मातरम् का नारा लगाया जाता था।

स्वाधीनता आन्दोलन के समय जब कहीं बंकिम बाबू का गीत वन्दे मातरम् गाया जाता था तब लोग उसके सम्मान में खड़े हो जाते थे। स्वयं जिन्ना साहब भी खड़े होते थे। इन दिनों वन्दे मातरम् की तर्ज पर हमारे अनेक कवि बन्धुओं ने गीत लिखे, जब इन गीतों का गायन होता था तब लोग खड़े नहीं होते थे। वन्दे मातरम् का नारा लगाते समय सुभाष बाबू अक्सर अपना दाहिना हाथ ऊपर उठा लिया करते थे। एक बार के लाठी चार्ज में उनका हाथ टूट गया था। न जाने कितने देशभक्त फांसी के तख्ते पर चढ़ते समय वन्दे मातरम् का नारा लगा चुके हैं। लाठी चार्ज के अवसर पर नारा लगाते हुए घायल हो गए हैं, वन्दे मातरम् की बड़ी लम्बी कहानी है।

कथा वस्तु

श्री विमानबिहारी मजुमदार ने अपने एक लेख में यह बताया है कि आनंदमठ की कथावस्तु महाराष्ट्र में अंग्रेजों के विरुद्ध श्री वासुदेव बलवंत फड़के ने संघटित रूप से जो लूटमार की थी, उसी घटना को लेकर ही है। श्री वासुदेव बलवंत की घटना को लेकर ही आनंदमठ लिखा गया है। इसका क्या आधार है, यह तो उन्होंने नहीं बताया है, पर महाराष्ट्र के कुछ लेखकों ने उनके इस लेख को अपने लेखों में महत्व दिया है। अब यह कहना कठिन है कि वास्तव में बंकिम बाबू इस घटना से परिचित थे या नहीं।

लेकिन जो तथ्य मुझे मिले हैं, उसके आधार पर मैं यह कह सकता हूं कि मजुमदार का विचार उनका अपना निजी है। श्री फड़के की घटना से आनंदमठ का दूर का संपर्क नहीं है। आनंदमठ की कहानी ऐतिहासिक है।

आनंदमठ उपन्यास जब पुस्तकाकार रूप में छपकर बाजार में आया तब पाठकों के मन में एक जिज्ञासा उत्पन्न हुई कि क्या इस उपन्यास की कहानी सत्य है? क्या वास्तव में ऐसी घटना हुई थी? इस संबंध में बंग दर्शन के संपादक श्री संजीव

चटर्जी के पास उन दिनों काफी पत्र आए थे।

पाठकों की जिज्ञासा शांत करने के लिए सन् 1884 में देवी चौधुरानी उपन्यास के विज्ञापन में उन्होंने लिखा, 'आनंदमठ प्रकाशित होने के बाद अधिकांश पाठकों ने यह जानना चाहा है कि उक्त उपन्यास का कोई ऐतिहासिक आधार है या नहीं। संन्यासी विद्रोह ऐतिहासिक घटना जरूर है, पर पाठकों को यह बताने का विशेष प्रयोजन नहीं है।'

आनंदमठ के तृतीय संस्करण में उन्होंने यह स्वीकार किया है, ग्लैग की कृति वारेन हेस्टिंग्स के जीवन के संस्मरण और सर विलियम हण्टर के एनाल्स आफ रूलर बेंगाल से तथ्य संग्रह किया है।

आनंदमठ उपन्यास में जिन अंग्रेजों के नामों का उपयोग किया गया है, वे सभी ऐतिहासिक पात्र हैं। कप्तान टामस (जिसने रंगपुर पर आक्रमण किया था), मेजर एडवर्ड्स (चिलमारी पर आक्रमण किया था), लेफ्टिनेंट बाटसन (बाउटन, राजशाही जिले का निरीक्षक) आदि पात्र संन्यासी आन्दोलन के प्रमुख पात्र थे। स्वयं बंकिम बाबू ने पांचवें संस्करण के पूर्व अपने पात्रों के बारे में यह लिखा है, 'पहले मैंने कैप्टन एडवर्ड के स्थान पर मेजर उड के नाम का प्रयोग किया था, यह एक बड़ी गलती थी।'

प्रसिद्ध इतिहासकार श्री राखालदास बनर्जी ने बंकिम बाबू के इतिहास ज्ञान के संबंध में लिखा है, 'उन्होंने इतिहास संबंधी जो तथ्य दिए हैं, वे चौंकाने वाले हैं। वह इसलिए कि उस समय तक तबकात-इ-नासिरी का कोई विश्वसनीय संस्करण नहीं छपा था और न बावार्टी का अनुवाद ही प्राप्य था। केवल इलियट कृत प्रकाशित ताज-उल-मासिरा या तबकात-इ-नासिरी का सारांश ही प्राप्य था।'[1]

इतना बताने के बावजूद बंकिम बाबू ने यह कहीं नहीं लिखा कि उन्हें मूल कथा कहां से प्राप्त हुई थी। इसका विवरण हमें उनके छोटे भाई श्री पूर्णचन्द्र चटर्जी के एक लेख से प्राप्त होता है। उन्होंने लिखा है, 'हमारे चचेरे पितामह एक सौ आठ वर्ष तक जीवित थे। उनके निकट हम सब, यानी बंकिम चन्द्र भी कहानियां सुना करते थे। खासकर बंगाल के इतिहास संबंधी घटनाएं। वे बंगाल के मुसलमानी शासन के अंतिमकाल की घटनाएं सुनाया करते थे। उन्हीं की जबानी गड़मंदार की घटना उन्होंने सुनी थी। मंदारण गांव जहानाबाद और विष्णुपुर के मध्य है। इस कहानी को उन्होंने 19 वर्ष की वय में सुना और इसके कई वर्ष बाद दुर्गेशनंदिनी उपन्यास लिखा।[2]

1. 'नारायण', वैशाख अंक, फसली सन् 1322, पृष्ठ 597
2. बंकिम प्रसंग, पृष्ठ 49-50

इन तथ्यों से यह स्पष्ट हो जाता है कि आनंदमठ उपन्यास का आधार भी ऐतिहासिक रहा है। अपने पितामह से कहानी सुनने के बाद उन्होंने दो ऐतिहासिक पुस्तकों से तथ्य संग्रह किया था।

बंगाल का अकाल

इतिहासकारों ने सन् 1769 के अकाल के बारे में जो कुछ लिखा है, उसका हु-ब-हू वर्णन हमें आनंदमठ के प्रथम खंड के प्रथम परिच्छेद में प्राप्त हो जाता है। उस अकाल में एक तिहाई आबादी अन्नाभाव के कारण काल के गाल चली गई थी।

उपन्यास के आरंभ में ही उन्होंने लिखा है, 'कल ईश्वर की कृपा से 1176 का साल समाप्त हुआ। बंगाल की आबादी के छह आने आदमियों को कितने करोड़ होते हैं, कौन जाने—यमराजपुर भेजकर यह बुरा साल काल के ग्रास में पतित हुआ।

लोग पहले भीख मांगने लगे, भीख कौन दे? उपवास करने लगे, रोगों के शिकार हुए। ढोर बेचे, हल और माची बेचे, बीज के धान बेचे, घर-द्वार बेचे, जर-जमीन बेची। इसके बाद लड़का-लड़की और पत्नी बेचने लगे, पर कौन खरीदे? खरीददार कोई नहीं, सभी बेचने वाले थे। भोजन के अभाव में लोग पेड़ के पत्ते खाने लगे। नीची जाति के लोग कुत्ते, चूहे, बिल्लियां खाने लगे।'

ठीक इसी प्रकार का वर्णन श्री एल० एस० एस० ओमेली तथा हण्टर ने हिस्ट्री आफ बेंगाल, बिहार एण्ड ओरिसा अंडर ब्रिटिश रूल में किया है। बंगला सन् 1176 में 593 जोड़ने पर 1769 ई० सन् आ जाता है। इससे स्पष्ट है कि संन्यासी आन्दोलन पर आनंदमठ आधारित है। जब उन्होंने अपने जीवनकाल में यानी 1866 ई० का अकाल देखा तब पितामह की जबानी सुनी कहानी का उपयोग अपने उपन्यास में किया।

अपने पितामह की जबानी जो कहानी वे सुन चुके थे, उसके बारे में श्री पूर्णचन्द्र चटर्जी ने लिखा है, 'उन दिनों लोग अधिकतर खेतीबारी या अकाल के बारे में चर्चा किया करते थे। मंझले पितामह ने पहले खेतीबारी की चर्चा की, फिर अकाल का वर्णन करने लगे। उन्होंने यह बताया कि अकाल के दिनों बंगाल की स्थिति कितनी खराब हो गई थी। पिछले 3-4 वर्षों से खेती खराब हो रही थी। सन् 1769 में फसल पैदा नहीं हुई। लगातार कई वर्षों तक खेती ठीक से न होने के कारण निम्न श्रेणी के लोगों का आहार बंद हो गया। आगे वही स्थिति मध्यम श्रेणीवालों की हुई। बाद में धनाढ्य भूखों मरने लगे। रुपया

रहते वे अनाज नहीं खरीद पा रहे थे। सच तो यह है कि अनाज कहीं नहीं था। धनाढ्यों के लाखों रुपये जमीन में गड़े रह गए और वे भूखों मरने लगे। इसमें हर वर्ग के लोग थे। आगे चलकर यही लोग डकैती करने लगे।

मैं इस कहानी को भूल गया था, पर वे नहीं भूले थे। सन् 1866 ई० में जब उड़ीसा में भयंकर अकाल पड़ा तब इस कहानी को उनकी जबानी सुना। शायद इस अकाल को लेकर एक उपन्यास लिखने की इच्छा उनके मन में थी।[1]

बंगाल में अंग्रेजी के कारण जो भयावह स्थिति उत्पन्न हो गई थी, उसका विवरण हमें कंपनी के डायरेक्टरों की गुप्त समिति को दी गई एक रिपोर्ट से ज्ञात होता है कि उन दिनों वस्तुतः क्या स्थिति थी, 'जिस अंग्रेज के पास विवेक है, उसको यह सोचकर अवश्य दुःख होगा कि जिस समय से कंपनी के अधिकार में दीवानी वसूल करने का कार्य आया है, उस समय से इस देश के लोगों की दशा पहले से बहुत अधिक शोचनीय हो गई है...। यह सुन्दर देश जो अत्यंत निरंकुश तथा स्वेच्छाचारी शासक के अंतर्गत भी समृद्ध और खुशहाल था, अब अपने विनाश की ओर अग्रसर होता जा रहा है।'[2]

जिस प्रांत की यह स्थिति हो, वहां अगर विद्रोह जन्म न ले तो क्या हो? एक ओर मुगलों के कर्मचारी तो दूसरी ओर कंपनी के अधिकारी आम जनता पर जुल्म ढा रहे थे। कंपनी के कर्मचारियों ने तो दोनों हाथों से जनता को खूब लूटा। ऊंची कीमत पर अनाज बेचकर मालामाल हो गए। शायद इसी लिए आनंदमठ में अपने उस आक्रोश को इन शब्दों में बंकिम बाबू ने व्यक्त किया है:

भवानंद—जो राजा राज्य चालन न करे, जनता जनार्दन की सेवा न करे, वह राजा कैसे हुआ?

महेन्द्र—देखता हूं, तुम लोग किसी दिन फौज की तोप के मुंह पर उड़ाए जाओगे।

भवानंद—'सब देख चुका हूं। मनुष्य एक बार के अलावा दो बार नहीं मरता।

संन्यासी आन्दोलन

अकाल के समय जब कंपनी के कर्मचारियों का अत्याचार बढ़ता ही गया और बंगाल के नवाब कठपुतली बने रह गए तब जनता ने तत्कालीन संन्यासियों की सहायता से विद्रोह का बिगुल बजाया। संन्यासी आन्दोलन को वारेन हेस्टिंग्स तथा अन्य इतिहासकारों ने संन्यासी-विद्रोह कहते हुए उन्हें डाकू

1. बंकिम प्रसंग, पृष्ठ, 51-52

2. भारत में ब्रिटिश साम्राज्य, पंडित गंगाशंकर मिश्र, प्रथम संस्करण, पृष्ठ 151 तथा इतिहास प्रवेश, श्री जयचन्द्र विद्यालंकार

और लुटेरा कहा है। लेकिन वे थे साधारण किसान। मुगलों का शासन अस्त हो रहा था। सेना से अनेक सैनिक निकाल दिए गए थे। वे जीविका के लिए खेतीबारी करने लगे थे। कई वर्षों से अनावृष्टि के कारण फसल अच्छी नहीं हुई, तिसपर कंपनी और मुगलों के कर्मचारियों ने दोनों हाथों से लूटना प्रारंभ किया था। प्रवृत्ति से सैनिक होने के कारण उन्हें मजबूर होकर इन दोनों के विरुद्ध शस्त्र उठाना पड़ा।

भारत सरकार के इतिहास और गजेटियर के लेखक सर विलियम हण्टर ने लिखा है, 'जीवन-यापन के शेष उपाय का सहारा लेने को बाध्य हुए थे। ये तथाकथित गृहत्यागी और सर्वत्यागी संन्यासियों के रूप में पचास-पचास हज़ार के दल बांध कर सारे देश में घूमा करते थे।'[1]

सरकारी इतिहास और गज़ेटियर के दूसरे रचयिता श्री एल० एस० एस० ओमैली ने हण्टर के इस मत को दोहराया है, 'विद्रोहियों का दल ध्वस्त सेना के सैनिक और सर्वहारा किसान थे। मुगल साम्राज्य के पतन के फलस्वरूप बहुत-से सैनिकों की रोजी चली गई थी। उनकी कुल संख्या लगभग 20 लाख थी। जमीन से बेदखल, सर्वहारा किसान और कारीगरों ने उनकी संख्या बढ़ाई।'[2]

इसके बावजूद वारेन हेस्टिंग्स ने कहा है, 'ये लोग तिब्बत की पहाड़ियों के दक्षिण में रहते हैं। वे अधिकांश नंगे रहते हैं। इनके न गांव है, न कोई घर और न कुटुंब। ये एक स्थान से दूसरे स्थानों में फिरा करते हैं। जिस प्रांत में जाते हैं, वहां से मोटेताजे बालकों को चुराकर अपने दल में शामिल कर संख्या बढ़ाते हैं। इस तरह ये भारतवर्ष के मनुष्यों में सबसे अधिक हृष्टपुष्ट और 'फुर्तीले हैं। इनमें कुछ व्यापार करते हैं। यात्रियों के वेश में रहने के कारण हिन्दू इनका बड़ा आदर करते हैं। इनके रहने का पता लगाना कठिन कार्य है और न इनके विरुद्ध सहायता मिलती है। कड़ी आज्ञाओं के प्रकाशित करने पर भी कभी-कभी ये प्रांत के किसी स्थान पर इस तरह टूट पड़ते हैं, मानो आकाश से कूद पड़े हों। ये लोग कितने दृढ़, वीर और उत्साही होते हैं, इसका अंदाजा नहीं लगाया जा सकता।'[3]

वारेन हेस्टिंग्स की इस राय को श्री हण्टर तथा ओमैली काट चुके हैं। इन दोनों इतिहासकारों की बातों को तीसरा इतिहासकार श्री लेस्टर हचिन्सन लिखता है, 'संन्यासियों ने, जो धार्मिक भिक्षु थे, किसानों के आर्थिक विद्रोह को धार्मिक प्रेरणा दी। उन्होंने शिक्षा दी कि देश को मुक्त करना सबसे बड़ा धर्म है। पराधीनता से

---

1. एनाल्स आफ रूरल बेंगाल, 1965 ई० का संस्करण, पृष्ठ 447
2. हिस्ट्री आफ बेंगाल, बिहार एंड ओरिसा अंडर ब्रिटिश रूल, 1925 का संस्करण, पृष्ठ 207
3. भारत में ब्रिटिश साम्राज्य, पंडित गंगाशंकर मिश्र, पृष्ठ 92

मुक्ति के लिए सर्वस्व त्याग, मातृभूमि में अचल भक्ति..."[1]

श्री अयोध्या सिंह ने लिखा है, 'ईस्ट इंडिया कंपनी' के गवर्नर जनरल वारेन हेस्टिंग्स ने इस विद्रोह का नाम संन्यासी-विद्रोह दिया था और इसे हिन्दुस्तान के यायावरों का पेशेवर उपद्रव, दस्युता और डकैती बताया था। कितने ही इतिहासकारों ने हेस्टिंग्स के सुर में सुर मिलाकर इन्हीं बातों को दुहराया है। लेकिन सरकारी दस्तावेजों की छानबीन करने से यह पता चला है कि ब्रिटिश पूंजीवादियों और हिन्दुस्तानी जमींदारों के खिलाफ किसान विद्रोह था। विद्रोही सेना और विद्रोही नेता जहां कहीं भी गए, साधारण किसानों ने उनका स्वागत किया, उनकी सहायता की और विद्रोही सेना में शामिल होकर उनकी शक्ति बढ़ाई।[2]

'सशस्त्र फकीरों का प्रादुर्भाव स्वाभाविक क्रम से हुआ था। ये अपने नाम के पीछे शाह पद जोड़ते थे। शाह का मतलब राजा होता है। ये लोग कट्टर मुसलमान नहीं थे। 'दबिस्तां' के अनुसार, ये सूफीमत के मानने वाले हिन्दू थे। मदारी फकीर अवधूत संन्यासियों की तरह जटा बढ़ाते और सर्वांग में भभूत पोतते थे। मदारियों में बदितेद्दीन मदार नाम से एक विख्यात योगी रहे। इन फकीरों के दल में मजनू शाह के दल को विशेष ख्याति मिली। अंग्रेजी सेना से इस फकीर दल का जमकर संघर्ष हुआ था। बंकिमचन्द्र के देवी चौधुरानी उपन्यास के नायक भवानी पाठक मजनू शाह के दल के थे।'[3]

निम्नलिखित पत्र इस बात का गवाह है कि वारेन हेस्टिंग्स कितना बड़ा झूठा था। यह पत्र नाटोर के सुपरवाइजर ने दिनांक 25-1-1772 को रेवेन्यू कौंसिल के नाम भेजा था:

'मेरा हरकारा खबर ले आया है कि कल फकीरों का एक बड़ा दल सिलेबरी (बगुड़ा जिला) के गांव में आकर इकट्ठा हुआ। उनके नेता मजनू शाह ने अपने अनुयायियों को कठोर आदेश दिया कि वे जनता पर कोई अत्याचार या बल प्रयोग न करें। आम जनता अपनी इच्छा से जो कुछ देती है, उसे छोड़ कर कुछ भी न लें।'

महारानी भुवाली के नाम अपने एक पत्र में मजनू शाह ने लिखा है, 'बंगाल में हम अपने दल के साथ हर साल मंदिरों और तीर्थ स्थानों का दर्शन करते फिरते हैं और बंगाल के निवासियों से हमें सदैव अच्छे बर्ताव, भिक्षा और हर प्रकार की

---

1. लेस्टर हचिन्सन, दि एम्पायर आफ द नवाब्स, 1837 का सस्करण, पृष्ठ 92

2. भारत का मुक्ति संग्राम, श्री अयोध्या सिंह, प्रथम संस्करण, कलकत्ता, रेखा प्रकाशन

3. भारत में सशस्त्र क्रांतिकारी आन्दोलन, श्री तारिणीशंकर चक्रवर्ती, पृष्ठ 22 तथा भारतेर कृषक विद्रोह ओ गणतांत्रिक संग्राम, प्रथम खंड, 1966; डाक्टर सुकुमार राय, प्रथम संस्करण, पृष्ठ 27

सहायता मिली है।'[1]

इन आलेखों से कम से कम यह स्पष्ट हो ही जाता है कि संन्यासी विद्रोही थे, डाकू नहीं। इन विद्रोहियों में हिन्दू-मुसलमान दोनों ही शामिल थे। इनमें से प्रत्येक के दल में 50-50 हजार विद्रोही थे जिसमें मजनू शाह, मूसा शाह, चिराग अली, भवानी पाठक, देवी चौधुरानी, कृपानाथ, नुरुल मुहम्मद, पीताम्बर, अनूप नारायण, श्रीनिवास आदि थे।

कुछ लोगों का ख्याल है कि इनका मुख्य क्षेत्र उत्तरी बंगाल का रंगपुर क्षेत्र था। इस बारे में श्री अयोध्या सिंह ने लिखा है, '1773 ई० में विद्रोहियों का प्रधान कार्यक्षेत्र रंगपुर था। इन विद्रोहियों का दमन करने के लिए अंग्रेज सेनापति टामस बहुत बड़ी सेना लेकर आया। 30 दिसम्बर, सन् 1772 के प्रातःकाल रंगपुर शहर के नज़दीक श्यामगंज के मैदान में उसने विद्रोहियों पर आक्रमण किया। विद्रोहियों के चतुर नेता ने हारने का बहाना करके भागना प्रारंभ किया और इस प्रकार टामस की सेना को जंगल के भीतर खींच ले गया। विजय के आनंद से अंग्रेज सेना ने गोला-गोली आदि समाप्त कर दिए। इसके बाद ही विद्रोही सेना घूमकर अंग्रेज सेना पर टूट पड़ी और उन्हें चारों ओर से घेर लिया। इस क्षेत्र के सभी गांवों के किसान तीर, धनुष, भाला, बल्लम, लाठी, डंडा लेकर आ पहुंचे और विद्रोहियों के साथ मिलकर अंग्रेज सेना पर हमला करने लगे। सेनापति टामस ने अपनी सेना को जवाबी हमला करने का हुक्म दिया, लेकिन देशी सिपाहियों ने अपने देश के किसानों पर हमला करने से इनकार कर दिया। थोड़ी देर में अंग्रेज सेना हारकर भाग खड़ी हुई। टामस मारा गया। इस घटना पर अफसोस करते हुए रंगपुर के सुपरवाइजर पालिंग ने कौंसिल के पास 31 दिसम्बर, सन् 1772 को लिखा :

'किसानों ने हमारी सहायता तो की नहीं, बल्कि उन्होंने लाठी आदि लेकर संन्यासियों की ओर से युद्ध किया। जो अंग्रेज जंगल की लंबी घास के अंदर छिपे थे, किसानों ने उन्हें खोजकर बाहर निकाला और मौत के घाट उतारा। जो भी अंग्रेज सैनिक गांव में घुसे, किसानों ने उनकी हत्या की और बन्दूकों पर कब्जा कर लिया।.

संन्यासियों की कार्यवाही का वर्णन वारेन हेस्टिंग्स ने स्वयं अपने एक पत्र में इस तरह किया है, 'हमारे प्रांत में इस समय लड़ाई हो रही है। एक संन्यासी टोली ने सिपाहियों की पूरी टुकड़ी पर आक्रमण करके दो अधिकारियों का सिर काट लिया है। इनमें से एक आपके सुपरिचित कैप्टन टामस थे। बिग्रेड के सिपाहियों की चार बटालियनें इनका पीछा कर रही हैं, पर वे सामने नहीं आते। इनकी कोई छावनी

1. भारत में सशस्त्र क्रांतिकारी आन्दोलन, प्रथम संस्करण, मिर्जापुर, पृष्ठ 25-26

नहीं है। इतना ही नहीं, इनके तन पर वस्त्र तक नहीं हैं। नदी-नालों में आश्रय लेकर ये लड़ रहे हैं। न तो इनका घर है, न परिवार, ये गांव-गांव भटकते रहते हैं। जहां इन्हें नवयुवक दिखते हैं, तुरत उसे अपने दल में शामिल कर लेते हैं। ये महा बलवान कर्तव्य करने वाले लोग हैं। इनमें कुछ व्यापारी भी हैं, लेकिन बाकी सब बैरागी साधु हैं, अतः नागरिकों में इनके प्रति आदर है। इसी कारण इनकी बाबत कुछ भी पता नहीं चलता। आकाश से उल्कापात की तरह आक्रमण कर लुप्त हो जाते हैं, इस कारण ये लोग हमें भारी पड़ रहे हैं।'

'ढाका में एक रमना मैदान था। संन्यासियों के दल का पहला हमला इसी मैदान स्थित ईस्ट इंडिया कंपनी की कोठी पर हुआ था। रात के अंधेरे में विद्रोहियों ने चारों ओर से कोठी को घेर लिया। 'ओऽम वन्दे मातरम्' का नारा बुलंद कर, रमना काली मंदिर के महाराष्ट्रीयन स्वामी के अनुसार उन्होंने कोठी पर आक्रमण किया था। कोठी के अंग्रेज सौदागर सब धन-सम्पत्ति छोड़कर पीछे के दरवाजे से भाग गए थे। कोठी के पहरेदार तो इनसे पहले ही भाग गए थे। ईस्ट इंडिया कंपनी के नायक राबर्ट क्लाइव ने अंग्रेज सौदागरों की इस बुजदिली से नाराज होकर कोठी के व्यवस्थापक लीसेस्टर को पदच्युत कर दिया।[1]

भारत के संन्यासियों के बारे में डाक्टर पट्टाभि सीतारमैया ने लिखा है, सन् 1880 के आरंभ में मिस्टर ह्यूम के हाथ सात जिल्दों की एक ऐसी रिपोर्ट लगी जिसमें विभिन्न गुरुओं के कुछ शिष्यों, धर्माचार्यों, महंतों के पत्राचार थे, जिनमें भारत के विभिन्न प्रांतों में बगावत फैलाने का वर्णन था।'[2]

आनदमठ के संन्यासी

आनंदमठ में संन्यासियों को प्रमुखता देने पर भी बंकिम बाबू ने जिन संन्यासियों का चित्रण किया है, उनका वास्तविक रूप भिन्न था।[3] ये संन्यासी तो रंगपुर-बगुड़ा आदि जिले के थे, पर बंकिम बाबू के संन्यासी वीरभूमि जिले के निवासी थे। इसी जिले के पहाड़िया क्षेत्र में सन् 1788-90 में विद्रोह हुआ था जबकि आनंदमठ के संन्यासियों का विद्रोह सन् 1773 ई० के आसपास हुआ था। आनंदमठ के संतान सम्प्रदाय परम वैष्णव थे जबकि उत्तरी बंगाल के संन्यासी शैव थे। उनमें आदर्शवाद की भावना नहीं थी।

प्रोफेसर भवतोष दत्त ने अपने एक लेख में सिद्ध किया है, 'आनंदमठ का

1. ढाका ईस्टर्न बेंगाल डिस्ट्रिक्ट गजेटियर्स, कलकत्ता, 1912, पृष्ठ 41-42
2. कांग्रेस का इतिहास, पहला भाग, द्वितीय संस्करण
3. भारत का मुक्ति संग्राम, श्री अयोध्या सिंह

संतान सम्प्रदाय जिस वैष्णव सम्प्रदाय से परिकल्पित है, वह उत्तरी बंगाल के नागा संन्यासियों में नहीं था, इस बात का अनुमान तो सहज ही हो जाता है। नागा संन्यासी वास्तव में शैव थे। उनके आचरण या भूमिका में आदर्शवाद का स्थान नहीं था। आदर्शवाद की भावना वैष्णवों में थी। लेकिन बंकिम का वैष्णव आदर्श चैतन्यदेव द्वारा प्रवर्तित का अनुगत नहीं रहा।[1]

दत्त महाशय का तर्क सही है, क्योंकि आनंदमठ का प्रमुख पात्न सत्यानंद कहता है, 'चैतन्यदेव का वैष्णव धर्म वास्तव में वैष्णव धर्म नहीं है, वह अर्द्धधर्म मात्न है। चैतन्यदेव का विष्णु सिर्फ प्रेममय है। संतानों (आनंदमठ के संन्यासी) के विष्णु शक्तिमय हैं। हम सब वैष्णव हैं, पर वे सब आधे वैष्णव हैं।'

जयदेव के दशावतार स्तोत्न में विष्णु की वंदना इन शब्दों में की गई है, 'जय जगदीश हरे, म्लेच्छनिवहनिधने कलयसि कर वालम।'

सच तो यह है कि नागा संन्यासी का उल्लेख मात्न किया गया है जबकि वे वैष्णव यानी बाउल-संन्यासी थे। बंकिम बाबू ने इन्हें केन्दुली गांव में जाकर देखा था। पाठकों को भ्रम में रखने के लिए उन्होंने नागा संन्यासियों का वर्णन किया है।

केन्दु विल्व गांव

मकर संक्रांति के दिन वीरभूमि जिले के 'केन्दु विल्व गांव' यानी महाकवि जयदेव की जन्मभूमि में बाउलों का मेला लगता है। जो लोग वहां हो आए हैं, उन्हें ज्ञात होगा कि श्रीनिकेतन से दो मील आगे बढ़ने पर घने जंगलों का सिलसिला प्रारंभ हो जाता है जो बराबर इलाम बाजार तक है। मार्ग के दोनों ओर शाल तथा अन्य वृक्ष पंक्तिवार सैनिक की तरह खड़े हैं।

आनंदमठ में इस स्थान के बारे में लिखा है, 'खूब विस्तृत अरण्य। अरण्य में अधिकांश शाल तथा अनेक जातियों के पेड़ हैं।' आगे यहां के मेले के बारे में लिखा है, 'सामने माघी पूणिमा। उनके पड़ाव के पास नदी किनारे एक मेला लगेगा। इस मेले की बड़ी तैयारियां हैं। सहज ही में एक लाख की भीड़ होती है। इस बार वैष्णव राजा हुए हैं, अतएव मेले में वैष्णव बड़ी तैयारियां करके आएंगे, ऐसा संकल्प किया है। अस्तु, पूर्णिमा के दिन कुल संतानों को मेले में एकत्न होने की संभावना है।'

जयदेव की जन्मभूमि के समीप के स्थान का वर्णन है—आनंदारण्य से वे लोग बाहर आए तो कुछ दूरी पर वृक्षों का प्रांतर शुरू हुआ। वन के किनारे-किनारे आम रास्ता है। एक जगह अरण्य के भीतर से एक छोटी नदी कलकल करती हुई

1. आनंद बाजार पत्निका, 29 फाल्गुन, फसली सन् 1377

बह रही है।

मेले के बारे में इतने विस्तार से लिखने के बावजूद बंकिम बाबू ने उक्त नदी का नाम नहीं लिखा जबकि अन्यत्र अपने अनजाने नदी का नाम लिख गए हैं, 'लड़ाई में जीत होने के बाद अजय नदी के किनारे सत्यानंद को घेरकर विजयी वीर नाना प्रकार के उत्सव मनाने लगे।'

अजय नदी तथा उसके आसपास के स्थलों के वर्णन से साफ जाहिर होता है कि आनंदमठ की पृष्ठभूमि केन्दुली गांव है जहां प्रति वर्ष बंगाल, बिहार, उड़ीसा और असम से लाखों बाउल यात्री आते हैं। 15 दिनों के लिए सदा सूनसान रहने वाला क्षेत्र एक नगर का रूप ग्रहण कर लेता है। केन्दुली महाकवि जयदेव की जन्मभूमि होने के कारण वैष्णवों की पवित्र भूमि है। आनंदमठ में जयदेव के एक पद का उपयोग थोड़े परिवर्तन के साथ किया गया है। जयदेव का पद है—'न कुरु नितं विनी गमनविलम्बन मनुसर तं हृदयेशम्।' इसके नीचे दूसरा पद है—'धीर समीरे यमुना तीरे बसति वनमाली।'

इन दोनों पदों को उपन्यास में सांकेतिक भाषा में नायक की जबानी कह लाया है,

> धीर समीरे तटनी तीरे बसति वर नारी,
> न कुरु धनुर्धर गमन विलम्बन नमति विधुरा सुकुमारी।

जिस वक्त नायक को पकड़कर सिपाही ले जा रहे थे, उस समय अपने अनुचरों को यह बताने के लिए कि सुकुमारी नदी किनारे, धनुष वगैरह लेकर तुरत चले जाओ, विलंब मत करो। इस पद के जरिये यही कहलाया गया है।

श्री ब्रजेन्द्र वंद्योपाध्याय ने इस बारे में लिखा है, 'प्रथम चार संस्करणों में घटनास्थल वीरभूमि था। अजय नदी के किनारे कोई पर्वतीय स्थल, जबकि संन्यासी विद्रोह की घटना उत्तरी बंगाल में हुई थी। अपनी इस भूल का उल्लेख बंकिम बाबू ने तीसरे संस्करण में जरूर किया है, पर संशोधन नहीं। पांचवें संस्करण में उन्होंने थोड़ा-सा परिवर्तन किया है, फिर भी सम्पूर्ण पुस्तक में वीरभूमि की नदी, पहाड़ और जंगलों का वर्णन इस तरह स्पष्ट हो उठा है कि वीरभूमि वरेन्द्रभूमि नहीं बन सकी है।

कुछ विद्वानों ने यह स्वीकार किया है कि आनंदमठ और वन्दे मातरम् गीत पर महाकवि जयदेव का प्रभाव पड़ा है। शायद इन लोगों का कथन सत्य है। जयदेव की प्रमुख कृति गीत गोविन्द के छंद और वन्दे मातरम् के कुछ छन्दों में सामंजस्य है। आनंदमठ के सातवें परिच्छेद में 'जय जगदीश हरे' स्तोत्र का उल्लेख है। यों एक मान्यता यह भी है कि आनंदमठ की भाषा पर श्री भूदेव मुखोपाध्याय की अमर रचना 'पुष्पांजलि' का प्रभाव है। भूदेव मुखोपाध्याय बंकिम बाबू के समकालीन

लेखक थे। अगर उनकी भाषा का प्रभाव पड़ा है तो इससे बंकिम की प्रतिभा मलिन नहीं होती। अपने अग्रज लेखकों का प्रभाव किसी के साहित्य पर पड़ना आश्चर्य की बात नहीं है।

यह निर्विवाद सत्य है कि आनंदमठ जैसा राजनीतिक उपन्यास आज तक किसीने नहीं लिखा। भले ही बंकिम बाबू उसे अपनी श्रेष्ठ रचना न मानते रहे हों, आनंदमठ स्वतंत्रता-आन्दोलन-यज्ञ का होमकुंड रहा है और वन्दे मातरम् गीत वह मंत्र रहा जिसके माध्यम से हमारे क्रांतिकारी वीर अपने जीवन को होम करते रहे। अगर इस गीत में मंत्र-शक्ति न रहती तो इतनी घटनाएं न होतीं और न यह आज तक जीवित रहता। आज भी जनमानस में इस गीत के प्रति जितनी श्रद्धा है, उतनी अन्य गीत के प्रति नहीं है। शिशु जैसे अपनी मां को प्यार करता है, देशभक्त अपने देश के प्रति श्रद्धा रखता है, ठीक उसी प्रकार प्रत्येक स्वदेश भक्त इस गीत के प्रति श्रद्धा रखता है।

●●

परिशिष्ट

वन्दे मातरम्

(राष्ट्रीय गीत के रूप में स्वीकृत पंक्तियां)

वन्दे मातरम्
सुजलां सुफलां मलयजशीतलाम्
शस्यश्यामलां मातरम्।
शुभ्रज्योत्स्नां पुलकितयामिनीम्
फुल्लकुसुमितद्रुमदलशोभिनीम्
सुहासिनीं सुमधुरभाषिणीम्
सुखदां वरदां मातरम्
वन्दे मातरम्।

वन्दे मातरम्

(सम्पूर्ण गीत)

वन्दे मातरम्
सुजलां सुफलां मलयजशीतलाम्
शस्यश्यामलां मातरम्।
शुभ्रज्योत्स्नां पुलकितयामिनीम्
फुल्लकुसुमितद्रुमदलशोभिनीम्
सुहासिनीं सुमधुरभाषिणीम्
सुखदां वरदां मातरम्।
सप्तकोटिकण्ठ-कलकल-निनादकराले
द्विसप्तकोटि भुजैर्धृत खरकरवाले
अबला केन मा एत बले !
बहुबलधारिणीं नमामि तारिणीं
रिपुदलवारिणीं मातरम्।
तुमि विद्या तुमि धर्म
तुमि हृदि तुमि कर्म
त्वमहि प्राणः शरीरे।
बाहुते तुमि मा शक्ति,
हृदये तुमि मा भक्ति,
तोमारि प्रतिमा गड़ि मंदिरे मंदिरे।

त्वम् हि दुर्गा दशप्रहरणधारिणी
कमला कमल-दल-विहारिणी
वाणी विद्यादायिनी नमामि त्वां
नमामि कमलां अमलां अतुलाम्
सुजलां सुफलां मातरम्
वन्दे मातरम्।
श्यामलां सरलां सुस्मितां भूषिताम्
धरणीं भरणीं मातरम्।

संदर्भ ग्रंथ

अग्नियुग	श्री वारीन्द्रकुमार घोष
अनोन्य दर्शन बंकिमचन्द्र ओ रवीन्द्रनाथ	श्री अमृतभूषण भट्टाचार्य
अमृतलाल बसुर जीवनी ओ साहित्य	श्री अरुणकुमार मित्र
अमृत मदिरा	श्री अमृतलाल बसु
अमृतलाल बसु ग्रंथावली	श्री अमृतलाल बसु
आत्म काहिनी	श्री अरविन्द घोष
आत्म चरित्र	श्री कृष्णकुमार मित्र
आनंदमठ (तृतीय, चतुर्थ और पंचम संस्करण)	श्री बंकिमचन्द्र चटर्जी
आमार जीवन	श्री नवीनचन्द्र सेन
ईश्वरचन्द गुप्तेर ग्रंथावली	श्री बंकिमचन्द्र चटर्जी
उनीससौ पांचेर बांगला	?
उनविंश शतकेर गीत-कविता	श्री कुमार वंद्योपाध्याय
संकलन	श्री अरुणकुमार बनर्जी
उनविंश शतकेर बांगला साहित्ये विद्रोहेर चित्र	श्री सुकुमार मित्र
उनविंश शतकेर बांगलार नव जागरण	श्री सुशीलकुमार गुप्त
कथा साहित्ये बंकिमचन्द्र	श्री सुधाकर चट्टोपाध्याय

कमलाकान्तेर दफ्तर	श्री बंकिमचन्द्र चटर्जी
कमलाकान्तेर जल्पना	श्री प्रमथनाथ बिशी
कांग्रेस	श्री हेमचन्द्र घोष
कांग्रेस और बांगला	श्री हेमेन्द्रप्रसाद घोष
काछेर मानुष बंकिमचन्द्र	श्री सोमेन्द्रनाथ बसु
घरे बाहिरे	श्री रवीन्द्रनाथ ठाकुर
घरोया	श्रीमती रानीचन्द
चरित्रकथा	श्री रामेन्द्र सुंदर त्रिवेदी
चित्र चरित्र	श्री प्रमथनाथ बिशी
चिठी पत्रे बंकिमचन्द्र	श्री क्षेत्रनाथ गुप्त
चिंतानायक बंकिमचन्द्र	श्री भवतोष दत्त
चरित्र चित्र	श्री विपिनचन्द्र पाल
जयदेव	श्री पार्वतीचरण मुखोपाध्याय
जयदेव	श्री नृपेन्द्रकृष्ण चट्टोपाध्याय
जयदेव चरित्र	श्री योगीन्द्र चटर्जी
जागृति ओ जातीयता	श्री योगेशचन्द्र बागल
जातीय आन्दोलने रवीन्द्रनाथ	श्री प्रफुल्लचन्द्र सरकार
जातीय गान	श्री खगेन्द्रनाथ मित्र
जातीयतार नवमंत्र अथवा हिन्दू मेलार इतिवृत्त	श्री योगेशचन्द्र बागल
जाती बेर	श्री योगेशचन्द्र बागल
जातीयतार मंत्र गुरु जारां	श्री प्रियनाथ जाना
जातीय संगीत	संकलन
जातीय संगीत	श्रीमती सरलादेवी चौधुरानी
जीवनेर झरापाता	श्रीमती सरलादेवी चौधुरानी
ढाकाय रवीन्द्रनाथ	श्री गोपालचन्द्र राय
ढाकार इतिहास	?
देवी चौधुरानी	श्री बंकिमचन्द्र चटर्जी
देशेर कथा	श्री सखाराम गणेश देवस्कर
वन्दे मातरम्	श्री अमृतलाल बसु
धर्मानुशीलने बंकिमचन्द्र	श्री हेमेन्द्रनाथ दासगुप्त
नया बांगलार गोड़ा पत्तन	श्री विनय सरकार

नवयुगे बांगला	श्री विपिनचन्द्र पाल
नाट्यशालार इतिहास	श्री ब्रजेन्द्र वंद्योपाध्याय
निवेदिता	श्री मणि बागची
निवेदिता	श्रीमती लिजेल रेम अनु० श्रीमती नारायणी देवी
निवेदिता	श्री मोहितलाल मजुमदार
नील दर्पण	श्री दीनबन्धु मित्र
पूर्व बंगे आन्दोलन	श्री अमिताभ गुप्त
प्रतिभा	श्री रजनीकांत गुप्त
प्रबंधकार बंकिमचन्द्र ओ उनविंश शताब्दीर बांगालीर समाज	श्री आलोक राय
बंकिमचन्द्र	श्री अक्षयचन्द्र सरकार
बंकिमचन्द्र	श्री अक्षयकुमार दत्त गुप्त
बंकिमचन्द्र	श्री कालीनाथ दत्त
ऋषि बंकिमचन्द्र	श्री हेमेन्द्रनाथदास गुप्त
बंकिमचन्द्र	श्री शचीशचन्द्र चटर्जी
बंकिमचन्द्र	श्री हाराणचन्द्र रक्षित
बंकिमचन्द्र	श्री सुबोधचन्द्र मजुमदार
बंकिमचन्द्र	श्री मणि बागची
बंकिमचन्द्र	श्री हेमचन्द्र चट्टोपाध्याय
बंकिमचन्द्र	श्री सुबोधचन्द्र सेनगुप्त
बंकिमचन्द्र	श्री सोमनाथ बसु
बंकिमचन्द्र	श्री हेमेन्द्रप्रसाद घोष
बंकिमचन्द्र	श्री ललितकुमार वंद्योपाध्याय
बंकिमचन्द्र	श्री ब्रजेन्द्रनाथ वंद्योपाध्याय
बंकिमचन्द्र	श्री हाराणचन्द्र चट्टोपाध्याय
बंकिम अभिधान	श्री अशोककुमार कुंडू
बंकिम बाबू	श्री ज्ञानेन्द्रलाल राय
बंकिम ओ बंग दर्शन	श्री अमित्रसूदन भट्टाचार्य
बंकिमचन्द्र ओ मुसलमान-समाज	मौलाना रेजाउल करीम
बंकिमचन्द्र ओ रवीन्द्रनाथ	श्री गोपालचन्द्र राय
बंकिमचन्द्र ओ रवीन्द्रनाथ	श्रीमती अपर्णा मित्र

बंकिमचन्द्र ओ शरत्चन्द्र	श्री गोपालचन्द्र राय
बंकिम कणिका	श्री विमलचन्द्र सिंह
बंकिम कृते साहित्य समालोचना	श्री अमित्रसूदन भट्टाचार्य
बंकिम जिज्ञास	श्री तपनकुमार वंद्योपाध्याय
बंकिम जीवनी	श्री शचीशचन्द्र चटर्जी
बंकिम जीवनी कथा	श्री तारकनाथ विश्वास
बंकिम परिचय	श्री अमरेन्द्र राय
बंकिम प्रसंग	श्री सुरेश समाजपति
बंकिम प्रसंग	श्री श्रीशचन्द्र मजुमदार
बंकिम प्रतिभा	श्री विमलचन्द्र सिंह
बंकिम मानस	श्री अरविन्द पोद्दार
बंकिम मूल्यायन	श्री दीपक दे
बंकिम वरण	श्री मोहितलाल मजुमदार
बंकिम विचार	श्री शंकरप्रसाद नश्कर
बंकिम सरणी	श्री प्रमथनाथ बिशी
बंकिम साहित्य पाठ	श्री हरप्रसाद मित्र
बंकिम साहित्य, समाज ओ साधना	श्री प्रशांतबिहारी मुखोपाध्याय
बंकिम साहित्येर भूमिका	प्रोफेसर प्रियरंजन सेन
बंकिम साहित्येर भूमिका	श्री मोहितलाल मजुमदार
बंकिम साहित्येर विचार	श्रीमती वीथिका चक्रवर्ती
बंकिम स्मृति	श्री हेमेन्द्रप्रसाद घोष
बंकिम स्मृति	श्री मोहितलाल मजुमदार
बंकिमचन्द्रेर इंग्रेजी उपन्यास	श्री पल्लव सेनगुप्त
बंकिमचन्द्रेर उपन्यास	श्री मोहितलाल मजुमदार
बंकिमचन्द्रेर उपन्यासेर उपादान विचार	डा० अशोककुमार कुंडू
बंकिमचन्द्रेर कमलाकान्तेर दफ्तर	श्रीमती आशा देवी
बंकिमचन्द्रेर ग्रंथावली	सर यदुनाथ सरकार
बंकिमचन्द्रेर चिंताधारा	श्री अचिंत्यकुमार भट्टाचार्य
बंकिमचन्द्रेर जीवन ओ साहित्य	श्री प्रेमेन्द्र मित्र
बंकिमचन्द्रेर ट्रेजडी चिंता	श्री जीवनकुमार मुखोपाध्याय
बंकिमचन्द्रेर दर्शनेर दिग्दर्शन	श्री त्रिपुरा शंकर

बंकिमचन्द्रेर रचनावली (दो खंड)	श्री योगेशचन्द्र बागल
बंकिमचन्द्रेर विविध रचनावली	श्री सजनीकांत दास श्री ब्रजेन्द्रनाथ वंद्योपाध्याय
बंकिमचन्द्रेर स्मृति	श्री देवेन्द्र भट्टाचार्य
बंकिमचन्द्रेर स्मृति चिह्न	श्री योगेशचन्द्र बसु
बंगेर अंगच्छेद	?
बंग दर्शन ओ बांगलीर मनन साधना	डा० सत्यनारायणदास
बंग भंग	श्री समुद्र गुप्त
बंग साहित्ये स्वदेश-प्रेम ओ भाषाप्रीति	श्री अमरेन्द्र राय
बहिर्भारते मुक्तिर प्रयास	डाक्टर अविनाश भट्टाचार्य
बांगलाय विप्लवेर चेष्टा	श्री नलिनीकिशोर गुहा
बांगलाय विप्लवेर प्रचेष्टा	श्री हेमचन्द्र कानूनगो
बांगलाय विप्लववाद	श्री नलिनीकिशोर गुहा
बांगलार नवयुग	श्री विपिनचन्द्र पाल
बांगलार नाव्यशालार इतिहास	श्री अरुणकुमार मित्र
बांगालीर इतिहास आदि पर्व	डाक्टर नीहाररंजन राय
बांगालीर राष्ट्र चिंता	श्री सौरीन्द्रमोहन गंगोपाध्याय
बादशाही आमल	श्री विनयकुमार घोष
भगिनी निवेदिता ओ बांगलाय विप्लववाद	श्री गिरिजाशंकर राय चौधुरी
भारत गौरव बंकिमचन्द्र ओ राष्ट्रगुरु सुरेन्द्रनाथ	श्रीमती कमला देवी
भारत पथिक	श्री निर्मलचन्द्र गंगोपाध्याय
भारत माता	श्री तारकनाथ राय
भारत विलाप	श्री हेमचन्द्र बनर्जी
भारतेर मुक्ति संग्राम	श्री सुभाषचन्द्र बोस
भारतवर्षेर इतिहास	श्री सुकुमार राय
भारतवर्षेर जातीय संगीत	डा० प्रबोधचन्द्र सेन
भारतवर्षेर स्वाधीनता संग्रामेर इतिहास	डाक्टर नरेन्द्र भट्टाचार्य
भारतवर्षेर स्वाधीनता युद्धेर इतिहास	डाक्टर सुकुमार राय

भारतेर कृषक-विद्रोह ओ गणतांत्रिक संग्राम (प्रथम खंड)	डाक्टर सुकुमार राय
भारतेर जातीय आन्दोलन	श्री हीरेन मुखर्जी
भारतेर जातीय आन्दोलन	श्री प्रभातकुमार मुखर्जी
भारतेर जातीय कांग्रेस	डाक्टर हेमेन्द्रनाथ दासगुप्त
भारतेर द्वितीय स्वाधीनता संग्राम (प्रथम खंड)	श्री भूपेन्द्रनाथ दत्त
भारतेर मुक्ति संधानी	श्री योगेशचन्द्र बागल
भारतेर विप्लव-काहिनी	श्री हेमेन्द्रनाथदास गुप्त
भारतेर वैप्लविक संग्राम	श्री सुप्रकाश राय
भारतेर सशस्त्र विप्लव	श्री भूपेन्द्रकिशोर रक्षित
मुक्तिर युद्धे बांगाली	श्री दुर्गामोहन मुखोपाध्याय
मुक्तिर संधाने बांगाली	श्री योगेशचन्द्र बागल
मुक्तिर संधाने भारत	श्री योगेशचन्द्र बागल
यज्ञ भंग	श्री प्रियनाथ गुहा
रवीन्द्रनाथेर पत्र गुच्छ	?
राजपथेर पांचाली	श्री दीपेन्द्रकुमार सान्याल
राजा-प्रजा	श्री रवीन्द्रनाथ ठाकुर
राजा राममोहन राय	द्विशत जन्म वार्षिकी रिपोर्ट
राममोहन राय	श्री नगेन्द्रनाथ चट्टोपाध्याय
राष्ट्रगुरु सुरेन्द्रनाथ बनर्जी	श्री मणि बागची
लोकमाता निवेदिता	श्री शंकरी प्रसाद बसु
वन्दे मातरम (काव्य-संग्रह)	श्री निशाकांत
वन्दे मातरम (उपन्यास)	श्री रजनी सेन
वन्दे मातरम (उपन्यास)	?
विप्लव युगेर कथा	श्री प्रभातचन्द्र गंगोपाध्याय
विप्लवेर पथे कांग्रेस	श्री नगेन्द्रनाथ दत्त
विप्लवी—बांगला	श्री राजेन्द्रलाल आचार्य
शतवर्षेर आलोये	श्रीमती असीमा मैत्र
शिशु बंकिम	श्री एककड़ी दे
श्रद्धास्पदेषु	श्री नलिनीरंजन सरकार
श्री अरविन्द ओ बांगलार स्वदेश-युग	श्री गिरिजाप्रसन्न रायचौधुरी

श्री अरविन्द	श्री प्रमोदकुमार सेन
संतान	श्री वाणीकुमार
साहित्य-सम्राट बंकिमचन्द्र	श्री विश्व विश्वास
सुरेर रूप	श्री देवकंठ बागची
स्वदेशी आन्दोलन ओ बांगला साहित्य	श्री सोमेन्द्रनाथ गंगोपाध्याय
स्वदेशी आन्दोलन ओ बांगलार नवयुग	श्री हरिदास मुखर्जी
स्वदेशी ग्रंथेर चार अध्याय	श्री पुलकेश दे सरकार
स्वदेशी युगेर स्मृति कथा	श्री मोतीलाल राय
स्वर बितान (46वां खंड)	श्री रवीन्द्रनाथ ठाकुर
स्वाधीनता संग्रामे बांगला	श्री कविराज नरहरि भट्टाचार्य
स्वाधीनता संग्रामे बारीसाल	श्री हीरालाल दासगुप्त
हिन्दू मेला	(वार्षिक रिपोर्ट तीसरे वर्ष की)
हिन्दू मेलार इतिवृत्त	श्री योगेशचन्द्र बागल
हुगली जेलार इतिहास	श्री सुधीरकुमार मित्र
हेमचन्द्र ग्रंथावली	श्री हेमचन्द्र बनर्जी

पत्र-पत्रिकाएं (बंगला)

अमृत
आनंद बाजार पत्रिका (कांग्रेस अंक, पूजा अंक सामान्य अंक)
कल्पलता
तत्वबोधिनी पत्रिका
जयश्री
देश
धर्म
नारायण
प्रचार
प्रदीप
प्रवासी
बंग दर्शन
बसुमती
बांधव
चंदन नगर पत्रिका
बालक
बेंगल मैगजीन
भारतवर्ष
भारती
युगयात्री
युगांतर
वन्दे मातरम् शतवार्षिकी, चुंचड़ा, 1976
वन्दे मातरम् (बंगला दैनिक)
संध्या

बंगवासी	साधारणी
बंगश्री	साहित्य

हिन्दी

आजाद भारत	श्री माहरचन्द मस्त
आजादी के तराने	?
आधुनिक भारत का इतिहास	डाक्टर ईश्वरी प्रसाद
आधुनिक भारत का इतिहास	श्री के० एन० त्यागी
इतिहास प्रवेश	डाक्टर जयचन्द्र विद्यालंकार
कांग्रेस का इतिहास	डाक्टर पट्टाभि सीतारमैया
क्रांतिदूत भगतसिंह और उनका युग	श्री मन्मथनाथ गुप्त
क्रांति गीतांजलि अथवा दूसरा भाग	श्री रामप्रसाद बिस्मिल
गीत गोविन्द	श्री जयदेव
गीत पंचशती	श्री रवीन्द्रनाथ ठाकुर
जमनालाल बजाज के पत्र	श्री जमनालाल बजाज
बंकिमचन्द्र	श्री मनुलता मिश्र
ब्रिटिशकालीन भारत का इतिहास	श्री विद्याधर महाजन
भगिनी निवेदिता	श्री राणाप्रताप सिंह
भारत का मुक्ति संग्राम	श्री अयोध्या सिंह
भारत में अंग्रेजी राज	पंडित सुन्दरलाल
भारत में ब्रिटिश साम्राज्य	पंडित गंगाशंकर मिश्र
भारत में सशस्त्र क्रांति की भूमिका	श्री तारिणीशंकर चक्रवर्ती
भारतेन्दु ग्रंथावली	सं० शिवप्रसाद मिश्र रुद्र
राष्ट्रीय कविताएं	सूचना विभाग, उ० प्र०
राष्ट्रीय गान	श्री रामदास गौड़
राष्ट्रीय आन्दोलन का इतिहास	श्री मन्मथनाथ गुप्त
राष्ट्रीय झंडा और उसका उपयोग	श्री डी० एल० आनंदराव
वन्दे मातरम् (उपन्यास)	श्री बंकिमचन्द्र
वन्दे मातदम् (उपन्यास)	श्री विनायक सदाशिव
वन्दे मातरम् (उपन्यास)	श्री रवीन्द्र बहरो
वन्दे मातरम् (उपन्यास)	श्री युवक हृदय

हमारा राष्ट्रीय झंडा	श्री कृष्णबिहार श्रीवास्तव
हमारा राष्ट्रीय झंडा	मध्यप्रदेश शासन

अन्य भाषाएं

वन्दे मातरम् (मराठी)—श्री अमरेन्द्र लक्ष्मण गाडगिल

आनंदमठ (मराठी)—अनु० श्रीपाद जोशी

ढाका ईस्टर्न बंगाल डिस्ट्रिक गजेटियर

लेस्टर हचिन्सन दि एम्पायर आफ द नवाब्स, 1837

एनाल्स आफ रूरल बेंगाल, बिहार एंड ओरिसा अंडर ब्रिटिश रूल

पत्र-पत्रिकाएं (हिन्दी)

आज

कादम्बिनी

धर्मयुग

नवनीत

वन्दे मातरम्, 1976, वाराणसी (स्मारिका)

वन्दे मातरम् शतवर्ष पूर्ति समारोह 1977, कलकत्ता (स्मारिका)

संगीत

सन्मार्ग (वार्षिकी)

ज्ञानोदय